गर्भ योद्धा

AF797545

गर्भ योद्धा

सीता की शौर्य गाथा

संजय श्रीवास्तव

MANJUL
मंजुल पब्लिशिंग हाउस

MANJUL

मंजुल पब्लिशिंग हाउस

कॉरपोरेट एवं संपादकीय कार्यालय

• द्वितीय तल, उषा प्रीत कॉम्प्लेक्स, 42 मालवीय नगर, भोपाल-462 003

विक्रय एवं विपणन कार्यालय

• सी-16, सेक्टर 3, नोएडा, उत्तर प्रदेश, 201301

वेबसाइट : www.manjulindia.com

वितरण केन्द्र

अहमदाबाद, बेंगलुरू, भोपाल, कोलकाता, चेन्नई,
हैदराबाद, मुम्बई, नई दिल्ली, पुणे

यह हिन्दी संस्करण 2021 में पहली बार प्रकाशित

ISBN 978-93-91242-19-0

मुद्रण व जिल्दसाज़ी : रेप्रो इंडिया लिमिटेड

समर्पण

यह कृति मां सुशीलादेवी और
पिता अवधबिहारी लाल श्रीवास्तव को समर्पित,
जिनसे मेरा अस्तित्व स्थापित हुआ और
जीवन के तमाम गुण प्राप्त किए।

प्रस्तावना

वर्ष 2020 एक ओर सारी दुनिया के लिए विकट कठिनाइयां लेकर आया, वहीं ऐसे दुर्लभ अवसर भी आए, जब हम सबको निजी तौर पर अपने भीतर जमी उन परतों को पलटने का समय मिला, जिन्हें हम अपनी दिनचर्या के चलते कहीं गहरे दबाकर विस्मृत कर चुके थे। गुज़रे एक साल में मेरे हिस्से में अच्छा लिखने, पढ़ने और छपने के अलावा संपादन करने का अवसर भी आया। सालभर में एक-एक कर चार संकलनों का संपादन किया और फिर 2021 की शुरुआत में *गर्भ योद्धा* की पांडुलिपि हाथ में आई।

हुआ यूं कि संजय श्रीवास्तव से अप्रत्यक्ष परिचय बहुत पहले उनके और मेरे एक साझा मित्र ने करवाया था। इस वर्ष जनवरी में उन साझा मित्र ने मुझे संजय भाई की लेखनी और *गर्भ योद्धा* की पांडुलिपि के बारे में बताया। मेरे मुंह से निकला, 'वाह...! सुनकर ही मज़ा आ गया..., इसे तो पढ़ना पड़ेगा। यदि संजय जी को कोई आपत्ति नहीं हो तो मुझे भी पांडुलिपि भेजिए ना...!' यह कहते हुए मुझे तनिक भी आभास नहीं था कि एक दिन *गर्भ योद्धा* की प्रस्तावना लिखने का सौभाग्य मुझे ही मिलेगा। और फिर प्रस्तावना लिखने के लिए मैंने इसे कई बार पढ़ा। हर बार *गर्भ योद्धा* मेरे मन में और गहरे उतरती चली गई। परंतु जब इसके लिए लिखने की बारी आई तो मुझे अपने व्यक्तित्व की तमाम पहचानें किनारे रखनी पड़ गईं। मैं अपना लेखिका-कवयित्री होना, प्रशिक्षक-प्रबंधक होना, अपना अनुभव-अनुसंधान यहां तक कि अपना नाम और पहचान सब कुछ किनारे रख *गर्भ योद्धा* के प्रवाह में उतर कर बहने लगी।

बहुत पुरानी बात नहीं लगती मुझे, जब हर इतवार की सुबह, अपनी मां-पिताजी और बहनों के साथ पड़ोस के घर *रामायण* देखने जाती थी। यही कोई पैंतीस-छत्तीस वर्ष पहले की बात होगी, परंतु लगता है जैसे कल की ही बात हो। मेरे लिए टीवी पर *रामायण* के एपिसोड देखना इस प्रकार था, जैसे मैं स्वयं सतयुग में पहुंच कर हर घटना की प्रत्यक्ष साक्षी बन रही हूं। *रामायण* देखना मेरे लिए इसलिए भी रोमांचक होता था, क्योंकि पिताजी हम बहनों को ना केवल पहले ही *रामायण* का अध्ययन करवा चुके थे, बल्कि इस महाकाव्य से जुड़ी तमाम दूसरी घटनाएं और किंवदंतियां आदि भी सुनाया करते थे। समय के साथ-साथ मेरे स्मृति-पटल पर *रामायण* के पात्र, घटनाएं गहराई से अंकित होती गईं। उनके प्रति मेरा दृष्टिकोण और भी पुख़्ता होता गया।

एक समय में मुझे *रामायण* चार भाइयों और उनकी चार पत्नियों की कहानी भी लगा करती, राम-सीता, लक्ष्मण-उर्मिला, भरत-माण्डवी और शत्रुघ्न-श्रुतकीर्ति। जैसे-जैसे मैंने होश संभाला और इस महाकाव्य के हर पात्र और घटना के बारे में अपनी सोच क़ायम करती गई तो मैंने हमेशा राम को सीता के प्रति उतना ही दोषी पाया, जितना कि रावण को। एक ने अपनी बहन का बदला लेने के लिए एक स्त्री की आड़ ली, तो दूसरे ने अपनी पत्नी के लिए रावण और उसकी स्वर्णलंका का नाश कर महज एक जन-संदेह के निर्मूलन के लिए सीता की अग्नि परीक्षा लेकर भी उनका परित्याग कर दिया। मैंने मन ही मन हमेशा राम के मर्यादा पुरुषोत्तम होने पर प्रश्न उठाए और अपने पिता, पुरुष मित्रों और बुद्धिजीवियों से इस पर विमर्श भी किया। बहुत कुछ सुनने, सीखने और जानने को मिला गत चार दशकों में।

पिछले एक दशक में यह भी देखा गया कि दुनियाभर में नए लेखकों और बुद्धिजीवियों ने हर पौराणिक ग्रंथों/कहानियों, उनके पात्रों, ऐतिहासिक नायक-नायिकाओं तथा देवी-देवताओं को नए दृष्टिकोण से देखने और प्रस्तुत करने का प्रयास किया है। भारत में भी कई लेखकों-विचारकों ने ऐसा प्रस्तुतिकरण किया है। सीता भी इस नए नज़रिए से अछूती नहीं रहीं। सीता की दृष्टि से *रामायण* के संपूर्ण घटनाक्रम को देखने के यत्न-प्रयत्न कई बार किए गए हैं। मैं यह नहीं मानती कि *गर्भ योद्धा* भी एक ऐसा ही प्रयास है, परंतु यह अवश्य मानती हूं कि यदि रामायण काल में भी कोई संजय होते,

जो किसी को घटनाओं का आंखों देखा हाल सुना रहे होते, तो उनका वर्णन भी कुछ ऐसा ही रहा होता जैसा हमारे संजय का है।

संजय श्रीवास्तव की लेखनी आपके समक्ष दृश्य ऐसे प्रस्तुत करती है मानो आप स्वयं उस घटना के घटित होने में सम्मिलित हों या फिर साक्षी हों। इस पुस्तक की पांडुलिपि पढ़ने से ठीक पहले तक मेरे मन में कहीं यह शंका थी कि आर्किटेक्चर की दुनिया में जाना-माना नाम होना, बड़े-बड़े भवन बनाना एक बात है, परंतु भावों को शब्दों और शब्दों को एक कथा में बांधना दूसरी बात है। मगर जब *गर्भ योद्धा* की तपिश मुझे महसूस हुई तो दिमाग़ में उपजी शंका भी शांत हो गई।

संजय अपनी इस कथा में वर्णन करते हैं कि किस प्रकार सीता, जिन्हें युगनारी भी कहा जा सकता है, समकालीन घटनाओं को दिव्य लीलाओं के अनुरूप होता हुआ कैसे मानती हैं। किस प्रकार जो भी निर्णय अलग-अलग समय पर उन्हें, राम, रावण, हनुमान, लक्ष्मण, विभीषण, लव-कुश या अन्य अहम पात्रों को लेने पड़े, वे बहुत आवश्यक थे और जिनका लिया जाना तत्कालीन कालचक्र में बड़ा महत्त्व रखता था। सीता केवल राम की पत्नी नहीं, बल्कि एक राजकुमारी, योद्धा, बेटी, मां और एक बड़े राज्य की महारानी भी थीं और इन सब विशेषणों से परे एक सशक्त महिला भी थीं। मुझे विश्वास है कि *गर्भ योद्धा* के माध्यम से संजय श्रीवास्तव की लेखनी आपके चित्त में नए द्वार खोलेगी। यदि आप अपनी पौराणिक मान्यताओं को छूना, टटोलना या अनुभव करना चाहते हैं और विभिन्न परिस्थितियों को साथ लेकर खुले मन से जीवन में अग्रसर होना उचित समझते हैं तो आपको *गर्भ योद्धा* अवश्य पढ़नी चाहिए।

सीता को वैदेही, भूमि, मैथिली आदि अनगिनत नामों से जाना गया है। यह किताब आपको पृष्ठ-दर-पृष्ठ सीता की उस यात्रा पर ले जाती है, जिसमें सबके उपस्थित होते हुए भी वह निपट अकेली अपने मार्ग पर अग्रसर रहीं और होनी के विस्तार को देखती-समझती भी गईं। उन्होंने ना केवल अपनी गरिमा, मान, पत्नीत्व, मातृत्व और स्त्रीत्व को निभाया, अपितु यह भी ऩिश्चित किया कि एक योद्धा का गौरव हमेशा स्थापित रहे। सीता ने यह सुनिश्चित किया कि उनकी अपनी पीड़ा या अनुभव उनकी या उनके पुत्रों की राह के रोड़े नहीं बनें।

सीता ने यह भी नहीं होने दिया कि उनके पति राम अपने कठोर निर्णय के चलते नितांत एकाकी हो जाएं। लक्ष्मण को भी उनके धर्म से डिगने नहीं दिया और स्वयं तपोवन की राह ली। वह स्वयं तो गर्भ योद्धा थी हीं, उन्होंने दो होनहार योद्धा पुत्रों को भी जन्म तथा परवरिश दी। ये घटनाएं हमने कई दफ़ा पढ़ी-सुनी हैं, परंतु यह किताब मुझे सीता के ठीक पीछे ले गई और प्रतीत हुआ कि मैं स्वयं उनके कंधे की ओट से सब कुछ देख-समझ पा रही हूं।

अंत में... मैं इस अद्‌भुत अनुभव के लिए संजय भाई की आभारी हूं। उन्हें अपनी पहली पुस्तक के लेखन व प्रकाशन की बधाई देती हूं, इस आशा में कि उनके पिटारे से भविष्य में कई और रोचक दृष्टिकोण पाठकों के सामने प्रकट होते रहेंगे।

—रचना कुलश्रेष्ठ, जयपुर
rachana.kulshrestha@gmail.com

गर्भ योद्धा

प्रहरी ने अर्द्धरात्रि की घोषणा करते हुए पहरेदारों को सावधान किया, लेकिन इन सबसे अनजान राजा दशरथ के पुत्र, भरत और लक्ष्मण के बड़े भाई, सीता के पति श्रीराम के निजी कक्ष में वे ही लोग उपस्थित थे। इस कक्ष में प्रवेश का अधिकार चंद लोगों को ही था। रात्रि के इस प्रहर में दीये की टिमटिमाती रोशनी में, एक आसन पर अयोध्या महिषी सीता विराजित थीं। उनके समीप ही आर्यावर्त की महारानी कौशल्या बैठी थीं और सामने बैठे थे संपूर्ण आर्यावर्त के सर्वाधिक प्रभावशाली व्यक्ति राजा राम। उनका कुछ नीला-सा शरीर उस छोटे दीये के मद्धिम प्रकाश में भी दमक रहा था, चेहरे की गंभीर आभा का प्रभाव कक्ष में बैठे सभी लोगों पर था। कक्ष के एक कोने में दो राजपुरुष और भी थे, जिनके चेहरे पर चिंता की गंभीर रेखाएं उभर चुकी थीं। सभी की आंखों में भविष्य का अंधकार दिख रहा था। अयोध्या के एक और काले अध्याय ने उस रात्रि कक्ष में अपना स्थान बनाना शुरू कर दिया था।

'...पर भैया, आप और भाभी जैसा सोच रहे हैं, वह असंभव है।' लक्ष्मण ने तनिक आगे आकर अपनी राय रखी। भरत ने भी तत्काल उनका समर्थन कर दिया - 'आप तो नीत के, ज्ञान के भंडार हो भैया, कुछ और निर्णय या कुलगुरु से राय लेकर भी सोचा जा सकता है।'

महारानी कौशल्या ने भी प्यार से अपना एक हाथ राम के हाथ पर रखकर आंखों ही आंखों में अपनी बात और अपनी विवशता कह डाली।

राम ने तत्काल खड़े होकर घोषणा कर दी -

'लक्ष्मण, तुम सुबह होने से पूर्व ही अपनी भाभी को लेकर चले जाओगे।'

सिर झुकाए ही राम ने सीता की तरफ़ देखते हुए कहा -

'प्रिये, हमारे विलग होने का समय आ ही गया है। संभवतः यह हमारा अंतिम संवाद हो।'

राम के ये अंतिम शब्द ऐसे लग रहे थे, जैसे गहरे कुएं के अंदर से आ रहे हों, पर सीता की आंखों में वही दृढ़ता दिखाई पड़ती थी, जैसी वनवास जाते समय थी। आंखों में भरे आंसू भी सिर्फ़ राम को ही दिखाई दिए थे।

राम ने माता को चरण स्पर्श कर कहा - 'माताश्री! कभी राज्यहित में राजा को कुछ कठोर निर्णय लेने पड़ते हैं। सीता को जाना ही होगा मां। आर्यावर्त के लिए, अयोध्या कुल के लिए, हम सभी के लिए, जनकल्याण के लिए भी। आप इनकार मत करना।'

कौशल्या ने भारी मन से सीता का हाथ थाम लिया था। सीता भी कौशल्या मां के हाथों की थरथराहट और उन हाथों के ऊपर गिरते उष्ण आंसुओं की बूंदों को भी महसूस कर रही थीं।

लक्ष्मण बिलकुल भी राम के निर्णय से संतुष्ट नहीं लग रहे थे, लेकिन विडम्बना कैसी कि इस कार्य के लिए भी लक्ष्मण को ही चुना था भैया राम ने। 'आप तत्काल निकलने की तैयारी करें अनुज, सुबह होने से पहले आपको निकल जाना है।' राम ने बर्फ़ समान ठंडे स्वर में लक्ष्मण को आदेश दिया।

रात का दूसरा पहर ख़त्म हो रहा था। दीयों में तेल अब अंतिम मात्रा में बचा था। महल के बगीचे के बीच अयोध्या का राजसी रथ तैयार खड़ा था, सावधानीवश सारथी को भी नहीं बुलाया गया था। आवश्यक सामान के साथ सीता तैयार खड़ी थीं, राम के पार्श्व में।

यह बिछोह, अब काल ही जान सकता था कि इसका अंत होगा या नहीं। लक्ष्मण ने भ्राता की तरफ़ आशाभरी निगाह से एक बार देखा, लेकिन राम पाषाण की प्रतिमा के समान खड़े थे। सीता के पति, अयोध्या के पालनहार, सब बातों से परे कहीं दूर भविष्य को निहार रहे थे, निःशब्द,

निःश्वास, बस एकटक महल से बाहर जाते पथ को निहार रहे थे, जिस पर अभी-अभी उनकी प्रिय सीता सदैव या लंबे बिछोह के लिए तत्पर खड़ी थीं।

अभी भी लक्ष्मण, सीता, राम और भरत के मन में आज की राज्यसभा का दृश्य रह-रहकर अपने अभागेपन का बखान कर रहा था। किसी ने सोचा भी नहीं था, ये पल भारत के संपूर्ण आर्यावर्त के इतिहास का सबसे काला दिन बनने वाला है।

पूरी राज्यसभा एक घड़ी को निःशब्द रह गई। सभी के कानों में मानो गरम सीसा पिघलाकर डाल दिया गया हो। सिर्फ़ लक्ष्मण के चेहरे का रंग क्रोध से लाल हो रहा था, संभवतः उन्हें बिलकुल भी पसंद नहीं आया था विचार। पर विचार तो विचार ही है, जनमानस तो वही मानकर उनका अनुसरण करने लगते हैं, जो उनके अभीष्ट होते हैं और भारत के इस विशाल साम्राज्य की नींव तो विश्वास और कर्म पर ही टिकी थी। राम अपने आपमें पूर्ण आदर्श राजा थे, पूर्ण आदर्श पुरुष, एक सम्मानजनक उदाहरण जनशक्ति के लिए। पर काल को कौन समझ सका है, धब्बा तो राम पर भी लगना ही था, भले संपूर्ण मानवजाति उन्हें विष्णु का अवतार समझे, पर इस लोक के अपने नियम हैं। जैसे ही रथ के पहिए अपनी सतह पर रगड़कर चलना शुरू हुए, राम की तन्मयता टूटी और वे एकटक सीता की तरफ़ जिस भाव से देख रहे थे, वह बस सीता ही समझ सकती थीं, बिना कुछ कहे सीता राम के मन के अंदर के भावनारूपी उफान को समझ सकती थीं। शत-प्रतिशत, एक-एक शब्द जो राम ने भले ही नहीं कहे, पर सीता ने सब सुन लिए थे। भविष्य का पता नहीं, पर काल के एक पल ने भारत के विशाल साम्राज्य की होने वाली महारानी को निरापद कर दिया था पहचान के बिना। संभवतः अब कोई सीता को उनके नाम से जान भी सकेगा या नहीं।

धीरे-धीरे रथ के पीछे उड़ रही धूल कम होती गई और रथ देखते ही देखते आंखों से ओझल हो गया। राम की आंखें पथरा-सी गईं, हृदय में एक टीस ज़ोर से उठी और राम जहां खड़े थे, वहीं बैठ गए, जैसे सब हार बैठे हों। और यह सच भी था, जिस सीता को उन्होंने अपनी पलकों पर बैठा रखा था, जो उनके हृदय में बसी थीं, आज वही सीता सदा के लिए निराश्रित जीवन जीने के पथ पर चल पड़ी थीं। सीता का स्वाभिमान राम सदा जानते थे। मिथिला की राजकुमारी, अयोध्या की रानी का अपना स्वाभिमान

सर्वप्रथम था, लेकिन कुल पर आंच नहीं आनी चाहिए। सीता मिथिला की राजकुमारी, जनक के प्राणों से भी प्यारी थीं। उर्मिला और दोनों बहनों की बड़ी बहन एक बहुत ही सौम्या, अभूतपूर्व सुंदरी, लावण्या, एक अचूक योद्धा, एक बहुत सिद्धहस्त चिकित्सक, एक गरिमामय पत्नी और तीन-तीन अमोघ योद्धाओं की भाभी थीं। अयोध्या की तीनों महारानियों की आंखों की तारा सीता, सिर्फ़ और सिर्फ़ भगवान के लिए ही अवतरित हुई थीं धरती पर। वे संभवतः जन्म से ही प्रकृति के अपने रहस्यमयी धागों से बंधी हुई ईश्वर की एक अप्रतिम छवि थीं।

पर समय के चक्र को रोक पाना तो विधि के हाथ भी नहीं। अयोध्या पलभर में मानो सुनसान हो गई।

उधर, लक्ष्मण का रथ तीव्र गति से अयोध्या के उत्तर दिशा में वन को चीरता चला जा रहा था। सीता भी चुपचाप थीं और लक्ष्मण भी। दोनों के बीच रिश्ता पुत्र और माता का-सा था। लक्ष्मण हठी तो बहुत थे और उन्हें क्रोध भी तत्काल आ जाता था, पर सीता और राम के सामने लक्ष्मण ने कभी अवहेलना नहीं की थी, कभी भी नहीं। लक्ष्मण के लिए सीता उनकी मां समान थीं, पर लक्ष्मण से सीता की दशा छिपी भी नहीं थी, उन्हें भलीभांति ज्ञान था। सीता की कोख में अयोध्या राजा के भावी राजकुमार ने सांस लेना प्रारंभ कर दी थी, पर यह बात लक्ष्मण, उर्मिला और सीता के अलावा किसी को भी ज्ञात नहीं थी। बड़े भैया राम को भी संभवतः ज्ञात नहीं हो।

इसीलिए लक्ष्मण ने मन ही मन ठान लिया था कि भाभी के लिए कोई सुरक्षित और उपयुक्त जगह का चुनाव करना है। ऋषि वाल्मीकि के तमसा नदी के किनारे घने वन में बसे आश्रम को लक्ष्मण भलीभांति जानते थे। साथ ही यह भी कि यहां भाभी सीता सुरक्षित भी रहेंगी और लोग भेद जान भी नहीं पाएंगे। लक्ष्मण का रथ पूरे वेग के साथ आश्रम की तरफ़ बढ़ा चला जा रहा था। वन और अंधेरे की नीरवता के बीच रथ के पहियों की आवाज़ दूर-दूर तक सुनी जा सकती थी। सुबह होने को थी, रथ आश्रम के पूर्व में बह रही तमसा के तट पर कुछ घड़ी दूर रुक गया। सामने एक छोटी-सी कुटिया नज़र आ रही थी। सीता तत्काल अपना छोटा-सा आवश्यक सामान, कुछ अस्त्र-शस्त्र, जो वन में जानवरों से रक्षा के लिए उपयोगी थे, लेकर खड़ी हो गईं।

'भाभीश्री...' लक्ष्मण की जिह्वा पर मानो ताला लग गया हो। आंखों में पानी बस छलकने ही वाला था। इतने वीर पुरुष की पत्नी, अयोध्या की रानी बिना किसी दासी के, बिना किसी सुविधा के कैसे रहेगी इस वन में? लक्ष्मण का मन अभी भी उस राजाज्ञा को मानने को तैयार नहीं था, जो विगत रात्रि मिली थी। लक्ष्मण के अंदर का वीर पुरुष बार-बार उन्हें लताड़ रहा था, किस कारण वह इस निष्ठुर राजाज्ञा के विरुद्ध नहीं बोल पाए। वह ही क्यों, खुद भैया भरत और महारानी कौशल्या भी राम और सीता के इस प्राणघाती निर्णय पर अपना विरोध दर्ज नहीं करा पाए। अपितु अपनी मूक सहमति भी दे डाली। इसी बात से राम और सीता को अपना निर्णय लेने में कोई रोक नहीं सका और यही बात रह-रहकर लक्ष्मण को चुभ रही थी।

सीता लक्ष्मण के भावों को समझ गईं। लक्ष्मण के पास आकर उनके सिर पर स्नेह से हाथ रख बोलीं -

'प्रिय लक्ष्मण, मैं राम की पत्नी और अयोध्या की रानी सीता तुम्हें तत्काल आदेश देती हूं कि बिना समय गंवाए तत्काल अयोध्या के लिए प्रस्थान कर जाओ। मेरी चिंता नहीं करो। उन 14 वर्षों में मैं वन में कैसे रहना है, यह जान गई हूं। लक्ष्मण, तुम चिंता इसलिए भी मत करो, क्योंकि धरा पर वही सुरक्षित है, जो जंगल के नियम, प्रकृति से तालमेल और उसकी पूजा करना जानता है। उसे कष्ट नहीं अनुज। तुम तत्काल अयोध्या पहुंचो, तुम्हारे भ्राता चिंतित होंगे।'

'मैं लक्ष्मण, जिसके तीरों की तीव्रता से धरती और आकाश डोल उठते हों, वह आपको इस निर्जन वन में अकेले कैसे छोड़कर जा सकता है भाभी? मैं क्या जवाब दूंगा अयोध्या को?'

सीता ने फिर याद दिलाया कि राम के आने से पहले के वचन को कि तुम बिना किसी प्रश्न के, बिना पीछे मुड़े सिर्फ़ सीता को छोड़ दोगे और यह बात फिर तमाम जीवन अपने होंठों पर नहीं लाओगे। तुम सीता के बारे में उस दिन के बाद कुछ नहीं जान पाओगे।

सौमित्र के जाने के बाद बहुत देर तक सीता रथ से उड़ती धूल को देखती रहीं, जिसके पीछे सौमित्र का रथ ओझल हो गया था। चारों तरफ़ अंधकार अब छंटने लगा था। सूर्यनारायण पूर्व दिशा में अवतरित हो रहे थे। आसमान सीता की आंखों की तरह ही लाल हो रहा था। सीता ने अपनी छोटी-सी पोटली उठाई, जिसमें कुछ आवश्यक वस्त्र, कुछ अस्त्र-शस्त्र,

कुछ खाना और औषधियां थीं। बस, यही सहारा था इस सुनसान वन में सीता का।

सबसे पहले सीता ने पर्ण कुटि की सफ़ाई की, थोड़ा व्यवस्थित करने के बाद और सुरक्षा व्यवस्था देखने के बाद सीता का ध्यान अब वन की तरफ़ गया। वन बहुत घना तो नहीं था, अलबत्ता कुटिया के आसपास फलों के काफ़ी पेड़ थे और फल भी लग रहे थे। सीता ने चपलता से कुटिया को साफ़ करने के बाद कुछ फल तोड़े और उन्हें खाकर थोड़ा संतुष्ट हुईं। शाम होने तक सीता ने आसपास एक सुरक्षा घेरा भी बना लिया। प्रभु राम के साथ वन का एक बहुत मधुर और व्यापक अनुभव जो था सीता को। उन्हीं दिनों सीता ने राम से वन के बारे में बहुत कुछ जाना था और यह भी जाना था कि अगर परिस्थितिवश रहना पड़ जाए तो कैसे रहा जाए। शाम होते-होते सीता ने एक छोटे-से गड्ढे में कुछ आग जलाई और रात्रि का भोजन कर सोने के लिए कुटिया में चली गईं। लेकिन, वे पूरी तरह सावधान थीं और हर छोटी-छोटी आहट पर भी ध्यान चला जाता था। सीता चूंकि थक भी गई थीं और अवस्था भी कुछ ऐसी थी कि शीघ्र ही नींद आ गई। सुबह होने के पहले कुछ पदचापों ने सीता को नींद से उठा दिया और सावधान भी कर दिया। तत्काल सीता ने धनुष पर बाण संधान कर पदचाप की दिशा में ध्यान लगाया, चार-पांच लोगों के पैरों की ध्वनि थी, लेकिन ध्वनि बड़ी सहज थी। सीता ने धनुष को उस ओर घुमाया और तीखे स्वर में कहा-

'सावधान! कौन है वहां?'

पदचाप एकदम से चेतावनी सुनकर थम गई और कानाफूसी की आवाज़ सीता के कानों में पड़ी।

'गुरुवर! कौन है वहां?'

'कोई यात्री होगा। वत्स, जाओ, जाकर पता करो।'

संन्यासी वस्त्र पहने एक व्यक्ति सावधानी से कुटिया की तरफ़ आने लगा। चूंकि अभी सुबह होने में कुछ समय था, इसलिए स्पष्ट नहीं दिख रहा था कौन है और कितने लोग हैं। निःशस्त्र हैं या शस्त्र के साथ हैं। सीता ने पहले यह जान लेना उचित समझा कि कितने लोग हैं।

'कौन है?' सीता ने ऊंचे स्वर में पूछा।

जैसे ही सीता के स्वर की तीव्रता बढ़ी, आने वाले के पदचाप थम गए। सीता ने कुटिया की ओट से देखा - कोई चार संन्यासी थे और कोई अस्त्र भी नहीं था उनके पास। सब देखने के बाद सीता बाहर आईं और थोड़े नम्र स्वर में पूछा -

'आप लोग कौन हैं और इस वन में क्या कर रहे हैं?'

'यही प्रश्न तो हम आपसे पूछना चाहते हैं। आप कौन हैं और इस एकांत वन में क्या कर रही हैं। वह भी अस्त्र-शस्त्र के साथ? अपना परिचय दें माता! आप कौन हैं?'

'मैं सीता...' उनका स्वर भर आया। 'मैं राही हूं, यहां रात्रि के कारण ठहरी थी। अकेली हूं। मैंने सुना था, यहां पास ही किसी ऋषि का आश्रम है।'

'आपने सही सुना माते। हम महर्षि वाल्मीकि के ही शिष्य हैं। शाम को इधर से धुआं उठता देख हमें लगा हमें पता करना चाहिए कि कोई संकट में तो नहीं है। वैसे तो यह वन्य क्षेत्र सुरक्षित वन्य क्षेत्र है। अयोध्या के राजा राम के कारण यहां चोरों, दस्यु और राक्षसों का भय नहीं है। आप यदि उचित समझें तो हमारे साथ आश्रम में चलें, गुरु से आशीर्वाद लें। भोजन इत्यादि के बाद आप जाना चाहें तो प्रस्थान करें।'

सीता ने अधिक विलंब नहीं करते हुए अपना सामान उठाया और उनके साथ चल दीं।

आश्रम में जैसे ही सीता ने प्रवेश किया, सब तरफ़ चर्चा शुरू हो गई। सभी लोग उन चारों और सीता को साथ लेकर ऋषि की कुटिया की ओर चल दिए।

ऋषि वाल्मीकि...

आश्रम में सबसे ऊंचे टीले पर सघन वनों से घिरा बिलकुल तमसा के तट से लगा हुआ एक एकांत, किंतु ख़ुशहाल-सा स्थल।

ऋषि वाल्मीकि का उन दिनों उत्तर भारत के सभी क्षेत्रों में अत्यधिक आदर था। सभी सूर्यवंशी राजा उनके संरक्षक थे। दूर-दूर से छात्र उनसे विद्यार्जन के लिए आते थे। शास्त्र की शिक्षा, शस्त्र की शिक्षा दोनों की उनके आश्रम में उचित व्यवस्था थी। गुरु वशिष्ठ सुबह की पूजा-अर्चना करके अपनी कुटिया के सम्मुख शिला पर ध्यानमग्न बैठे थे। अचानक कोलाहल ने

ऋषि का ध्यान उस ओर खींचा। सामने मानो स्वयं सूर्य चले आ रहे हों, अपने विशिष्ट रुझान के साथ।

एक सिंहनी-सी, कंधे पर धनुष, हाथ में छोटी-सी पोटली और चेहरे का तेज सूर्य-सा। पीताम्बर पहने सीता आश्रम की साधिकाओं के साथ सीधे गुरुवर की ओर चली आ रही थीं।

सीता के सामने शिला पर एक दीर्घकाय ऋषि वाल्मीकि विराजित थे। उनकी लंबी दाढ़ी और बढ़े हुए केश व्यवस्थित बंधे हुए थे। शरीर पर एक मोटा जनेऊ और चेहरे पर असीम तेज था। गुरुवर से एक दूरी पर पहुंचकर सीता ने उनकी वंदना की। सीता की ओजपूर्ण वाणी से समूचा वातावरण गुंजित हो गया। सीता के शरीर से एक विशिष्ट गंध समूचे वातावरण को सुगंधित कर रही थी। साथ चल रही साधिकाएं अपने बीच आए विशिष्ट अतिथि से बहुत प्रभावित दिख रही थीं और मन ही मन यह मान बैठी थीं, यह स्त्री कुछ विशिष्ट है। सीता के नम्र निवेदन सुन गुरुवर मुस्कराए। ध्यानमुद्रा में वे देख सकते थे, अपने विशिष्ट अतिथि को, जो एक नए युग की शुरुआत है।

आंखें बंद किए हुए ही गुरुवर ने आशीर्वाद देते हुए कहा -

'पुत्री, तुम कौन हो और इस सुनसान वन में यूं वीर वेश में क्या कर रही हो?'

दूसरे ही पल सीता कुछ कह पातीं, गुरुवर की गंभीर वाणी ने फिर प्रश्न किया -

'ये जो वस्त्र तुमने धारण किए हैं पुत्री, क्या ये माता अनुसूया के हैं?'

इस बार चकित सीता ने हाथ जोड़कर केवल नमन करते हुए सहमति में सिर हिलाया। मानो सब समझ गई हों।

ऋषि ने अपनी दिव्य दृष्टि से यह जान लिया था कि वे कौन हैं।

साथ आई साधिकाएं थोड़े अचरज में थीं।

अब ऋषि ने कहा - 'सभी सावधान! यह मेरी गुरुपुत्री है और आज से इसका नाम देवी है। सभी का यह दायित्व है कि मेरी पुत्री को किसी प्रकार का कष्ट नहीं हो। इन्हें उचित आसन प्रदान करें और ठहरने की व्यवस्था की जाए। पुत्री! तुम साधिकाओं के साथ जाकर अपना स्थान ग्रहण

कर लो। दूसरा कोई भी आश्रम में मेरी पुत्री से संबंधित बात नहीं करेगा। ये जब तक यहां रहना चाहे, ससम्मान इन्हें रहने का अधिकार है।'

सीता की आंखें इस सत्कार से भर आईं। किंतु कथा और ईश्वर समय पूर्व ही वस्तुस्थिति भांप लेते हैं।

कुछ दिन पूर्व ही आश्रम में महर्षि विश्वामित्र का आगमन हुआ था। उनके साथ कुछ शिष्य, जो संभवतः अगस्त्य ऋषि के आश्रम से आए थे, साथ थे। ऋषि ने हाथ जोड़कर उनके आने का उद्देश्य पूछा था। तब महर्षि ने कहा था -

'वाल्मीकि! तुम्हारे लिए स्वयं ईश्वर ने संदेश भेजा है कि भारत के कल्याण हेतु, जनमानस के लिए तुम कुछ ऐसा रचित करने वाले हो, जिसके लिए यह देश सदैव आपका ऋणी रहेगा। वाल्मीक! यह देवताओं का आदेश है, तुम्हें रामकथा लिखने का अवसर मिल रहा है। तुम सौभाग्यशाली हो पुत्र। तुम्हारा यश सदियों तक इस भारतवर्ष में बना रहेगा। जनकल्याण के महापात्र का जीवन दर्शन तुम्हें जनजागरण के लिए प्रस्तुत करना है। तैयारी शुरू करो, महादेव तुम्हारे साथ हैं।'

और फिर महर्षि चले गए एक सूत्र देकर वाल्मीकि को। वह खुद बहुत आश्चर्य में थे, क्या सच में देवताओं ने उन्हें चुना है। तैयारी शुरू करने का समय नहीं था और आज उस महान गाथा का एक पात्र स्वयं ही मेरे आश्रम में सशरीर!

प्रभु की लीला!

वाल्मीकि ने सूर्य को नमस्कार किया और आश्रम के दैनिक कार्यों को देखने निकल पड़े।

सीता की दशा अब साधिकाओं को भी पता थी। चूंकि सीता को शास्त्र का अच्छा ज्ञान था और शस्त्रविद्या का भी, इसलिए थोड़े ही समय में सीता ने सभी का मन मोह लिया था। सभी के मन में सीता के प्रति बहुत स्नेह, मान और सम्मान था। थोड़े ही समय में सब जान गए थे कि ये विलक्षण हैं। एक दिन जब ऋषि कुछ कार्य के लिए दूसरे प्रदेश गए हुए थे, ऐसे में आश्रम की सुरक्षा और व्यवस्था सहित संपूर्ण दायित्व सीता के कंधों पर रहता था। आश्रम के पूर्व में कुछ घना जंगल था, जिसके उस पार एक छोटा-सा पुल था। प्रायः जनसाधारण उस जंगल के मार्ग का उपयोग किया करते थे।

सुरक्षित वन था। बस, जंगली जानवरों के अलावा किसी तरह का डर नहीं। चूंकि इस ओर आश्रम है, यह सभी लोग जानते थे।

दोपहर को भोजन के समय से ठीक पहले सभी आश्रमवासी भोजनशाला में एकत्रित हो रहे थे, समीप ही एक शिला पर सीता आसन ग्रहण किए बैठी थीं और सभी से उनके अपने क्षेत्र की जानकारी ले रही थीं।

'वृषभानु, खेती कैसी चल रही है, पानी की व्यवस्था कैसी है?'

'विभानु, आश्रम में ग्रंथों और ताड़पत्र की समुचित व्यवस्था तो है ना?'

'सुरभि, तुम्हारे रसोईघर के सामान में कोई कमी तो...' वाक्य पूरा हो भी नहीं पाया था कि अचानक कोलाहल से आश्रम का शांत वातावरण गूंज उठा।

सीता एकदम सावधान होकर कोलाहल की दिशा में तीव्रता से अग्रसित हो गईं। कुछ लोग उनके साथ हो लिए। सामने कुछ अप्रिय अवश्य हुआ था। आश्रम के प्रवेश द्वार पर कुछ हलचल थी। प्रहरी सावधान की मुद्रा में अस्त्र-शस्त्र लिए उद्धृत थे। कुछ दस-बारह लोग रहे होंगे। सीता शीघ्रता से द्वार की ओर बढ़ीं। देखा तो सीता थोड़ी अवाक् रह गईं। द्वार पर कुछ यात्री थे, जिन्हें बुरी तरह घायल किया गया था। सीता ने सभी को तत्काल चिकित्सा कक्ष में भेजा और स्वयं भी उनके पीछे पहुंचीं। वे लोग वन के दूसरी ओर से व्यापार कर सामान लेकर आ रहे थे। अचानक कुछ दस्युओं ने उन्हें लूट लिया और घायल भी कर दिया था। सीता ने सभी स्थिति का अवलोकन करने के बाद शीघ्रता से अपना धनुष उठाया। एक तरकश पीठ पर बांधा, कृपाण उठाकर कुछ साथियों को साथ ले उस दिशा में चल दीं, जिधर यह घटना घटी थी। घायल यात्रियों में से एक मरणासन्न अवस्था में था और तीन साथी अभी भी वन में कहीं जान बचाकर छिपे हुए थे, जिनकी चिंता सीता को थी। इसलिए तत्काल कुछ हथियारबंद साथियों को लेकर सीता तीव्र वेग से उनके बताए मार्ग की तरफ़ अग्रसर हो गईं।

सीता ने अपने अश्व को उस जगह ले जाने के लिए एक छोटा मार्ग चुना था, जो उन्हें वहां तक अतिशीघ्र पहुंचा सकता था। आश्रम पीछे छोड़ सीता और आश्रम के अंगरक्षक एक आंधी की तरह वन में प्रवेश कर गए। घना वनक्षेत्र था वह, थोड़ा पहाड़ी क्षेत्र भी, पर सीता को ज्ञान था। वनक्षेत्र में एक ओर से थोड़ा कोलाहल सुन सीता ने अपना अश्व उस ओर मोड़

दिया। अब सभी थोड़ी सावधानी से उस तरफ़ बढ़ रहे थे। घने जंगल के बीच छोटा-सा घास का मैदान था, मैदान में कुछ हथियारबंद लोग तीन लोगों को पीट रहे थे और पिट रहे लोग अपने बचाव के लिए ज़ोर-ज़ोर से चिल्ला रहे थे। सीता ने अभी अपने आपको घने पेड़ों के बीच ही रखा था, ताकि ध्यान से देख सकें कि हमलावर कितनी संख्या में हैं। एक ताक़तवर-से दिखने वाले वीर वेश धारी पुरुष के हाथ में एक बड़ा-सा खड्ग था। कंधे पर धनुष भी था। ज़ोर-ज़ोर से चिल्लाकर वह अपने साथियों से कुछ कह रहा था। उन सभी ने तीनों यात्रियों को अपने घेरे में ले लिया और उन्हें घुटनों के बल बैठ जाने का आदेश दिया जा रहा था। जैसे ही तीनों धरती पर घुटनों के बल बैठे, उनके नेता ने अपना विकराल खड्ग हवा में घुमाया और तीव्रता से तीनों की तरफ़ बढ़ा।

'अरे! ये तो इनका वध करने जा रहा है, अधम!' सीता बुदबुदाईं और शर संधान कर धनुष की प्रत्यंचा कान तक खींचकर बाण छोड़ दिया। बिना किसी चूक के बाण सीधा कवच को भेदता हुआ उस नेता के दाएं कंधे में धंस गया।

एक ज़ोर की चीत्कार के साथ अश्वारोही ज़मीन पर लोट लगा रहा था, पर सीता तब तक दो और बाण उन लोगों की तरफ़ छोड़ चुकी थीं, जो सीधे उन लोगौं के कंठ के आरपार हो गए, जो उन यात्रियों को घेरकर खड़े थे। साथियों ने बड़े आदर के साथ अपनी महारथी को देखा और देखा अचूक निशाना, जो किसी सिद्धहस्त धनुर्धारी का ही हो सकता था।

उधर, इस अप्रत्याशित हमले के लिए कोई तैयार नहीं था।

सभी लोग अब पेड़ों के बीच से निकलकर घास के मैदान की तरफ़ चल दिए थे। हमला इतनी तेज़ और सटीक समय पर हुआ था कि बचे डाकुओं का साहस जवाब दे गया।

जैसे ही सीता और साथी मैदान में पहुंचे, दस्युओं के नायक ने साहस के साथ अपने दूसरे हाथ में खड्ग उठाकर उन्हें सावधान किया -

'कौन हो तुम लोग और हमारे बीच इस तरह बलात् आने का क्या मतलब है? छुपकर आक्रमण करने वाले कायर कौन हो तुम लोग?'

अबकी बारी सीता की थी। सीता ने अपने धनुष पर एक और शुचिछिद्र बाण पूरे वेग से चलाकर उसके दूसरे कंधे को भी घायल कर

दिया। इस बार बाण चूंकि ज़रा नज़दीक से चलाया गया था, इसलिए आघात गंभीर लगा।

बलभद्र ने अपनी तलवार ऊंची करके उनके नेता से पूछा -

'तुम्हें ज्ञात नहीं कि यह इलाक़ा अयोध्या राजा के अधिकार में आता है और गुरुकुल होने से संरक्षित भी है। फिर तुमने यह दुस्साहस कैसे किया? तुम अपना परिचय भी दो दुष्ट, तुमने यह अपराध किसलिए किया?'

'मेरा नाम दुष्यंत है। यह हमारे स्वामी असुरराज वीरसेन का भी इलाक़ा है और राम के अधीन नहीं है। इस पूरे इलाक़े पर मेरा अधिकार है कर वसूलने का और यहां की सुरक्षा का भी। आगे कुछ योजन दूर हमारा दुर्ग भी है। वीरसेन को जब यह पता चलेगा तो तुम सबका वध निश्चित है। यहां इतनी शीघ्रता से तो अयोध्या से कोई मदद आने से रही, सो तुम लोगों का मरना तय है। या तो हमसे युद्ध करो या हमें सुरक्षित जाने दो।'

दुष्यंत की भाषा में व्यंग्य भी था और कटुता भी।

'तो ठीक है,' सीता ने अपने हथियारों को ठीक करते हुए कहा - 'तुम्हें दंड देने का अधिकार तो मेरे पास है ही और इस इलाक़े को भयमुक्त करने का भी। तुम्हारे बाक़ी साथियों से भी निपट लिया जाएगा। पहले तुम तो हमसे बचो।'

अचानक हथियारों की झनझनाहट से दिशाएं गूंज उठीं। थोड़े-से संघर्ष के बाद सभी दस के दस दस्यु खेत रहे। घास का मैदान रणक्षेत्र जैसा दिख रहा था, सभी तरफ़ शव बिखरे पड़े थे।

सीता ने तनिक रुक कर सांस लेते हुए उन यात्रियों की सुध ली, जो मारे भय के एक-दूसरे के साथ घास में छिपकर बैठे थे।

'अब आपको कोई डर नहीं, सभी लोग बाहर आ जाएं। आप लोग सुरक्षित हैं।'

'देवी! अभय...' कांपते स्वर में एक ने कहा।

तीनों सकुशल थे। उन्होंने देवी सीता के सामने करबद्ध प्रार्थना की - 'देवी! हमारी रक्षा करके आपने हमारे ऊपर उपकार किया। हम कुछ दस लोग आज सुबह अपने नगर से दूसरे नगर के लिए व्यापार हेतु निकले थे। चूंकि यह रास्ता सुरक्षित माना जाता है, इसलिए हमारे साथ कोई सैनिक या

अस्त्र-शस्त्र नहीं थे। अचानक इन्होंने आक्रमण करके हमारा सारा सामान लूट लिया और धमका भी रहे थे - यदि यहां से व्यापार करना है तो हमें कर चुकाना पड़ेगा और हमारे मालिक से अनुमति भी लेना पड़ेगी।'

'किंतु देवी, इसे तो देवाताओं ने सुरक्षित क्षेत्र घोषित किया हुआ है। तो फिर यह अपराध क्यों?' तभी सीता को वन में कुछ आहट सुनाई दी। तत्काल अपने साथियों को सावधान कर सीता ने यात्रियों को अपने बीच में कर लिया और चारों ओर देखने लगीं। तभी सीता ने ऊंची आवाज़ में कहा -

'कौन है, जो वन में छुपकर हमारी बातें सुन रहा है? तत्काल सामने आ जाओ, अन्यथा युद्ध के लिए तैयार हो जाओ।'

सीता ने धनुष पर बाण संधान कर आवाज़ की दिशा में एक शब्दभेदी बाण छोड़ा। शब्दभेदी बाण चलाने की कला सीता ने प्रभु राम से अगस्त्य मुनि के आश्रम प्रवास के दौरान सीखी थी। बाण का निशाना अचूक था।

घनी झाड़ी के पीछे किसी धातु से बाण टकराने की ध्वनि और किसी के कराहने की आवाज़ सुनाई पड़ी।

'कौन है...?' सीता ने धनुष ऊंचा करके प्रश्न किया। दूसरा शर संधान कर ज्यों ही प्रत्यंचा खींची तो सामने झाड़ी में से कुछ ग़रीब-से दिखने वाले निषाद सामने आ गए।

'देवी! बाण मत चलाना, हम दुश्मन नहीं हैं।'

देखते-देखते 20-25 लोगों का समूह झाड़ियों से बाहर आया। सभी करबद्ध मुद्रा में थे।

'देवी! प्रकोप मत कीजिए। हमें हमारे अपराध के लिए माफ़ कीजिए। हम इसी वन के निवासी हैं, ये आश्रम वाले जानते हैं हमें। हमारा अपराध क्षम्य हो देवी!'

सीता ने बलभद्र की तरफ़ देखा। बलभद्र ने उन्हें जानने की सहमति में सिर हिलाया। तब सीता ने धनुष नीचे करते हुए कहा - 'तो तुम लोग यहां क्या कर रहे थे?'

'देवी! ये दुष्ट लोग कभी-कभी बिना बताए इस वन में आते हैं और हमारे कई साथियों को उठा ले जाते हैं। हमारे पशुधन, स्त्रियां सुरक्षित नहीं रहतीं। ये असुर हैं और मथुरा के असुर राजा के अनुयायी हैं।'

'अच्छा, तो यह बात है।' सीता ने पूरे मामले को समझकर कहा - 'तो तुम लोगों ने यह बात अपने राजा तक किसलिए नहीं पहुंचाई?'

'कैसे पहुंचा पाते देवी! राजा का कोई प्रतिनिधिमंडल यहां नहीं रहता, जो हमारी रक्षा कर सके और जब तक राजा के पास यह ख़बर पहुंचेगी, तब तक तो ये हमें जंगल में ही मार देंगे या दास बनाकर ले जाएंगे। हमने सुना है देवी, इनका राजा बहुत क्रूर है। हमारे कई साथी उसके यहां दासता कर रहे हैं। हमारी कौन सुनेगा?'

सीता ने कहा - 'अब डरने की आवश्यकता नहीं, आप सभी हमारे साथ आश्रम तक चलिए, कुछ आवश्यक जानकारी आप लोगों से लेनी है।'

सभी ने सहमति से सिर हिलाया और सीता के पीछे आश्रम की तरफ़ चल दिए।

जैसे ही सीता ने आश्रम में प्रवेश किया तो सभी ने घेर लिया। सीता के साथ गए लोगों ने सीता के हस्त लाघव का ऐसा बखान किया कि सीता पलभर में सभी के लिए आदर की देवी बन गईं।

गुरुजी आश्रम में थे नहीं और निर्णय तत्काल लेना था। बड़ी उलझन की स्थिति थी। सीता ने सभी को एकत्र किया और मंत्रणा में अपने मन की बात बताई। चूंकि सीता की परवरिश एक राज परिवार में हुई थी और एक विशाल राजघराने की वह रानी थीं, इसलिए अपराध को सहन करना उनके लिए असहय हो रहा था। सीता ने अपनी बात सभी के सामने रखी। 'डाकुओं का वध हो चुका था और जब ये वापस अपने शिविर नहीं पहुंचेंगे तो दुश्मन चौकन्ना होकर हम पर आक्रमण कर सकता है। तब हम तैयार नहीं होंगे और सब मारे जाएंगे।'

सीता की बात सही थी और कुछ करने के लिए समय बहुत कम था। साथ ही अनदेखे दुश्मन की शक्ति का भी पता नहीं था।

यात्रियों ने भी हाथ जोड़कर सीता से प्रार्थना की - 'देवी! आज हमारे कारण इतनी बड़ी विपत्ति आप लोगों पर आ पड़ी है और कोई समाधान भी नहीं दिख रहा। हमें क्षमा करिए।'

'अरे नहीं, इसमें तुम्हारा कोई दोष नहीं। यह तो राजा की आज्ञा है कि शक्तिशाली अपने से कमज़ोर की रक्षा करे। यह हमारा धर्म है। आप निश्चिंत हो जाइए, हम निपट लेंगे।

अब स्थिति बहुत संगीन हो गई थी। साथ आए निषाद लोगों के नेता ने आगे बात कर सीता को बताया कि यहां से कुछ योजन आगे नदी के रास्ते नदी के किनारे ही उनका छोटा-सा दुर्ग है। उस दुर्ग में 50 या 100 लोगों की एक छोटी-सी सेना रहती है। मुझे रास्ता ज्ञात है, किंतु...

'किंतु क्या?' बलभद्र ने पूछा।

'हम में से कितने लोग अस्त्र-शस्त्र चलाना जानते हैं और कितनों ने युद्ध में भाग लिया है। फिर यदि हम उन पर आक्रमण करने की सोच रहे हैं तो कैसे? कहीं हम सब आत्महत्या तो नहीं करने जा रहे?'

अब बारी सीता की थी।

सीता ने आगे बढ़कर निषाद कुमार से कहा - 'तुम निश्चिंत रहो निषाद।'

लेकिन, अब चिंता का कोई मूल्य नहीं था और पीछे जाने का तात्पर्य और विकट पराजय थी। आख़िर यही तय हुआ कि सीता जैसा चाह रही हैं, वही मार्ग अपनाया जाए।

अब तैयारी।

सीता ने पूरे अभियान को चार हिस्सों में बांट दिया।

एक टुकड़ी, जो सीधे सामने से आक्रमण करने वाली थी, उसका नेतृत्व खुद सीता करेंगी। दूसरी टुकड़ी जो रसद के साथ होगी, पहली टुकड़ी की सहायता करेगी। तीसरी टुकड़ी अचानक हमला कर चौंका देगी दुश्मन को। और चौथी टुकड़ी जहां ज़रूरत होगी वहां सहायता करेगी।

अब जब सारी योजना बन गई तो निषाद कुमार ने कुछ कहने के लिए हाथ उठाया। सीता ने कहा -

'हां, कहो। तुम क्या कहना चाहते हो?'

'देवी! हम तो जंगल के ही निवासी हैं और यहां की हर बात से परिचित हैं। हमारे पास अच्छी नाव है, जो हमें लेकर जाने में सहायता करेगी।'

'अब सबसे महत्त्वपूर्ण बात यह है कि उस दुर्ग में हमारे काफ़ी लोग हैं, जो हमारे इशारे पर दुर्ग के द्वार भी खोल देंगे और मदद भी करेंगे।'

'पर तुम उनसे मिल कैसे पाओगे?'

'हम जब दुर्ग के बाहर होंगे, तब अपनी जंगल की भाषा में उनसे बात कर लेंगे।'

'किंतु यदि तुम्हारी बात दुर्ग में किसी और ने सुन ली तो?'

'नहीं देवी! यह भाषा सिर्फ़ निषाद ही समझ सकते हैं और चूंकि दुश्मन असुर हैं, इसलिए उनकी भाषा अलग भी है।'

'अच्छा तो फिर प्रस्थान की तैयारी करें। हम यही कोई रात के तीसरे पहर से धावा शुरू करेंगे। चूंकि नदी का बहाव भी उसी ओर है, अतः हम सुबह होने के पहले ही पहुंच जाएंगे।'

आश्रम में मानो रतजगा हो रहा था। हर तरफ़ लोग दौड़-भाग रहे थे, एक-दूसरे की मदद कर रहे थे।

अब चुने हुए लोगों को लेकर सीता ने जिधर आयुध रखे थे, उस ओर प्रस्थान किया। सीता ने चूंकि राम से युद्ध की थोड़ी प्रारंभिक शिक्षा भी ली थी और हथियारों की भी। हालांकि राम ने उन्हें विशेष शस्त्र चलाने की विधि नहीं बताई थी, लेकिन सीता परशुराम की भी शिष्या रह चुकी थीं विवाह से पूर्व, जब महात्मा परशुराम जनक के दरबार में आए थे। उन्होंने सीता को शिव धनुष के साथ कुछ प्रक्षेपास्त्रों का अध्ययन भी कराया था, ताकि आवश्यकता पड़ने पर सीता उनका उपयोग कर सकें। शिव धनुष की रक्षा कर सकें। यह एक जटिल धनुष था, जिसे रुद्र ने इस्तेमाल किया था विश्वशांति के लिए। काशी में रुद्र ने अपने अस्त्र-शस्त्र परशुराम को दे दिए थे संभालकर रखने के लिए। सीता स्वयंवर के समय महर्षि विश्वामित्र को लगा सीता के बाद यह धनुष यहां सुरक्षित नहीं रह पाएगा तो फिर इसे नष्ट कर देना ही समय की मांग है। अपराध होगा, लेकिन यदि ग़लत हाथों में पड़ गया तो विनाश हो जाएगा। चूंकि धरोहर रुद्र की थी, संरक्षक परशुराम वहां थे नहीं। और सबसे बड़ा डर उस समय उत्तर भारत के सबसे बड़े शत्रु लंकापति रावण से था, जो शिव का भक्त था और रुद्र का प्रिय भी। यदि वह यह धनुष प्राप्त कर लेता तो फिर उसे पराजित करने के लिए विष्णु को भी परेशानी आ जाती।

इस समस्या से निपटने के लिए महर्षि विश्वामित्र ने राम का चयन किया था। भगवान विष्णु के अवतार, ताकि परशुराम के क्रोध से भी बचा जा सके और धरोहर का सम्मान भी हो सके। इसीलिए सारा प्रयोजन किया गया।

चूंकि धनुष की संरचना इतनी जटिल थी कि हर कोई उसे धारण नहीं कर सकता था। धरा पर सिर्फ़ चार लोग ही थे, जो उसे संभाल सकते थे - प्रभु राम, खुद परशुराम, रुद्र और रावण। इसलिए रावण के जनकपुरी पहुंचने से पूर्व ही धनुष को नष्ट कर दिया गया। परशुराम को जब स्थिति की गंभीरता का पता चला तो उनका क्रोध जाता रहा और राम को अपना धनुष प्रदान कर वह वापस महेंद्रु पर्वत पर चले गए, लेकिन दंडस्वरूप राम ने 14 वर्ष के वनवास की सज़ा देवताओं से ली।

अब सीता सीधे जहां आयुध रखे थे, वहां पहुंचीं। अपने लिए एक उत्तम धनुष, तीरों से भरा एक अक्षत तरकश और एक विकराल खड्ग चुना। बाक़ी सभी ने अपने-अपने अस्त्र-शस्त्र का चयन अपनी योग्यता के अनुसार किया। किंतु वे इस बात से अनभिज्ञ थे कि जैसे ही आयुध कोठार से यह सामान लिया जाएगा, महर्षि वाल्मीकि को ज्ञात हो जाएगा कि आश्रम में कुछ अनर्थ हो रहा है। लेकिन अभी सीता के पास समय नहीं था कुछ और सोचने का। अस्त्र-शस्त्र से सुसज्जित होकर जब सीता बाहर निकलीं तो उनके चेहरे का तेज देखकर सब उनकी स्तुति करने लगे। विपत्ति की चिंता मिट गई थी। सभी को लगने लगा था कि हमारे साथ कोई विकट योद्धा है, जो हमें और इस आश्रम को विपदा से बचा लेगा।

आश्रम की आंतरिक सुरक्षा का दायित्व एक टुकड़ी को दिया गया, जिसे आश्रम में रहकर उसकी रक्षा करने और विपत्ति के समय उससे निपटने के निर्देश दिए गए थे। बाक़ी लोगों को चार टुकड़ियों में अलग-अलग नाव में सवार होकर चले। उनके साथ पांच-पांच निषाद भी थे। सीता की नाव में निषादों का नेता था। दूसरी नाव पर थे बलशाली बलभद्र, जो शिव के नंदी समान दिखते थे। भरे-भरे कंधे वाला एक पराक्रमी योद्धा, जिनके हाथ भयानक परस था। उनकी नाव में भी पांच निषाद थे। बाक़ी बची दो नाव में से एक पर थोड़ा युवा, किंतु ऊर्जा से भरा कुमार था। अभी उसे युद्ध का अनुभव नहीं था, लेकिन शस्त्र चलाने में बेजोड़ था वह। चौथी नाव में भी कुछ लोग थे, जिसकी बागडोर देवेंद्र नामक अधिपति के हाथों में थी। सभी को अच्छी तरह से उनके कर्त्तव्य और किए जाने वाले कार्यों के बारे में बताया गया, फिर तमसा के ठंडे प्रवाह में नावें चल पड़ीं, बिलकुल शांत। जैसे जंगल में कुछ हुआ ही नहीं हो।

अंधेरा था, अमावस की रात थी। नदी में सिर्फ़ चप्पुओं के चलने की आवाज़ आ रही थी, वह भी बहुत मध्यम।

धीरे-धीरे काफ़िला दुर्ग की तरफ़ बढ़ रहा था।

घड़ीभर के बाद ही दुर्ग दिखाई पड़ने लगा। रात की जलाई मशाल का मध्यम होता प्रकाश बुर्ज़ पर दिख रहा था। सभी का ध्यान उस ओर ही था।

छोटा-सा माटी का दुर्ग था वह, जो आने-जाने वालों पर निगरानी के लिए बना था। घने जंगल में होने के कारण पेड़ों के बीच छुप-सा गया था। दुर्ग में जाने के दो द्वार थे। एक पूर्व की तरफ़, जो जंगली रास्ते से जुड़ा था और दूसरा नदी के रास्ते से आने के लिए। एक छोटा लकड़ियों का चबूतरा था नीचे द्वार के नीचे, जिस पर दो नावें बंधी थीं। चूंकि असुर सोमरस के बहुत शौकीन होते हैं और इस दुर्ग पर वैसे भी सैनिक गतिविधि शून्य थीं, इसलिए सभी रक्षक गहरी नींद में थे।

अब पूर्व दिशा धीरे-धीरे रक्ताभ होने लगी थी।

निषाद ने फुर्ती से नाव को तट पर बांधा। सभी उतरकर शीघ्रता से द्वार के निकट पहुंचकर छिप गए। दूसरी टुकड़ी तीव्रता से मुख्य द्वार की ओर बढ़ गई। बाक़ी बची दो टुकड़ियां थोड़ा सुरक्षित दूरी पर ही झाड़ियों में छिप गईं।

अब निषाद ने अपनी जंगल की भाषा में संवाद शुरू किया। जैसे जंगल में कोई उल्लू रो रहा हो। थोड़े प्रयास के बाद ही दुर्ग के अंदर से भी कुछ उसी तरह की आवाज़ आने लगी। निषाद ने इशारा किया - 'वार्ता सफल रही। अब किसी भी समय द्वार खुल सकता है।'

परीक्षा की घड़ी समीप ही थी, जिसमें रक्तपात भी संभव था।

सीता तैयार थीं। चूंकि युद्ध बहुत समीप से लड़ा जाने वाला था, इसलिए सीता ने छोटे बाणों का चुनाव किया था, ताकि कम समय में ही संधान किया जा सके। सीता ने सभी को तैयार रहने के लिए कहा और अगली टुकड़ी तैयार हो गई। बचकर कोई नहीं जा सके, यह उनका पहला उद्देश्य था। तभी द्वार पर कुछ हलचल हुई और चरमराहट की आवाज़ के साथ द्वार खुलने लगा। जैसे ही द्वार खुला, सीता तेज़ी से दुर्ग के प्रांगण की ओर बढ़ीं। पीछे-पीछे बाक़ी लोग थे।

छिपकर या असावधान शत्रु पर प्रहार नहीं किया जा सकता, इसलिए सीता ने युद्ध में काम आने वाली तुरही बजाई, फिर शंखनाद किया। जैसे ही शंखनाद हुआ दुर्ग में हलचल मच गई।

असुर सैनिक इस अप्रत्याशित हमले के लिए तैयार नहीं थे और रात को मद्य के नशे में भी चूर थे। जैसे-तैसे अपने-अपने अस्त्र-शस्त्र संभालकर प्रांगण की तरफ़ भागे, जहां सीता पहले से ही मोर्चा संभाले हुए थीं।

सीता ने ऊंचे स्वर में घोषणा की -

'सभी लोगों को चेतावनी दी जाती है कि हमारे सामने समर्पण कर दो या युद्ध के लिए तैयार हो जाओ।'

असुर सैनिक एक महिला की आवाज़ सुनकर सकते में आ गए। यह कैसा युद्ध, जिसका नेतृत्व एक महिला कर रही है...! तभी एक विशालकाय बलिष्ठ पुरुष हाथ में विकराल परशु लिए लाल-लाल आंखें मलता आगे आया।

'सावधान! तुम लोग कौन हो और किस तात्पर्य से हमारे दुर्ग में चोरी से घुस आए हो। तुम्हें हम समय दे रहे हैं, समय रहते समर्पण कर दो और हमारी दासता स्वीकार करो, नहीं तो मरने के लिए तैयार हो जाओ।'

अब तक सूर्य भगवान की रोशनी से प्रांगण भर गया था, सभी असुर सैनिक अपने सेनापति के पीछे पंक्तिबद्ध हो चुके थे। अभी तक उन्हें शत्रु दिखा नहीं था। वे आवाज़ की दिशा में ही देख रहे थे।

तभी सीता ने ओट से बाहर आकर अपने धनुष का रुख़ असुर सेनापति की तरफ़ करते हुए कहा -

'तुम लोग कायरों की भांति यहां वन में छिपकर राजाज्ञा का पालन नहीं करते हुए अनैतिक कार्य कर रहे हो, इसलिए मैं तुम्हें युद्ध से पहले चेतावनी दे रही हूं, या तो हमारी शरण में आ जाओ और यह क्षेत्र चूंकि रघुवंशियों की धरोहर और आधिपत्य का है, इसलिए तुम्हें मैं आदेश देती हूं कि तत्काल इस प्रदेश से निकल जाओ।'

'स्त्री योद्धा! हम सिर्फ़ अपने राजा का कहा मानते हैं और इस क्षेत्र में रघुवंशियों का अधिकार नहीं, इसलिए हम बाध्य नहीं तुम्हारे राजा की आज्ञा से।'

'हम युद्ध के लिए तैयार हैं, सामने आओ और युद्ध करो।'

वह मतवाले हाथी की तरह सीता की तरफ़ बढ़ा और सीता ने संधान किया बाण छोड़ा, जो सीधे उसके दाएं हाथ को चीरता हुआ निकल गया। एक चीत्कार के साथ परशु उसके हाथ से गिर गया। तत्काल उसने दूसरे हाथ से शस्त्र उठाया और सीता की तरफ़ बड़े वेग से फेंका, जिसे सीता ने बीच में ही काट दिया। अब सभी सैनिक हथियार लिए सीता को घेरने चल दिए। सीता एक शेरनी की तरह बीच में खड़ी थीं, तभी सीता के बाक़ी साथियों ने आक्रमण कर दिया। दोनों तरफ़ से अस्त्र-शस्त्र से प्रहार होने लगे।

अचानक तब तक निषाद कुमार ने मुख्य द्वार भी खोल दिया और बलभद्र भी अपने साथियों के साथ रण में असुरों पर दाईं ओर से हमला कर दिया। असुर इस अचानक हुए हमले से घबराकर तितर-बितर हो गए। उनका ध्यान भटक गया। उन्हें यह समझ नहीं आया कि शत्रु कितने हैं और किधर-किधर से आ रहे हैं। तब तक तीसरी टुकड़ी ने भी बाएं भाग पर ज़ोरदार आक्रमण कर दिया। सीता लगातार बाण चलाए जा रही थीं। असुर सीता के हस्त लाघव से घबरा गए थे। इतना विकट योद्धा उन्होंने पहले कभी देखा नहीं था। तीन तरफ़ से हुए आक्रमण के कारण घड़ीभर के युद्ध में सभी असुरों का संहार हो गया। कुछ घायल बचे भी थे तो वे मरणासन्न स्थिति में थे। अब युद्ध समाप्ति की ओर था। सीता ने अपना चंद्रहास बाण धनुष पर साधा और कान तक खींचकर पूरे वेग से असुर सेनापति की तरफ़ छोड़ा। अगले ही पल चंद्रहास ने असुर का सिर उसके धड़ से अलग कर दिया था।

सीता कई बाण एक साथ चला सकती थीं और चला भी रही थीं। शत्रु एक-एक कर ख़त्म हो रहे थे। कुछ सीता के साथियों की तलवार के वार से बच गए तो उन्हें बलभद्र ने अपने परस से काट डाला। पूरा प्रांगण लहूलुहान था। सब तरफ़ असुर सैनिकों की लाशें पड़ी थीं।

सीता के सभी साथी सुरक्षित थे, कुछ को थोड़ी चोट आई थी, युद्ध समाप्त हो चुका था। सभी लोग अपने नए सेनापति देवी सीता के युद्धकौशल से अचंभित थे। कैसे घड़ीभर के युद्ध में मुट्ठीभर सैनिकों, जो परंपरागत सैनिक भी नहीं थे, के साथ लगभग 70 असुर सैनिकों को समाप्त कर दिया। उन्होने अपना एक भी सैनिक नहीं खोया, ना कोई गंभीर घायल हुआ था।

'देवी की जय! देवी आप धन्य हैं, हमारी रक्षक हैं आप।' सभी देवी सीता के सामने नतमस्तक थे।

पर अभी कार्य खत्म नहीं हुआ था। सीता ने निषाद कुमार को आदेश दिया - 'कुमार! लकड़ियां एकत्र करो और सभी शवों की नियम अनुसार अंत्येष्टि की व्यवस्था की जाए। इन दिवंगत वीरों को ससम्मान विदा करके हम यहां से प्रस्थान करेंगे।'

आदेश का पालन तत्काल हुआ। दुर्ग में पहले से रह रहे दास निषाद और साथ आए निषाद लोगों ने सामूहिक चिता की व्यवस्था कर सभी शवों का ससम्मान अंतिम संस्कार किया। तदुपरांत दुर्ग को भी आग के हवाले कर सीता ने आश्रम की ओर प्रस्थान करने को कहा। नावें फिर आश्रम की तरफ़ अग्रसर हो गईं, लेकिन अब सफ़र थोड़ा कठिन था। एक तो युद्ध के कारण सभी थककर चूर हो गए थे, वहीं उन्हें अपनी नावें धारा के विपरीत चलानी थीं और नदी का प्रवाह तेज़ था। खैर, थका-मांदा दल जैसे-तैसे आश्रम के तट पर पहुंच गया। आश्रम के सभीजन और बहुत सारे निषाद बुज़ुर्ग, महिलाएं और बच्चे तट पर ही जमा थे। जैसे ही उन्हें बेड़ा आता दिखा और सारी नावों में सवार सभी लोग सकुशल दिखे, ख़ुशी के कारण सब ज़ोर-ज़ोर से चिल्लाकर, थालियां और तुरही बजाकर विजेताओं का स्वागत करने की तैयारियों में जुट गए।

सबसे पहले सीता की नाव तट पर लगी, सभी लोगों ने उन्हें घेर लिया और यात्रा व युद्ध का हाल जानने के लिए हर कोई आतुर था। सीता ने नाव से उतरकर सबका अभिवादन स्वीकार किया और बोलीं - 'कृपया सभी अपने स्थान पर बैठे रहें।' लेकिन लोग कहां मानने वाले थे। आश्रम की सबसे बुज़ुर्ग महिला ने आगे बढ़कर सीता का स्वागत किया। फूलों की माला पहनाई और चंदन का टीका लगाकर हर विजेता की श्रुति गाई। सभी प्रसन्नता से आश्रम की तरफ़ चल दिए।

निषाद भी बहुत ख़ुश थे। एक तो उनके दुश्मन का पूरी तरह सफाया हो गया, दूसरा सीता के रूप में उन्हें एक नेता और आश्रम से संवाद का अवसर मिल गया और तीसरा उनकी जाति को भी अब संभवतः सम्मान मिलने की आशा बढ़ गई थी क्योंकि उन्होंने भी युद्ध में एक महत्त्वपूर्ण भूमिका निभाई थी। धीरे-धीरे सभी हँसते-मुस्कराते और गाते हुए विदा हो गए अपने-अपने गंतव्य को।

सीता की ख्याति रातों-रात आसपास के क्षेत्रों में फैल गई। लोग बात करने लगे - 'कैसे देवी ने दुर्गा अवतार लेकर दुष्ट असुरों का संहार कर

दिया।' यह काफ़ी था आश्रम की छवि के लिए भी। हर तरफ़ वाल्मीकिजी और देवी सीता की चर्चा थी। कुछ लोग कह रहे थे – 'कैसा विकट पराक्रम दिखाया देवी ने कि दुश्मन को धूल चटा दी। अब लंबे समय तक कोई ऐसा दुस्साहस नहीं करेगा।' पूरा क्षेत्र फिर पहले की तरह सुरक्षित हो गया था।

किंतु, महर्षि वाल्मीकि...

महात्मा के माथे की लकीरें अधिक गहरी हो गई थीं। वह शीघ्र आश्रम पहुंचना चाहते थे। सभी साथ के लोगों और यजमानों को आदेश हो चुका था कि महात्मा रात में ही प्रस्थान करेंगे। यात्रा की तैयारी पूर्ण हो गई थी। यजमान हाथ बांधे महात्मा के आगे खड़े थे। उन्हें डर लग रहा था कि क्या ग़लती हो गई, जो महात्मा ने तत्काल प्रस्थान का निर्णय ले लिया।

उस नगर के नगरपति ने आगे बढ़कर महात्मा की चरण वंदना की और कहा – 'महर्षि! हमसे अनजाने में क्या अपराध हो गया, जो आप यूं रात में प्रस्थान करना चाहते हैं?'

'नहीं राजन! आप लोगों के आतिथ्य से तो हम प्रसन्न हैं। बस, कुछ बहुत महत्त्वपूर्ण घटित हो चुका है, इसलिए हमें तत्काल प्रस्थान करना होगा।' और थोड़ी ही देर में महर्षि अपने साथियों एवं कुछ सेवकों का साथ निकल पड़े।

महात्मा के साथ कुछ मार्ग प्रदर्शक आगे चल रहे थे, पीछे बैलगाड़ियों में बहुत सारा सामान लदा था, जो नगरपति और उनके नगर के विशिष्टजनों ने आश्रम हेतु भेंट किया था। महर्षि समय नहीं गंवाना चाह रहे थे, क्योंकि उन्हें आश्रम तक की दूरी तय करने में तीन दिन लगने थे।

काफ़िला चलता रहा, निरंतर कुछ देर विश्राम के उपरांत फिर चल पड़ता। साथ आए शिष्य और ऋषि समझ नहीं पा रहे थे कि ऐसा क्या घटित हो गया, जो महात्मा इतने उतावले हो रहे हैं।

तीन दिन के बाद काफ़िला आश्रम की सीमा तक पहुंच गया, पर जैसे ही काफ़िला उस वन में से गुज़रा, अचानक एक स्थान पर उन्हें कुछ संघर्ष के निशान दिखे। कुछ झाड़ियां बेतरतीबी से कटी पड़ी थीं, कुछ हथियारों के अवशेष भी वहां नज़र आ रहे थे। सभी सचेत हो गए। महात्मा के मस्तक की लकीरें और गंभीर हो गईं।

थोड़ा आगे जाने पर विदित हुआ कुछ शवों को जलाने के अवशेष भी थे। धंसे एक बाण ने ऋषि का ध्यान खींचा, ऐसे बाण तो राजसैनिक या राजकुल के लोग इस्तेमाल करते हैं।

तो इसका तात्पर्य ये हुआ कि कुछ राजकुमार या स्वयं राजा यहां आए थे, पर राम की तरफ़ से तो संदेश नहीं था। फिर आख़िर यहां घटित क्या हुआ? सभी की मनःस्थिति ऋषि की तरह ही थी।

'शीघ्रता करो, हमें आश्रम पहुंचना है।'

आश्रम के समीप पहुंचकर...

एक ऊंचे स्थान से वाल्मीकिजी ने ध्यान से आश्रम का अवलोकन किया। देखा कि आश्रम नितदिन की भांति सुचारू रूप से चल रहा था। कुछ लोग खेतों में काम कर रहे थे, छोटे बालकों की पाठशाला भी चल रही थी। द्वारपाल मुस्तैदी से पहरा दे रहे थे। दूर रसोई का धुआं भी दिख रहा था। आश्रम के बड़े प्रांगण में संध्या आरती की तैयारी चल रही थी। सीता पीताम्बर वस्त्र में दूर से ही पहचानी जा सकती थीं। एक तो उनका क़द आश्रम की अन्य महिलाओं से कहीं ऊंचा था। चूंकि वह क्षत्रिय राजकुमारी थीं, तो उनके चलने में एक विशिष्टता दिखती थी। सभी इस रहस्यमय देवी से बहुत प्रभावित थे। उनके ज्ञान से, उनके शील से, उनके स्नेह से। तब महात्मा थोड़े संतुष्ट हुए और फिर सभी आश्रम में प्रवेश कर गए।

बिना किसी पूर्व सूचना के ऋषि का लौट आना सभी के लिए एक सुखद आश्चर्य था। वाल्मीकि सीधे संध्या स्थल पर पहुंचे। सभी उनके सम्मान में खड़े होकर श्रुति करने लगे। संध्या आरती के पश्चात ऋषि ने अपनी कुटिया में सभी विशिष्टजन को बुलाया और अन्य किसी को उधर जाने की आज्ञा नहीं थी। महात्मा शीघ्र जानना चाहते थे कि विगत दिनों में क्या हुआ। सभी लोगों ने एक स्वर में सारा घटनाक्रम कह डाला और देवी सीता के पराक्रम का बखान भी कर डाला। बताया किस सूझबूझ के साथ बिना किसी साथी के हताहत हुए सीता ने यह पूरा उपक्रम चंद घड़ी में कर डाला और पूरा क्षेत्र फिर से सुरक्षित कर दिया। साथ ही समीप वन में रहने वाले निषाद और नागों को भी अपने विशेष अधिकार में लेकर उनका विश्वास जीत लिया। सभी नगरवासी भी देवी की प्रशंसा कर रहे हैं। सारा वृत्तांत सुनकर वाल्मीकिजी बोले, 'जानकी!'

गुरुजी को गंभीर स्वर में अपना नाम पुकारते देख सीता को थोड़ा आश्चर्य हुआ। वे सिर झुकाए खड़ी रहीं, अगले कथन के लिए।

'गुरुदेव! कुछ गंभीर अपराध हो गया क्या मुझसे? बिना आपकी आज्ञा के मैंने इतने लोगों की जान संकट में डाली, आप मेरे इस कृत्य से नाराज़ हैं तो मैं इस अपराध को अपने सिर लेती हूं और आपके आदेश के अनुसार सज़ा भुगतने के लिए भी तैयार हूं।'

'बेटी! तनिक धीरज से, तुम आश्रम में हो, राजभवन में नहीं। अपराध तो तुमने किया ही है, इतने सारे शत्रुओं का नाश करके। हम तुम्हें इस अपराध के लिए क्षमा करते हैं।'

'किंतु जानकी! मेरी चिंता यह नहीं कि तुम रघुवंश की महारानी हो और राम के पुत्र को जन्म देने वाली हो। तुम्हारी इस दशा का ज्ञान है मुझे। राजवंश ने जो महत्त्वपूर्ण ज़िम्मेदारी मुझे दी है, कहीं अगर तुम्हें कुछ हो जाता पुत्री तो मैं किसी को मुंह दिखाने लायक़ नहीं रहता। क्रौंचवध के उपरांत ऋषिराज कुलगुरु वशिष्ठ ने और महर्षि विश्वामित्र ने एक बहुत महत्त्वपूर्ण कार्य मुझे सौंपा है पुत्री। और वह है रामकथा को लिखकर प्रमाणित करके समस्त भारत और विश्व में उसे जनसाधारण तक पहुंचाना। राम का तुम्हारे प्रति प्रेम किसी से छिपा नहीं है। ऐसा पराक्रमी और चक्रवर्ती सम्राट का जीवन समस्त आर्यावर्त और इक्ष्वाकु वंश के मान के लिए ज़रूरी है। और तुमने आज उस ग्रंथ का समापन ही कर दिया होता, यदि तुम पर कोई आघात कर देता तो। मेरा सारा ज्ञान, तप व्यर्थ जाता पुत्री। अब मुझे संकल्प दो कि इस तरह के कोई कार्य तुम नहीं करोगी, ना अपनी विशिष्ट पहचान किसी को बताओगी। तुम पर समस्त आर्यावर्त का और भारत का भार है पुत्री। तुम विशिष्ट हो, तुम्हारा जीवन अभी अमूल्य है। मेरी बात को ध्यान रखो और आने वाले कल का, अपने कल का ध्यान रखो।'

'ठीक है गुरुवर, मैं आज से आपके आदेश की अवहेलना कभी नहीं करूंगी।' सीता ने कहा।

'ठीक है पुत्री, अब तुम विश्राम करो। मुझे कुछ संदेश तत्काल अयोध्या भेजना है, ताकि उन्हें यहां घटित घटनाओं की सटीक जानकारी मिल सके और आगे से राजन सावधान भी रहें, ताकि भविष्य में इनकी पुनरावृत्ति रोकी जा सके।'

'तो क्या प्रभु स्वयं आ सकते हैं?'

'किंतु मैं अभी अपनी पहचान उनके सामने नहीं दर्ज करा सकती, समय आने पर भगवान स्वयं निर्णय ले लेंगे।' कहकर सीता चुपचाप अपनी कुटिया की तरफ़ चल दीं। ऋषिवर सीता को जाते हुए देखते रहे। फिर राजा को भेजने के लिए कुछ ताड़पत्रों पर संदेश अंकित करने लगे, जो एक सांकेतिक भाषा का पत्र था और जिसका ज्ञान बहुधा राजा अपने गुप्तचर के लिए करते थे। सावधानी ज़रूरी थी, क्योंकि संदेश बहुत महत्त्वपूर्ण था और मदद की आशा भी तत्काल थी।

अगले दिन ब्रह्म मुहूर्त में एक टुकड़ी अयोध्या के लिए निकल गई, चुपचाप और तीव्र गति से।

गुरुजी ने आज सभी लोगों को उस बरगद के विशाल वृक्ष के नीचे बुलाया था, कुछ ख़ास संदेश सभी के लिए था।

जब सभी लोग अपने-अपने आसन पर विराजित हो गए, जिनमें अध्यापक, गुरु, प्रबंधक और सेवक-सेविकाएं शामिल थीं। सीता भी अपनी सखियों, जो अभी-अभी बनी थीं और सीता का बहुत सम्मान करने लगी थीं, के साथ अपने आसन पर विराजित हो गईं।

'सुनिए,' गुरुजी ने गंभीर आवाज़ में कहा। 'मुझे कुछ सुझाव कल देवी से प्राप्त हुए, कुछ बलभद्र से और मेरा अपना मानना है कि कुछ सुधार आश्रम और गुरुकुल में किए जाएं, भविष्य को देखते हुए। परिस्थिति अब थोड़ी बदल रही है, अतः मैंने कुछ निर्णय लिए हैं और आप सभी के सुझाव भी आमंत्रित हैं।'

'पहला आदेश -

देवी का सोचना है और मानना भी है कि हम अपने गुरुकुल में स्त्रियों के लिए विशेष अध्ययन की व्यवस्था करें। और उन्हीं में से कुछ स्त्रियों को शास्त्र विद्या का अध्यापन भी कराया जाए। हालांकि अभी स्त्रियों के शास्त्र पूजन में कुछ भेद है। कुछ जटितलताएं हैं, जो संभवतः आम तरीक़े से समाज में नहीं हो सकतीं। इसलिए विषय गंभीर है, लेकिन भविष्य को देखते हुए यह आवश्यक हो गया है कि भारत के नवनिर्माण में महिलाओं की उपस्थिति भी दर्ज हो। उन्हें सम्मान तो है, लेकिन एक दर्जा, जिसकी वे अधिकारी हैं, मिलना चाहिए। और इस कार्य के लिए देवी को नियुक्त कर रहा हूं। किंतु,

यह सब याद रखें, देवी से कोई सवाल नहीं करेगा, ना उनके भूत के बारे में बात करेगा।'

'दूसरा बहुत महत्त्वपूर्ण है। देवी गर्भ से हैं तो उनकी उचित देखरेख का उत्तरदायित्व आश्रम की सबसे अनुभवी देवी अम्बा पर रहेगा। मैं चाहता हूं कि देवी का ध्यान सभी बातों से ऊपर रखा जाए, उन्हें तनिक भी परिश्रम नहीं करना पड़े।'

'नहीं गुरुवर!' सीता ने सपाट स्वर में कहा। 'विशाल हृदय है आपका, जो मुझे अपने आश्रम में स्थान दिया। दूसरा मेरा अपना मानना है कि यह एक स्वाभाविक प्रक्रिया है, संसार की सभी महिलाएं और जानवर भी इससे गुज़रते हैं। मेरा खुद का यह ईश्वर पर विश्वास है कि जो प्रकृति के हिसाब से हो, वही उचित होगा। निर्बल के लिए इस संसार में जगह नहीं। यदि मेरी संतान किसी भी तरह से प्रकृति के अनुरूप नहीं होती है तो यह उसका भाग्य होगा। अतः मुझे कोई विशेष स्थान नहीं दिया जाए।'

'हां, यह अवश्य है कि अब जो कुछ भी गुरुवर ने कहा और आदेश दिया महिलाओं के लिए, वह सिर्फ़ आश्रम भर के लिए नहीं, आसपास के नगर, पुर, निषाद, नाग सभी के लिए है। स्त्री जब सशक्त होगी, तभी एक नए युग की आधारशिला रखी जा सकेगी, एक नया सवेरा, एक नई सोच।'

गुरुजी ने सीता को बैठने के लिए कहकर अपनी बात जारी रखी -

'हमें आश्रम का विस्तार करना पड़ेगा। कुछ अधिक लोगों के रहने की योग्य व्यवस्था, जिसके लिए हमें थोड़ा कृषि क्षेत्र भी विकसित करना पड़ेगा और जब यह विस्तार होगा तो फिर सुरक्षा की व्यवस्था भी पुख़्ता करना होगी। अतः बलभद्र और निकुंभ, तुम क्रमशः सुरक्षा और कृषि विस्तार की योजना को आयाम दोगे। इसके लिए आवश्यक धन की व्यवस्था के लिए राजा से निवेदन मैं स्वयं करूंगा।'

'तीसरा महत्त्वपूर्ण कार्य यह होगा कि समस्त भारत का भ्रमण और भारत में दूर-दूर तक फैले गुरुकुल एवं आश्रम को एक कड़ी में बांधने की प्रक्रिया। सभी पूजनीय गुरुवरों से मैंने निवेदन कर लिया है और इस बात के लिए कुलगुरु विश्वामित्रजी का संदेश राजा की ओर से भारत के सभी गुरुकुल को जाएगा, ताकि समूचा भारत एक सूत्र में बंध सके।'

सभी अवाक से गुरु का आदेश सुन रहे थे और उनके दूरगामी परिणाम का महत्त्व भी समझ रहे थे।

'अब आप सभी लोग अपने-अपने कार्य में जुट जाएं। मैं स्वयं अपनी कुटिया में कुछ समय के लिए सभी से दूर रहूंगा। भविष्य के लिए देवता ने कुछ दायित्व हमें दिए हैं, उन्हें कैसे निर्वाह करना है, अतः मुझसे कोई भी तब तक संपर्क नहीं करेगा, जब तक मैं स्वयं बाहर नहीं आ जाऊं।'

दरअसल, स्वयं महर्षि वशिष्ठ और महान राजर्षि विश्वामित्र ने उन्हें राम की समूची जीवन यात्रा का विवरण सरल भाषा में, लयबद्ध और स्पष्ट लिखने की ज़िम्मेदारी सौंपी थी। अध्ययन के लिए अयोध्या के द्वार उनके लिए खुले थे और अब तो स्वयं पूरे घटनाक्रम की साक्षी सीता उनके पास उपस्थित थीं। अब सीता के विचार और भविष्य के लिए उनका विस्तार सुनकर वाल्मीकि के हृदय में भी सीता के प्रति श्रद्धा व स्नेह पनप रहा था।

धन्य हो राम, जो तुम्हें सीता जैसी बुद्धिमान पत्नी का साथ मिला। यह अलग बात है कि ईश्वर के विधान से वह कभी बहुत साथ नहीं रह पाए हों, लेकिन सीता मां से एक क्षण को भी राम का ध्यान नहीं हटता। ना प्रभु राम सीता को कभी हेय दृष्टि से देख सकते हैं। वे उनके हृदय में सदैव विराजित रहती हैं।

राम और सीता!

प्रकृति के ही दो पहलू हैं। एक ईश्वर से सीधा जुड़ा है और दूसरे का अर्थ पहले के बिना नगण्य है, तो दोनों समान ही तो हैं। सीता को देखो तो प्रभु राम का रूप नज़र आता है और राम को देखो तो सीता का।

एक दूजे के पूरक हैं दोनों।

'जय प्रभु राम-सीता! तुम ही नर-नारायण हो, तुम ही विष्णु की तरह पालनहार हो। भगवान शिव का आशीर्वाद सदा तुम पर बना रहे,' ऐसी श्रुति करते-करते गुरु अपनी कुटिया में ध्यानस्थ हो गए।

एक नए भारत की कल्पना को मूर्तरूप देने का सीता का चयन स्वयं प्रभु राम ने इस कार्य के लिए किया था। तभी तो राजसी सुख त्यागकर एक कठिन यात्रा के लिए उन्होंने स्वयं के सुखों का त्याग किया था। यह कार्य सिर्फ़ और सिर्फ़ ईश्वर ही कर सकते थे, वह पात्रों का चयन भी स्वयं ही करते हैं।

शंकर की एक कल्पना मानव मात्र के कल्याण हेतु।

वाल्मीकि को रातभर तनिक भी नींद नहीं आई। यह सोचकर वह आश्चर्यचकित थे कि प्रभु की लीला को समझना मन की परिकल्पना से परे ही रहता है और भारतवर्ष तो खुद उन महान ऋषियों की धरती है, जिन्होंने मानव कल्याण के लिए हर पल कार्य किया, अगस्त्य ऋषि, सप्त ऋषि, विश्वामित्र, शुक्राचार्य, बृहस्पति, जिन्होंने भारतवर्ष को अपनी भूमि चुना और जनकल्याण के लिए समूचे विश्व में विचरण कर रहे हैं। मानव जाति के उत्थान के लिए निरंतर कार्यरत हैं।

भारत यूं ही विश्वगुरु नहीं है। उसके पीछे वर्षों की तप, साधना और आविष्कार हैं। धन्य है भारतवर्ष और यहां की तपोभूमि, जहां सदा नारी का सम्मान और जनकल्याण के कार्य होते रहे। मनुओं ने, देवताओं ने इस धरा का, वीरभूमि का सम्मान यूं ही नहीं किया।

चयन करने के लिए पूरा विश्व था ब्रह्मा के लिए, लेकिन भारतवर्ष ही चयनित था, है और रहेगा भी।

यह कालखंड सतयुग के बाद आए त्रेतायुग का है, जहां मानव कल्याण के लिए स्वयं विष्णु ने मनुज अवतार लिया। इक्ष्वाकु वंश की 39वीं पीढ़ी के रूप में प्रभु राम अवतरित हुए, जिनकी श्रुति स्वयं देवता ने सुनाई और सहायता के लिए सीता, जो प्रकृति की अनुपम भेंट थीं, जैसी अवतारी देवी का साथ मिला।

'धन्य भाग मेरे,' यह सोचकर वाल्मीकि का रोम-रोम पुलकित हो गया।

कुछ समय पूर्व जब उनका जन्म कश्यप ऋषि के पुत्र के रूप में हुआ तो विधाता को कुछ और ही मंजूर था, पैदा होते ही ऋषि कुमार को निषाद स्त्री ने, जिसकी कोई संतान नहीं थी, धोखे से आश्रम से, जब सब सो रहे थे, चुरा लिया था और उसे लेकर आश्रम से बहुत दूर, यहां पहाड़ों के बीच ले आई थी। निषाद कुमारी निषाद राजा की स्त्री थी। अपराध तो हो चुका था, दंड भी अवश्य मिलना था। ऋषि के क्रोध के डर से कि कहीं श्राप नहीं दे दें, कभी वापस जाने का साहस ना कर सके। कश्यप ऋषि ने भी अपनी पत्नी को समझाया कि तुम्हारा पुत्र जीवित है और सुरक्षित है। एक दिन सारे विश्व में उसका नाम होगा। अनंतकाल तक, युगों-युगों तक तुम्हारा पुत्र पहचाना जाएगा।

पर ईश्वर ने आपके भाग्य में क्या लिखा है, यह ज्ञान मनुष्य को कभी नहीं दिया। वह सिर्फ़ अनुमान ही लगा सकता है बस।

कुछ वर्षों बाद वाल्मीकि का पालन-पोषण निषाद कुमारों के बीच होता रहा, लेकिन अभी बहुत कुछ घटित होना बाक़ी था। उधर, विष्णु ने राजा दशरथ के घर अवतार लिया राम के रूप में, इधर वाल्मीकि के भाग्य में कुछ और ही था।

तत्कालीन राजाओं के अधिकारियों के अत्याचारों के कारण वाल्मीकि ने शस्त्र उठा लिए और उस समय रत्नाकर के नाम से कुख्यात हो गए थे। यहीं तमसा के उद्‌गम पर ही।

तमसा का उद्‌गम क्षेत्र भी बहुत कठिन था। एक पहाड़ी की 600 योजन लंबी और बेहद संकरी जगह को पार करके रुद्र के त्रिशूल की मार से उत्पन्न तीन छिद्र से तमसा की उत्पत्ति हुई थी, जो आगे जाकर एक बड़े विशाल नद में परिवर्तित हो जाती थी। तो दुर्गम इलाक़ा रत्नाकर का ठिकाना था, जहां वह अपने साथियों के साथ भयमुक्त विचरण करता और धनाढ्य लोगों से धन छीनकर ग़रीबों में बांट देता था। लेकिन, समय एक जैसा नहीं रहता। विश्वामित्र का उस क्षेत्र में आना हुआ। जब उनका सामना रत्नाकर से हुआ तो उन्होंने जान लिया कि यह कश्यप का पुत्र है। विश्वामित्र ने समझाया कि तुम्हारे जीवन का उद्देश्य लोगों परेशान करना और मारना नहीं, लेकिन अगर तुम अपना कल्याण चाहते हो तो प्रभु का ध्यान करो और इस बुरे काम से मुक्त हो जाओ। रत्नाकर को समझ आ गया अपनी मुक्ति का मार्ग।

'महात्मन! मुझे एक ब्रह्म वाक्य दो, ताकि मैं भगवान का ध्यान कर सकूं और मुक्त हो जाऊं। गुरुवर! मैंने तो सदैव लोगों को परेशान ही किया है, जाने कितने पाप हैं मेरे सिर पर।'

'कोई बात नहीं शिष्य, तुम मेरे इन शब्दों को ही ब्रह्म वाक्य मानकर अपना ध्यान शुरू करो, शीघ्र ही तुम्हारा कल्याण होगा। स्वयं प्रभु तुमसे मिलने तुम्हारे द्वार आएंगे।'

यह कहकर विश्वामित्रजी चले गए, किंतु रत्नाकर को अपने गुरु की बात इतनी भा गई कि उसने सबकुछ त्यागकर एक वटवृक्ष के नीचे धूनी जमा ली और गुरु वाक्य 'मरा...मरा...' को रटना प्रारंभ कर दिया।

देखते-देखते वर्षों बीत गए। रत्नाकर के शरीर पर दीमक ने घर बना लिया किंतु इयके बावजूद ब्रह्म वाक्य का जाप निरंतर था। साथ ही यह आश्चर्य भी था कि 'मरा... मरा...' से प्रारंभ कब 'राम-राम' की धुन में बदल गया, स्वयं रत्नाकर को भी पता नहीं चला। तभी एक दिन भरतवंशी राजा का वहां से निकलना हुआ, राजा ने देखा वन में 'राम-राम' की धुन कहीं से गूंज रही है, किंतु कोई दिखाई नहीं पड़ रहा। देखते-देखते राजा की निगाह उस बांबी पर पड़ी। राजा को लगा हो ना हो आवाज़ उसी बांबी से आ रही है। थोड़ा अचरज जान राजा ने एक टहनी का हिस्सा बांबी में डाला, यह जानने के लिए आख़िर आवाज़ कहां से आ रही है।

पर यह क्या...! बांबी से रुधिर की धारा बह निकली। राजा घबरा गए। उन्हें लगा अनजाने में मुझसे कोई अपराध हो गया। राजा ने हाथ जोड़कर विनम्र निवेदन किया कि हे भगवान! यह क्या अपराध हो गया मुझ अज्ञानी से। क्षमा करें। तभी ध्यानस्थ रत्नाकर की समाधि वर्षों बाद टूटी। रत्नाकर में जैसे ही चेतना आई तो खड़े हुए राजा ने देखा कोई महान ऋषि है और अनजाने में उन्होंने उसे आहत कर दिया। ग्लानिभाव से राजा ने रत्नाकर के पैर पकड़कर क्षमा मांगना शुरू कर दी।

'राजन! तुम व्यर्थ अपराधबोध मत लो। जो कुछ हुआ उसमें आपका कोई दोष नहीं। अब आप जा सकते हैं, मेरा तो यही घर है। मैं यहीं रहूंगा।'

'पर ऋषिवर! आप राम नाम की धुन गाए जा रहे हैं, इसलिए यह अपराध हो गया मुझसे।'

'राजन! मुझे तुमसे कोई शिकायत नहीं। मेरा आशीर्वाद तुम्हारे साथ है। तुम जनकल्याण कर मोक्ष को प्राप्त करो।'

तब राजा ने उस पूरे क्षेत्र को साफ़-सुथरा कराया और अपने सामर्थ्य के अनुसार एक सुंदर, रमणीक आश्रम रत्नाकर को बनाकर दिया। 'महात्मा! यह हमारे राज्य की ओर से आपको छोटी-सी भेंट।'

बस, तबसे रत्नाकर यहीं रहकर ज्ञान का प्रचार-प्रसार कर रहे हैं। अब लोग उन्हें नए नाम से जानने लगे थे। बांबी से निकलने के बाद वे वाल्मीकि हो गए। अब महात्मा और ऋषि हो गए थे। उन्होंने अपना जीवन अब सिर्फ़ जनमानस में चेतना और सामाजिक कार्यों में लिप्त कर लिया था।

तभी कुछ समय पूर्व जब राम को वनवास मिला था। या यूं कहिए रावण से मुक्ति के अभियान में जब राम, सीता और लक्ष्मण ने भ्रमण किया तो सीधा वाल्मीकि आश्रम ही पधारे थे। वाल्मीकि से आशीर्वाद लेने। और यहां महात्मा विश्वामित्र का वह वचन भी पूर्ण हुआ, जो उन्होंने रत्नाकर को दिया था।

राम को पाकर वाल्मीकि अभिभूत हो गए थे और राम वाल्मीकि से मिलकर गद्गद्।

जब राम आश्रम से चलने के लिए प्रस्तुत हुए तो वाल्मीकि से कहा -

'आपने हम पर कृपा कर अपने आश्रम में जगह दी, सम्मान दिया। यह कौशल्या पुत्र आपका यह उपकार जीवनभर मानेगा। और आप ही साक्षी बनेंगे हमारे प्रेम के, हमारे कर्त्तव्य के। आपका नाम युगों-युगों तक रहेगा महात्मा। आप महान हैं।' यह कहकर वे विदा हो गए। पर वह सत्य वचन भी दे गए, जो कभी ऋषि कश्यप ने अपनी पत्नी से कहे थे -

'तुम्हारा यह पुत्र युगों-युगों तक भारत देश की धरती पर अमर रहेगा, भारतवर्ष की संतान तुम्हारे पुत्र की श्रुति करेगी।'

और यही सब वचन राम ने भी कहे। प्रभु राम, जिनकी जीवन यात्रा एक विशाल और अखंड देश के लिए थी, आज मूर्त रूप ले रही थी। ऋषियों की वाणी कभी व्यर्थ नहीं जाती।

वाल्मीकि के मन में भी एक कथा, एक गाथा धीरे-धीरे पैर पसार रही थी। बस, उसे लिपिबद्ध करने का समय आ गया था। यह एक बहुत बड़ा क़दम था। उस समय के हिसाब से पूरे भारतवर्ष और समूचे आर्यावर्त को एक सूत्र में बांधने का कार्य हो रहा था।

वेद को मान्यता दी जा चुकी थी आर्यों के सामाजिक ग्रंथ के लिए। चार वर्ण व्यवस्था की स्थापना भी हो चुकी थी। रावण वध के बाद आर्यावर्त सुदूर दक्षिण तक और उसके आगे सप्त सिंधु तक फैल गया था, बहुत सारी जातियां, वर्ण अब आर्यों के अधीन थे। भाषा का भी एकीकरण शुरू हो गया था, गुरुकुल और आश्रम की एक बड़ी श्रृंखला पूरे भारतवर्ष, पूरे आर्यावर्त में स्थापित की जा रही थी, जिनका नेतृत्व वशिष्ठ और गुरु विश्वामित्र स्वयं देख रहे थे।

उन्हीं की कड़ी में एक यह वाल्मीकि का गुरुकुल भी था, जो उत्तर भारत के तराई वाले इलाक़े में था। शांत, देवस्थान, नगर के कोलाहल से दूर, एक रमणीय स्थान, जो कई सौ योजन में फैल गया था, अपने आपमें एक छोटा नगर ही था, जिसका अपना खुद का व्यापारिक केंद्र, एक बड़ा पुस्तकालय, रहने योग्य घर, कृषि योग्य भूमि, जल व्यवस्था के लिए तमसा के जल से कई छोटी-छोटी नहरों का निर्माण शामिल था। गुरुकुल की सुरक्षा भी बेजोड़ थी। सभी लोग प्रसन्न थे, कहीं कोई विवाद नहीं था। सारा गुरुकुल पठन-पाठन और राजनीति शास्त्र का एक बड़ा केंद्र बनकर उभर रहा था। और अब वाल्मीकिजी आश्रम के विस्तार की योजना और बना ली थी। तो अब बहुत सारा काम होना था, जिसके लिए श्रम और धन दोनों की ज़रूरत पड़ने वाली थी।

उस समय अध्यापन के लिए छात्रों से किसी भी प्रकार का शुल्क अपराध की श्रेणी में था। विद्यादान सर्वोपरि था।

अब विस्तार का सारा कार्य कुछ चुने हुए लोगों पर निर्भर था। उधर, वाल्मीकि की भेजी हुई सारिणी अयोध्या के पास पहुंच गई थी। अयोध्या में प्रवेश से पहले एक भवन था। यहां सभी आवश्यकताओं का सामान उपलब्ध था।

अयोध्या एक विशाल और व्यवस्थित नगर...

उस समय भारतवर्ष पांच मुख्य भागों में बंटा था। आर्यावर्त के सूर्यवंश की पांच मुख्य धाराएं थीं -

एक उत्तर कौशल राजवंश, दूसरा दक्षिण कौशल राजवंश, तीसरा... राजवंश, चौथा मैथिल राजवंश और पांचवां था वैशाली राजवंश।

उत्तर कौशल राजवंशी राजाओं की 39वीं पीढ़ी में राम का जन्म हुआ था। इस वंश के प्रतापी राजाओं में मनु, इक्ष्वाकु, युवनाश्व, बृहदाश्व, मांधाता, तरसदयु, अमरीष, दिलीप, रघु और दशरथ विश्रुत चक्रवर्ती सम्राट हो चुके थे और अब राज था रघुनंदन, कौशलश्रेष्ठ, दशरथ के प्रतापी, बड़े पुत्र राम का, जिनके तीन अपने भाई थे - भरत (कैकयी पुत्र), लक्ष्मण व शत्रुघ्न (सुमित्रा पुत्र)।

सुमित्रा के बड़े पुत्र को सौमित्र भी कहते थे। वे गुस्से के बहुत तेज़, बलशाली और शस्त्रों के ज्ञाता थे। उनकी तुलना शेषनाग से की जाती थी।

फुर्ती और ताक़त का समन्वय सौमित्र में बहुत था। इन चारों भाइयों में बहुत प्रेम था। उसका कारण था राम की नीति और उनका भाइयों व परिवार के प्रति प्रेम। उतना ही प्रेम राम अपनी प्रजा से भी करते थे।

अयोध्या नगरी मध्य आर्यावर्त में स्थित थी, जिसका प्रसार पूर्व-पश्चिम में 12 योजन और उत्तर-दक्षिण में 3 योजन था। योजन का अर्थ वर्तमान परिप्रेक्ष्य में 8 किलोमीटर है, वहीं कुछ विद्वान इसे 13 से 16 किलोमीटर के मध्य मानते हैं।

पूरा नगर एक विशाल दीवार से घिरा हुआ था, जिसके चार द्वार थे। उत्तर के द्वार को श्रीमुख कहा जाता था, जो भगवान शिव को समर्पित था। दक्षिण द्वार की तरफ सरयू बहती थी तो वह मोक्ष द्वार था। पूर्व का द्वार भगवान सूर्य को समर्पित अग्नि द्वार और पश्चिम द्वार वायु को समर्पित था जिसे वायव्य द्वार कहते थे। ये सभी द्वार वास्तुकला की अनुपम श्रेष्ठ कृतियां थीं, जिनसे नगर की भव्यता का अहसास होता था।

नगर के दक्षिण में सभी बड़े प्रासाद थे। राजभवन और विशिष्ट लोगों के भवन थे, जो एक अलग अहाते में थे। एक ओर दीवार के अंदर, जिनकी सुरक्षा का घेरा भी अलग था। वहां पर स्वर्ग समान बड़े-बड़े बगीचे थे, जिनमें नाना प्रकार के देशी-विदेशी प्रजातियों के पेड़-पौधे थे। उन्हीं भवनों के बीच एक ओर थोड़ा ऊंचे स्थान पर महल था, जो अपनी तरह का अनूठा था। राजसी वैभव से परिपूर्ण, बड़े-बड़े दरवाज़े, जिनमें उच्च क़िस्म की लकड़ी के बड़े-बड़े कपाट थे, जिन पर नाना प्रकार की सुंदर रचनाएं उकेरी गई थीं और उन पर सोने की परत चढ़ी थी। उस भवन में भी कई चौक थे, जिनमें तरह-तरह के पानी के फ़व्वारे थे। पूरा भवन तीन तलों में विभाजित था।

सबसे ऊपर का तल स्वयं राजा के निजी कार्यों के लिए था, जहां बड़े-बड़े शयनकक्ष थे, जिनकी छटा भी निराली थी। सभी कक्ष उत्तम कारीगरी के नमूने थे और उन्हीं में एक और कक्ष था, जिसके पहले एक कक्ष और था। यह एकदम साफ़-सुथरा और हवादार था। इस कक्ष में कोई राजसी तामझाम नहीं थे। यह साधारण तरीक़े से तैयार किया गया था और इस कक्ष की एक और विशेषता थी कि इससे नीचे सभी भवनों को देखा जा सकता था। यह कक्ष था अयोध्या के और पूरे आर्यावर्त के राजा राम का कक्ष। इस भवन के पूर्व में एक शिवालय था, जो एक छोटे प्रांगण से दूसरे समीप वाले

भवन से जुड़ता था। वह भवन था रानी कौशल्या का। उनका भी पूरा भवन बहुत सादगी से परिपूर्ण था। कौशल्या के भवन से जुड़े भी दो और भवन थे। एक रानी कैकयी और दूसरा सुमित्रा का।

सुमित्रा का भवन भी कौशल्या के भवन की तरह ही था। एकदम आडंबर से रहित, पर कैकयी का भवन थोड़ा बड़ा भी था और विशिष्ट भी। इन सब भवनों के पीछे था राज परिवार का अपना रसोईघर, जिसके पीछे वाला भाग नदी की तरफ़ खुलता था। राम के भवन के पास दक्षिण दिशा में तीन और भवन थे। ये तीनों भवन तीनों कुमारों के थे और भव्य थे। सभी भवन आपस में छोटे-छोटे प्रांगण से एक-दूसरे से जुड़े थे।

यह पूरे राज परिवार का अपना क्षेत्र था। इन सभी भवनों से एक रास्ता खुले बगीचे के बीच से एक लंबे गलियारे से पीछे सरयू नदी तक जाता था, जहां पर राज परिवार के अपने निजी तट थे, जिन पर बालुई पत्थर की सुंदर सीढ़ियां थीं, जो सीधे नदी तक जाती थीं और स्नान व कपड़े बदलने के स्थान थे। साथ ही नाव के लिए एक अलग स्थान भी था, ताकि राज परिवार को यदि नदी भ्रमण करने जाना हो तो जा सके।

यह पूरा क्षेत्र सुरक्षा की दृष्टि से भी अभेद्य था। आमजन को उधर जाने की आज्ञा नहीं थी। और फिर इस राज परिवार के प्रांगण के साथ लगे हुए कुछ और भवन थे, जो राजगुरु ऋषि वशिष्ठ और दूसरा विश्वामित्र का था। ये भी प्रांगण की श्रेणीबद्ध श्रृंखलाओं की तरह ही थे। सभी भवन लाल बालुई पत्थर से श्रेष्ठ व अनुपम शिल्प के नमूने थे। इन सब भवनों के बीच से एक बेहद चौड़ा रास्ता, जिसके दोनों तरफ़ क्रमबद्ध खंभों की कतारें थीं, जिनके ऊपर भी पत्थर की ही छत थी और फिर बगीचा था। बीच में एक रास्ता, जो एकदम सफ़ेद संगमरमर से बना था, सीधा राज भवन या सभा भवन को जाता था।

सभा भवन भी दो तरह के थे। पहला भवन कुछ ख़ास और महत्त्वपूर्ण लोगों के लिए या कुछ विशेष आयोजन के समय के लिए था। भवन बहुत विशिष्ट शैली में बना था और लगभग तीन मंज़िल की ऊंचाई के बराबर था, जिसकी छत विशेष तरह की लकड़ी से बनी थी और सभी खंभे सफ़ेद पत्थर की नक़्क़ाशी किए हुए थे। ये आकार में भी विशाल थे और बीच में कोई भी खंभा नहीं था। इसके सभाकक्ष में एक थोड़े ऊंचे स्थान

पर, जो कुछ सीढ़ी ऊपर था, पर एक बेहद सुंदर सिंहासन रखा था। पूरी तरह सोने से बना हुआ, जिसके पीछे एक बड़ी-सी सूर्य की आकृति बनी थी, जो बेहद चमकीला था। यह सूर्यवंशी राजाओं का अपना सिंहासन था।

फिर सामने दोनों ओर छोटे, लेकिन आरामदायक वस्त्र से बने आसन थे। और पीछे की दीवार से लगकर इन आसनों के पीछे इक्ष्वाकु वंश के सभी प्रतापी राजाओं की आदमक़द मूर्तियां थीं, जो कि इतनी जीवंत थीं कि दीये के प्रकाश में ऐसी लगती थीं, मानो बोल पड़ेंगी। इस सभागृह का फ़र्श भी सीपियों की बेहद जटिल संरचनाओं की सुंदर कलाकृति थी।

ये अनूठा, अनुपम और बेजोड़ था। यदि इंद्र भी इसे देखें तो उन्हें राजा से ईर्षा हो जाए। रघुवंशियों का वैभव यहां उमड़ा पड़ा था। फिर सभागृह से एक फर्लांग दूर एक और विशाल सभागृह था, जो आम जनता और राजा के बीच का संवाद केंद्र था। यहां नाना प्रकार की चर्चाएं होती थीं, वाद-विवाद होते थे, जनसुनवाई होती थी, संगीत के कई आयोजन होते थे, कला पर चर्चा होती थी। यह एक खुला मंच था। समस्त आर्यावर्त से आए लोगों का समन्वय और समागम होता था। यह जगह राम को बहुत प्रिय थी।

यह वास्तुकला का बेजोड़ नमूना था। एक अलग ही अनुभूत होती थी यहां। यह जगह भी विशाल पत्थर, जो लाल और भूरे पत्थरों के मेल से बने थे, बेहद विशाल आकार के मानों राजवंश की शौर्य पताका से प्रतिस्पर्धा कर रहे हों। यह कई खंडों में बंटा था। एक स्थान राजवंश की महिलाओं के लिए सुरक्षित था। राजसिंहासन, जो कई सीढ़ी ऊपर था, एक बड़ा-सा चौकोर चबूतरा था, जिसके आसपास रेशमी वस्त्रों का मंडप था। इसके वाम भाग में और तीन सिंहासन थे, अपितु थोड़े छोटे, पर थे बहुत सुंदर। ये बाक़ी राजपुरुषों के थे। दाहिनी तरफ़ तीन सिंहासन और थे। ये संभवतः राजगुरु और प्रधानमंत्री के रहे होंगे। फिर नीचे दोनों तरफ़ नगर के श्रेष्ठ विशिष्टजनों के बैठने की व्यवस्था थी। उनके पीछे सैनिकों के खड़े रहने के स्थान थे, जिनके पीछे फिर दोनों तरफ़ थोड़ा ऊंचा, जो बीच वाले हिस्से से थोड़ा ऊपर था, ताकि वहां बैठने वाले सभा को ठीक से देख सकें। सामने का द्वार विशाल काष्ठ का बना था। गहरे भूरे रंग के फलक वाले दरवाज़े, जिन पर कई देवी-देवताओं की आकृतियां बनी थीं। दरवाज़े के ठीक ऊपर भगवान सूर्य की आठ घोड़ों वाले रथ, जिस पर सूर्य भगवान स्वयं विराजित थे, की

बेहद जीवंत मूर्ति उकेरी हुई थी, के पास ही विकराल त्रिशूलधारी देवों के देव भगवान शंकर और दूसरी तरफ़ आराध्य देव ब्रह्मा की मूर्ति थी।

ऐसे द्वार से गुज़रने वाला हर व्यक्ति सूर्यवंशी राजाओं के वैभव से चमत्कृत हो जाता था और अंदर आने के बाद भवन की सुंदरता देखकर तो वशीभूत हो जाता था।

यहां तक आने का मार्ग बेहद चौड़ा था, जिस पर दस रथ एक साथ, एक पंक्ति में चल सकते थे, जो पत्थरों के गोलाकार तराशे हुए हिस्सों से बना था। दोनों तरफ़ बरसात का पानी निकलने के लिए नालियां बनी थीं, जिन पर लाल बालुई पत्थर की चार अंगुल मोटी शिलाएं सलीके से काट-छांटकर रखी थीं। उनके पीछे ख़ुशबू और फलदार पौधों की कतार थी, जो भवन के सामने एक बड़े फ़व्वारे के गोलाकार हिस्से तक जाता था।

यह था अयोध्या का राजपथ, जिसने कई प्रतापी सूर्यवंशी राजाओं की झांकी इस पथ पर देखी थी।

यह राजपथ कोई 8 योजन लंबा और क़रीब 1/4 योजन चौड़ा था। बीच में कुछ स्थान पर इसकी चौड़ाई क़रीब 1 योजन के बराबर हो जाती थी। यह वो स्थान था, जहां से राजपथ पर कोई जुलूस या झांकी निकलती थी। उस समय इसे आम जनता के लिए खोल दिया जाता था। इस पर कई जगह साफ़ पानी के फ़व्वारे थे, पानी पीने के लिए। इस पूरे राजपथ, जो पूर्वी द्वार से शुरू होकर शहर के मध्य स्थित अवध राजवंश के महल तक आता था, जो एक विशाल मैदान का रूप ले लेता था, जिसके अंत में एक बड़ा-सा चौकोर स्थान था, जो आम और विशेष सभागृह से सीधा जुड़ जाता था, विशेष अवसरों पर राजा यहां से अपनी प्रजा को संबोधित करता था। बस, सामान्य नागरिक को यहां तक ही आने की इज़ाज़त थी। इससे आगे सैनिक, राजपुरुष या कोई अतिथि ही जा सकता था।

तो यह थी अवध की छटा और यहां विराजे थे खुद अवधेश, प्रभु राम। दरअसल, राम ने अपने समय या कहिए दशरथ के समय से ही नगर में कुछ व्यवस्था में बदलाव किए थे, जैसे मुख्य शहर सिर्फ़ नागरिकों, व्यापारियों या व्यापार केंद्र के लिए था। मुख्य बाज़ार के अतिरिक्त कई छोटे-छोटे बाज़ार भी थे, हर नागरिक के रहने के घर पक्की मिट्टी की ईंटों से बने थे। कुछ पत्थरों और लकड़ियों का भी इस्तेमाल किया गया था। राजा की तरफ़ से हर एक

योजन पर पानी का कुआं और यात्री निवास थे, जो मुख्य सड़क से जुड़े थे। बगीचों की तो मानो भरमार थी। फलों के पेड़ आम थे, जो आम जनता के लिए थे। पूरे शहर में सभी मुख्य पथ पक्के पत्थर से बने थे, ताकि उन पर रथ का आवागमन सुचारू रूप से हो सके। सभी मुख्य मार्ग राजपथ के या तो समानांतर थे या फिर लंबवत थे। उसके बाद छोटे-छोटे रास्ते थे, जो पक्की ईंटों के बने थे। ख़ास बात यह कि पूरे शहर में बरसाती पानी के निकास की उत्तम व्यवस्था थी, जो एक बड़े-से तालाब में जाकर मिलते थे। शहरभर में यही कोई छोटे-बड़े 100 तालाब भी थे, जो समय-समय पर पूर्व राजाओं ने अपनी किसी न किसी विजय के उपलक्ष्य में बनवाए थे। पूरे शहर में द्वार और ऊंचे-ऊंचे तोरण द्वार की श्रृंखला थी।

ख़ास बात यह कि पूरे शहर में सैनिक नहीं थे। ये सिर्फ़ प्रजा या राजा या अतिथि के लिए थे। यहां की शाम नदी तट और नगर की ख़ास वास्तु संरचना के कारण बहुत ही सुहानी हो जाया करती थी। जो भी इस शहर में रह चुका रहता था, उसे दूसरे नगर पसंद ही नहीं आते थे, इसलिए इसकी तुलना इंद्रप्रस्थ से भी होती थी।

शहर के चारों द्वार से तीन-तीन योजन की दूरी पर फिर से दुर्ग के समान चार केंद्र थे। ये केंद्र मुख्यतः सैनिक केंद्र थे, जिनके तीन भाग थे। एक भाग सीधा शहर के राजपथ से जोड़ता था। उसे सामान्यतः व्यापारी या यात्री उपयोग करते थे। इन्हीं मार्गों पर सभी यात्रियों, व्यापारियों की सुरक्षा जांच भी होती थी। चिकित्सा केंद्र, आरामघर, यात्री निवास आदि भी यहीं थे।

बहुधा बाहर के लोगों को शहर में ठहरने की आज्ञा नहीं थी। ना ही व्यापारी रुक सकते थे। शाम होने तक उन्हें वापस इन केंद्र तक आना पड़ता था। यदि आपको शहर में रुकना हो तो उसके लिए विशेष अनुमति की आवश्यकता पड़ती थी, जो अक्सर किसी विशेष अवसर पर ही दी जाती थी। इन केंद्रों के दोनों ओर सैनिक निवास होते थे। उन निवास के बाद बड़े-बड़े मैदान थे, जिन्हें सैनिक अपने अभ्यास और सैन्य कार्यों के लिए उपयोग करते थे। इनसे सटे हुए आयुध और शस्त्रागार थे। उस समय नियम थे कि हर समय हर व्यक्ति अस्त्र-शस्त्र धारण नहीं कर सकता था। उनकी श्रेणी थी सैनिक, रथी, अधिरथी, महारथी। ऐसे बहुत सारे वर्ग थे, जो उनकी योग्यता के अनुसार दिए जाते थे और उनका स्थान भी थोड़ा अलग ही रखा जाता

था। महारथी का अलग स्थान, अलग आवास और खुद के अंगरक्षक भी होते थे। ये चारों द्वार की व्यवस्था चारों भाइयों में बंटी हुई थी। सभी भाइयों की अपनी-अपनी सेना थी, पर शामिल होकर पूर्ण अवध की सेना हो जाती थी। बड़े-बड़े हथियारों और महारथियों से सुसज्जित लगभग दस अक्षौहिणी सेना थी, जिनमें नित-नए सैनिक शामिल होते रहते और अभियान पर जाते रहते थे, ये थी हमारी अभेद अयोध्या नगरी, धनधान्य से परिपूर्ण, जहां दूर-दूर तक अपराध के लिए कोई जगह नहीं थी, और उनके राजा थे प्रभु राम, जिनकी ऐसी ही गरिमामयी राजमहिषी थीं सीता, वैदेही, जनक सुता सीता।

अब शाम होते-होते सवार पश्चिम द्वार पर पहुंचकर वहां के द्वारपाल को अपने आने का मंतव्य सुनाता था। सभी यात्रियों के लिए यात्रीगृह में विश्राम और भोजन की व्यवस्था रहती थी, जिसका कोई मूल्य नहीं लिया जाता। रात्रि से पहले सारी सूचनाएं अग्रिम आदेश के लिए अवधपुरी के द्वारपाल तक पहुंचा दी जाती थीं। वहां से उन्हें समय मिलता था कि उन्हें कब राज दरबार में उपस्थित होना है।

खैर, साथ आए सभी यात्री विश्रामगृह में सोकर सुबह स्नान-ध्यान करके मुख्य नगर की तरफ़ प्रस्थान करते। आगे जब वे शहर में प्रवेश करते तो साथ आए दल के दलपति उन्हें सीधे राजा के उस ख़ास सभागार तक पहुंचा देते थे, जहां पर कुछ देर बाद आर्यावर्त के सम्राट राजाओं के राजा भूपति राम आने वाले होते थे।

सभागार धीरे-धीरे प्रधान लोगों से भर रहा था। सभी अपने-अपने आसन ग्रहण कर चुके थे। दोनों छोटे भाई लक्ष्मण और शत्रुघ्न अपने-अपने आसन पर विराजित हो गए थे। बस, प्रतीक्षा थी कुलगुरु और प्रभु राम की। नेपथ्य में शंख और वाद्य बजने लगे, पहरेदारों ने आवाज़ लगाकर सबको सावधान किया। तभी मुख्य द्वार से दो ओजस्वी पुरुष एक एकदम सफ़ेद वस्त्र धारण किए हुए, जिनके ऊंचे ललाट पर चंदन का बड़ा-सा तिलक था, आगे चल रहे थे। पीछे एक विशाल वीर पुरुष, जिसके कंधे किसी बलशाली बैल के समान पुष्ट थे, भुजाएं गोल और घुटनों तक लंबी थीं, अजानबाहु थे, सुदर्शन श्याम गात कमनीय क्रांति के साथ उन गुरुदेव के साथ चल रहे थे, जैसे सूर्य स्वयं धरा पर आ गए हों। उनके आने भर समूचा सभागार ऊर्जा से भर गया।

गुरुवंदना के पश्चात राम सिंहासन पर विराजित हो गए। कुछ देर भाट लोगों ने गीत गाए, फिर वे भी चले गए। अब किसी भी बाहरी व्यक्ति का प्रवेश वर्जित था।

'हां,' राम उनकी तरफ़ अग्रसर होकर बोले - 'क्या विशेष कार्य आन पड़ा जो पूजनीय आदिकवि महर्षि को तत्काल यह संदेश भेजना पड़ा? अभय होकर कहिए।'

'राजन! ऋषिवर ने आपके सामने कुछ प्रस्ताव और कुछ गोपनीय सूचना भेजी है, जो पत्र में लिखित है।'

पत्र लेकर राम तक पहुंचाया गया।

राम ने पत्र की वंदना कर उसे पढ़ना शुरू किया - धीरे-धीरे उनका मुखमंडल गंभीर होता गया। पढ़ने के बाद राम ने पत्र लक्ष्मण को दिया, जो उसे पढ़कर पहले मुस्कराए और राम की तरफ़ देखा, तब वह सीता के द्वारा की गई शौर्यगाथा पढ़ रहे थे। उनकी आंखों में राजमहिषी के लिए आदर और सम्मान था।

राम ने कहा -

'प्रिय लक्ष्मण, अब यह पत्र पढ़कर सभी को सुनाओ।'

पत्र चूंकि गुप्त भाषा में था, इसलिए लक्ष्मण ने बड़ी चतुराई से सीता का उल्लेख छुपाकर पढ़कर सुनाया कि क्या-क्या हुआ वाल्मीकि के आश्रम में विगत दिनों। कैसी विपत्ति आई और कैसे मथुरा के असुर राजा लवणासुर, जो अभी तक राम का आधिपत्य नहीं मानता था और यह यादव नरेश भीमसास्वत का प्रतिनिधि था, राक्षसधर्मी और नरभक्षी था, प्रजा और पड़ोस के प्रदेश उससे भयाक्रांत थे। यह अधम अपराध था, जो अयोध्या नरेश की सीमा में किया गया था। और तो और सैनिक चौकियां भी स्थापित कर ली गई थीं, जिन्हें अभी हाल ही वाल्मीकि आश्रम के सुरक्षाकर्मियों ने बहुत पराक्रम से ध्वस्त कर दिया था। इस कारण संभव है कि दुष्ट लवणासुर आश्रम पर धावा बोल दे।

राम ने सभी गणमान्यों की तरफ़ देखा, फिर वाल्मीकि आश्रम से आए सभी को अभीष्ट पुरस्कार से सम्मानित कर भेज दिया।

अब राम खड़े हों, उससे पूर्व ही लक्ष्मण खड़े हो गए। क्रोध से उनका पूरा शरीर कांप रहा था। बार-बार उनका हाथ कमर में बंधी अपनी तलवार

पर जा रहा था। 'भैया! आप अभी आज्ञा दें तो मैं तत्काल उस अधम असुर का वध कर पूरी अयोध्या नगरी को भयमुक्त कर देता हूं।'

राम ने तत्काल लक्ष्मण के उद्वेग को शांत करते हुए सभी लोगों को कहा - 'आपने अभी अधम असुर की करतूतों को सुना, उसका यह अपराध अधम है और मैं दशरथ पुत्र राम अभी आज्ञा देता हूं कि तत्काल इस अधर्मी को उसके अपराध का उचित और कड़ा दंड दिया जाए। चूंकि अभी भ्राता भरत गंधर्वों से युद्ध के लिए गंधर्व प्रदेश गए हैं, इसलिए इस अभियान के लिए शत्रुघ्न को नियुक्त करता हूं और आज्ञा देता हूं कि वो तत्काल अपनी चतुरंगिनी सेना को तैयार कर कुछ करने की तैयारी करें,' फिर राम ने शत्रुघ्न की तरफ़ देखते हुए कहा - 'भ्राता शत्रुघ्न! तुम कल सुबह ही तत्काल अवध की सेना से अपने लिए सैनिक बल तैयार करो और दुष्ट को उचित दंड देकर ही मुझसे मिलना। लक्ष्मण! तुम भ्राता शत्रुघ्न के सैन्य अभियान के लिए उचित योद्धाओं को तत्पर तैयार होने की आज्ञा दो।'

'परंतु भैया, क्या आपको नहीं लगता कि मैं इस अभियान के लिए उचित रहूंगा।'

'नहीं लक्ष्मण, तुम वाल्मीकि आश्रम की सुरक्षा व्यवस्था को सुदृढ़ करोगे। अभी इतने छोटे अभियान के लिए तुम्हारा जाना उचित नहीं। तुम अयोध्या को देखो। शत्रुघ्न को नियुक्त कर दिया है, सो निश्चिंत रहो। यह अभियान उनका है।' शत्रुघ्न तो मानो भैया राम की आज्ञा के पालन का सुनकर अतिप्रसन्न थे और उन्होंने तत्काल सभी को आदर के साथ नमन किया और अभियान हेतु आशीर्वाद मांगा।

कुलगुरु और महर्षि ने उन्हें आशीर्वाद दिया - 'विजयी भवः आर्य, तुम्हारी कीर्ति बढ़े।'

राम ने कहा -

'भ्राता, अयोध्या के रघुवंशियों की कीर्ति बढ़ाओ, बता दो समस्त आर्यावर्त को कि तुम दशरथ पुत्र और रघुवंशियों के सूर्य हो। विजयी भवः।'

कहकर राम ने सभा विसर्जित कर दी।

शत्रुघ्न माताओं के आशीर्वाद लेने रनिवास की तरफ़ पुलकित चल दिए। पीछे-पीछे लक्ष्मण भी।

अयोध्या की सेनाएं नए युद्ध की आहट से उत्साह में भर उठीं। सैनिकों में उत्साह था, उमंग थी। सभी अपने-अपने आयुध तैयार करने लगे। लक्ष्मण पूरा अभियान खुद देख रहे थे।

सैन्य काफ़िला कूच करने को तैयार था, वर्ग विशेष की तरह सबसे आगे शत्रुघ्न कृष्णजन पहने हुए, जिनका सैनिक रथ आयुधों से भरकर वीर वेश में उद्धत थे। शत्रुघ्न सभी भाइयों में सबसे छोटे और सबके प्यारे थे, राम के हृदय में तनिक भय भी था शत्रुघ्न को विदा करते हुए, किंतु वह इसे दर्शा तो नहीं सकते थे। एक राजा अपने आपको पूरे जनतंत्र के सामने कमज़ोर नहीं दिखा सकता था। शत्रुघ्न बेहद सुंदर, गौरवर्ण के, ऊंचा ललाट, कंधे तक आते केश, पुष्ट कंधे और बाघ-सी चाल से चलते हुए राजा राम के पास पहुंचे जो राजपथ के अंत में एक ऊंचे-से चौरस भाग पर खड़े थे। उनके साथ थे सौमित्र और साथ थीं तीनों राजमाता और लक्ष्मण की पत्नी उर्मिला, शत्रुघ्न की पत्नी श्रुतिकीर्ति, जो जनक के भाई कुशध्वज की पुत्री थीं, साथ में थीं मांडवी, जो जनक के भाई और श्रुतिकीर्ति की बड़ी बहन थीं।

युद्ध के लिए वीरों को विदा करने का यह बड़ा साहसिक पल होता है।

भरत ने रथ से उतरकर सारी माताओं की वंदना की, माताओं ने 'विजयी भवः' का आशीर्वाद दिया, राम-लक्ष्मण ने भाई को गले लगाया, सभी बहनों ने वीर की आरती उतारी।

अब प्रयाण के लिए तैयार थे भरत। राम ने उन्हें समीप बुलाया और एक बहुत ख़ास शक्ति युक्त बाण उन्हें प्रदान किया और लवणासुर के बारे में भरत को कुछ महत्त्वपूर्ण जानकारी दी - 'भरत, यह असुर राजा भगवान के एक अमोघ अस्त्र का ज्ञाता है। यह अस्त्र एक विकराल त्रिशूल है और उसे यह वरदान प्राप्त है कि जब तक यह अस्त्र उस दुष्ट के हाथ रहेगा, कोई उसे परास्त नहीं कर सकेगा। यह अस्त्र सामने वाले प्रतिद्वंद्वी को भस्म कर देता है। तो हे परमवीर भरत, तुम उसे युद्ध के लिए तब उकसाओगे जब वह इस अस्त्र से दूर हो। प्रतिदिन सुबह वह नरभक्षण के लिए निकलता है, तब इस अस्त्र को धारण किए नहीं होता। तभी उसका वध संभव है, ऐसा मुझे ऋषि चवन ने बताया है, जिनका आश्रम वह उजाड़ चुका है। सभी यज्ञ वेदियां उसने नष्ट कर दी हैं और कई संन्यासियों को मारकर खा चुका है।'

'तो हे भ्राता! यह जो शस्त्र मैंने तुम्हें प्रदान किया है, वह विष्णु की एक अमोघ शक्ति है, जिसका प्रक्षेपण सोच-समझकर ही करना, नहीं तो यह धरती के कई जीवों के मरने का कारण बन जाएगा।'

ऐसा समझाकर राम ने भरत के माथे पर विजय तिलक लगाया और मथुरा का राजा हथियारों से सुसज्जित होकर अजया नर हाथी पर विराजमान था। उसके पीछे 1000 हाथियों का समूह था, जिन पर नाना प्रकार के अस्त्र-शस्त्र थे। भरत के दल के साथ भी सहस्र रथों का एक दल था। सभी पर अयोध्या का प्रतीक चिह्न सूर्य भगवान के चित्र वाली ध्वजा पताका लगी थी। सभी पताकाएं केसरिया रंग की थीं, सिर्फ़ भरत के रथ की ध्वजा सुनहरे रंग की थी, जिस पर भी सूर्य भगवान विराजित थे।

रथ और हाथियों के बाद था घोड़ों का समूह। इस समूह की आन-बान देखते ही बनती थी। सभी अश्व हवा के वेग से चलते थे और शत्रु पर सबसे पहले इनकी मार का प्रहार होता था। ये भी कई सहस्र थे। सभी ने केसरिया शौर्य का प्रतीक वस्त्रों का चयन किया था। सबसे आगे उनका अधिपति अयोध्या की राजपताका धारण कर शेरों के झुंड की तरह निर्भीक चल रहे थे। पूरा राजपथ इनकी टापों से गूंज रहा था। अब इनके पीछे थे पैदल सैनिक। ये दल में पहले थे, ढालयुक्त सैनिक उनके पीछे बाण-कमान लिए, उनके पीछे थे त्रिशूल, भाले, गदा और कृपाण लिए बहुत सारे सैनिक और सबसे पीछे थे बैलगाड़ी समूह, जिन पर खाद्य सामग्री, शिविर का सामान, औषधियां आदि लदी थीं।

पूरा का पूरा सैनिक अभियान क्रमबद्ध था।

राजपथ के दोनों तरफ़ आमजन और उन सैनिकों के रिश्तेदार थे, बच्चे थे। सभी उत्साहित होकर सैनिकों का मनोबल बढ़ा रहे थे।

पंडित और प्राचार्य दूसरे मंच पर खड़े होकर श्रुतियां पढ़ रहे थे। बहुत सारी युवतियां मंगलगान कर रही थीं।

धीरे-धीरे ये पूरी चतुरंगिनी सेना राजपथ पार कर पूर्व द्वार से मथुरा नगरी की तरफ़ कूच कर गई।

राजपथ पर अभी भी सेना के पीछे की धूल दिखाई दे रही थी। जगह-जगह पुष्पगुच्छ पड़े थे, जो आमजन ने सैनिकों की श्रुति करते-करते उन पर न्योछावर किए थे।

एक विचित्र-सा सन्नाटा फैल गया था पूरी अयोध्या नगरी में, सभी का मन उदास था। कई तो उन सैनिकों में ऐसे भी थे, जिनके विवाह को एक मास भी नहीं बीता था और कई ऐसे, जो अभी अपनी संतान का मुंह भी नहीं देख पाए थे।

खैर, वीरों और सैनिकों के जीवन का यह एक हिस्सा भर है, जिन्हें अपनी जान से अधिक अपने देश का मान प्रिय होता है। यह वसंत ऋतु का समय था। अयोध्या में वसंतोत्सव बहुत धूमधाम से मनाया जाता है, लेकिन इस बार थोड़ा फीका रहने वाला था। लगभग एक चौथाई सैनिक दल जा चुका था। इससे पूर्व भी अयोध्या ने ऐसा ही सैनिक परायण देखा था, जब राजकुमार भरत गंधर्वों का मान कुचलने के लिए कैकय देश के अपने ननिहाल की सहायता के लिए गए थे, तब भी ऐसा ही सन्नाटा छाया था अयोध्या में।

दरअसल, राम-रावण संग्राम के बाद से ही चंद्रवंशी राजा और गंधर्व, जो कि महारानी और गंधर्व देश की राजकुमारी मंदोदरी के पिता का राज्य था, अपने जमाता की हत्या के बाद से ही वे लोग अयोध्या राज के ख़िलाफ़ हो गए थे। उन्हें अयोध्या का आधिपत्य स्वीकार नहीं था। वैसे भी उन्हें अपना राज्य विस्तार और कृषि योग्य भूमि की आवश्यकता थी जीवन यापन के लिए, जिसकी उपलब्धता उस प्रदेश में नहीं थी।

वह एक बंजर और सुनसान प्रदेश था, जहां शीत की अधिकता के कारण कुछ भी पैदा नहीं होता था। अधिकांश लोग बाहर से आए जनजातियों के समूह थे, जो बहुत बर्बर थे। यहां की स्त्रियां बहुत सुंदर और मज़बूत क़द-काठी व श्वेत रंग की थीं। उनके अपने नियम थे। ये लोग अग्निपूजक और चंद्र को मानने वाले थे। और ये सब मिलकर कैकय देश को हथियाना चाहते थे। इस बाबत कैकय देश की सीमाएं इन आक्रमणकारियों से आक्रांत थीं। राजमाता कैकयी के विशेष अनुरोध के चलते राम ने भरत को इस युद्ध के लिए उपयुक्त मानकर भेजा था, ताकि आर्यावर्त की सीमाओं की सुरक्षा सुदृढ़ हो सके। भरत को गए भी सालभर बीत चुका था और लगभग सभी क्षेत्र अब भरत के अधीन थे। वहां भी अब अयोध्या के ही ध्वज ने सभी छोटे-बड़े समूहों को अपने आधिपत्य में लेकर शांति स्थापित कर दी थी। भरत अभी वहां रहकर सारी व्यवस्था को सुनिश्चित कर रहे थे।

इधर, धीरे-धीरे शत्रुघ्न का सैनिक दल मथुरा नगरी की तरफ़ कूच कर चुका था। बारिश से पहले ही शत्रुघ्न मथुरा को अपने आधिपत्य में लेना चाहते थे। रास्ते से सभी छोटी-छोटी सैनिक छावनियां, जो मथुरा नरेश ने जंगलों में बना रखी थीं, को जीतते हुए पूरा समूह मतवाले हाथी के समान बढ़ा जा रहा था।

मधुरा नगरी अपने आप में विशिष्ट थी। बहुधा चंद्रवंशी यादवों के आधिपत्य में थी और उस समय लवणासुर को मथुरा का आधिपत्य प्राप्त था। असुर लवणासुर बहुत ही क्रूर था और शिव अस्त्र तथा वरदान से बहुत शक्तिशाली भी था। उसे अपनी प्रजा के हितों में कोई दिलचस्पी नहीं थी। वह दिन-दिनभर भांड भर-भरकर मद्य का सेवन करता और भोग-विलास में लिप्त रहता था। उसकी कई रानियां थीं, जिनके साथ वह बस रमण करता या मानुष मांस, जो उसे बहुत प्रिय था, का भक्षण करता था। आकार-प्रकार में वह किसी हाथी की तरह था, बलशाली और काजल के समान काला व निर्दयी था।

जो भी उसका सम्मान नहीं करता या आदेश की अवहेलना करता, वह शाम होने तक उसकी रसोई की भेंट हो जाता था। पूरा नगर उसके आतंक से ग्रसित था। कई बार विविध राजाओं के पास वहां की प्रजा ने अपनी आपबीती सुनाई, पर कोई भी राजा उनकी सहायता के लिए नहीं आया।

अब समय बदल गया था। भारतवर्ष पर उत्तर कौशल राज के सूर्यवंशी राजा राम का प्रभाव बढ़ रहा था। राम की सशक्त भुजाएं जैसे लक्ष्मण, भरत और शत्रुघ्न सरीखे भाई होने से इनका दबदबा बाक़ी लोगों से काफ़ी अधिक हो गया था। राम-रावण संग्राम के बाद से सप्त सिंधु का समस्त क्षेत्र, जो कि विभीषण के आधिपत्य में था, अब राम से मित्रवत संधि में था। समस्त दक्षिण भारत इस राजवंश के अधीन था और सभी अयोध्या से मित्रवत व्यवहार ही चाहते थे। राम जैसा वीर धनुर्धारी, न्यायप्रिय, दिव्यास्त्रों का ज्ञाता कोई था भी नहीं। राम के युद्ध कौशल के कारण उन्हें विष्णु के समान ही सम्मान दिया जाता था। जैसे युद्ध में विष्णु सरीखा कोई योद्धा नहीं था। देवताओं पर जब-जब संकट आया, तब विष्णु ने ही उन्हें उबारा था।

यह एक व्यवस्था थी, संभवतः उस समय की, जिसमें सप्त ऋषि, देवों के देव रुद्र, ज्ञान के भंडार ब्रह्मा और इंद्र के साथ-साथ विष्णु इन त्रिदेव को

जीवन सृष्टि के दायित्व का कार्य सौंपा गया था। तीन वेदों को मान्यता मिल चुकी थी और चौथे के ऊपर भी चर्चा चल रही थी। सप्त ऋषि इसे विश्व कल्याण के लिए प्रचलित करना चाह रहे थे, ताकि सामाजिक व्यवस्था का निर्वाह सुचारू रूप से हो सके। और यह एक सनातन धर्म की उत्पत्ति भी थी, जो स्थापित हो रही थी। सभी अलग-अलग क्षेत्र की भाषाओं का, ज्ञान का, रहने की पद्धति का, जीने और आचार-विचार के तौर-तरीक़े सभी बातों पर ऋषि दिन-रात काम कर रहे थे और इन सबसे ऊपर शंकर भगवान, जिनकी मान्यता को कोई नकार नहीं सकता था, स्वयं विष्णु भी नहीं। वह देवों के देव थे। हमेशा अन्याय के विरुद्ध खड़े रहते थे। उन्हें जितने प्रिय सुर थे, उतने ही असुर भी। दोनों का पालन और संहार करते थे। वे जिन्होंने कई आविष्कार किए, नाना प्रकार के आयुधों का निर्माण किया। साथ ही उन्हें उपयोग करने का अधिकार भी सुनिश्चित किया, ताकि वे किन्हीं ग़लत हाथों में नहीं पड़ जाएं।

तो अब लवणासुर का अंत समय नज़दीक था।

शत्रुघ्न की सेना धीरे-धीरे मथुरा की तरफ़ अग्रसर थी।

उधर, वाल्मीकि के आश्रम की छटा बदल चुकी थी।

सीता, जो देवी के नाम से पूरे क्षेत्र में विख्यात थीं, उनके प्रति लोगों का आदर का भाव अद्‌भुत था। सभी उन्हें स्वर्ग से आई देवी के रूप में पूजते थे। उनका आभामंडल ऐसा था कि कोई दो घड़ी भी उनके सामने टिक नहीं पाता था। परंतु, किसे पता था कि यह साधारण वेशभूषा में दिनभर आश्रम के कार्यों में व्यस्त रहने वाली स्त्री साधारण नहीं थी। वे उस समय के भारत, आर्यावर्त और सबसे शक्तिशाली राजवंश की राजमहिषी सीता थीं, जनक सुता।

इन बीते कई माह में सीता ने कई उल्लेखित कार्य पूरे किए थे। उनमें से मूल था महिलाओं की शिक्षा का, वेदों के अध्ययन का अधिकार तो उस युग में महिलाओं को नहीं था, लेकिन कई विधाएं ऐसी थीं, जिन्हें जीवन यापन के लिए एक उन्नत समाज के लिए स्त्री को सीखना ज़रूरी हो गया था।

सतयुग में सिर्फ़ और सिर्फ़ ब्राह्मण को ही यह अधिकार था कि वह यज्ञ, विद्या, धनार्जन कर सके, पर त्रेतायुग में समीकरण थोड़े बदल गए थे।

ब्राह्मण के साथ अब क्षत्रियों को भी यज्ञ और वेद पाठ को मान्यता मिल गई थी। शूद्रों और वैश्यों को अभी यह अधिकार नहीं था, जो आगे जब अधर्म अपना दूसरा चरण धरा पर रखेगा, तब द्वापर युग में ये भी होगा, ऐसा उस समय के ज्ञानी महात्माओं का सोचना था। पर इस युग में कुछ व्यवस्था का नवीनीकरण और सामाजिक व्यवस्थाओं को सुचारू रूप से चलाने के लिए थोड़ा बदलाव भी ज़रूरी था, सो सीता और वाल्मीकिजी इस कार्य को अच्छी तरह प्रतिपादित कर रहे थे। इनमें मुख्य था समस्त आश्रम और गुरुकुल का एकीकरण, जिस पर सप्त ऋषियों की मान्यता प्राप्त हो चुकी थी। समस्त भारत के गुरुकुल और आश्रम के बीच एक बहुत अच्छा समन्वय स्थापित हो चुका था। अब भारतवर्ष के समस्त छात्र अपने ही गुरुकुल में सभी विधाओं का पठन-पाठन कर सकते थे और जो ना भी कर सके उनके लिए यह था कि उनके छात्र, शिष्य दूसरे आश्रम में जाकर अन्य विधाओं का ज्ञान ले सकते थे। स्वयं भगवान शिव इस व्यवस्था से बहुत ख़ुश थे। इससे सभी नर, वानर, असुर, राक्षस, देव और नागवंश के लोगों को उचित शिक्षा की व्यवस्था हो गई थी। आम प्रजा भी अब विद्या प्राप्त कर रही थी, ताकि समाज में एक सरसता बनी रहे। लोग अपने दायित्व को ठीक से समझ सकें। लेकिन फिर भी कुछ विधाएं अभी भी कुछ वर्ग को ही प्राप्त थीं।

जैसे क्षत्रियों को ही शस्त्र और अस्त्र, प्रक्षेपास्त्रों को उपयोग में लाने का अधिकार था, कुछ गुरुकुल में ब्राह्मण को भी ये अधिकार थे, लेकिन सिर्फ़ ज्ञानवर्धन और सिखाने हेतु। युद्ध में जाने और हथियारों को उचित मौक़ों पर इस्तेमाल का अधिकार भी सिर्फ़ क्षत्रियों को था, या जो क्षत्रिय धर्म का पालन करने योग्य थे। यह आश्रम या गुरुकुल सुनिश्चित कर सकता था कि अमुक व्यक्ति इस कार्य के लिए उपयुक्त है या नहीं। उनके लिए विशिष्ट गुरुकुल भारत के अलग-अलग क्षेत्र में स्थापित थे और जिनका संचालन सिर्फ़ उच्च वर्ग के उच्च गुरु द्वारा ही सम्पादित हो सकता था, जिन्हें सप्त ऋषियों ने अधिकार दे रखे थे।

आमजन के लिए सभी गुरुकुल और आश्रम में व्यवस्था थी, ब्राह्मण के लिए भी बहुत अलग-अलग व्यवस्थाएं स्थापित की गई थीं। कौन वेद का पाठ करेगा, कौन ब्राह्मण पंडितों का कार्य करेंगे और बाक़ी दैनिक कार्यों, जैसे मंदिरों में, शिवालयों में पूजा-अर्चना की विधि, घरों में अनुष्ठान के लिए विधि कर्म के लिए। ऐसी कई विधाओं के लिए अब आश्रम और गुरुकुल

को तैयार किया जा रहा था। ये अयोध्या के राजा और राजमहिषी सीता की सोच का परिणाम था। सीता ने यह भेद वाल्मीकि को बताया था कि कैसे जब राम ने सुना कि सीता ने गर्भ धारण किया है तो प्रसन्न होकर पूछा था - 'सीता की इच्छा?'

तब सीता ने वर मांगा था - 'मेरे पुत्र हों तो ऐसे रमणीक और शांत वन में, जैसे अयोध्या का अंतःपुर का उद्यान था उससे भी बढ़कर, जहां राजपुत्र धरतीपुत्र की तरह बड़े हों, ना कि किसी सम्राट की संतान की तरह, ताकि भविष्य के लिए वह प्रजा को अच्छी तरह से समझ सकें। उनसे मित्रवत व्यवहार कर सकें, उनके सुख-दुःख को समझ सकें।' प्रभु राम, जो अविनाशी हैं, ने सीता की इच्छा पूर्ण करने का वचन दिया था। मुख्यतः यही बात थी और रामजन्म के पूर्व दशरथ का पुत्र के लिए किया गया यज्ञ भी था। तब ऋषियों ने दशरथ से कहा था - 'आपने प्रकृति से ऐसा वरदान मांगा है, जो आपके भाग्य में नहीं, लेकिन ऋषियों और आपकी धार्मिक प्रवृत्ति को देखते हुए देवताओं ने वरदान दिया, किंतु श्रापित वर।'

'राम कभी भी वे सारे सुख नहीं ले पाएंगे, जो उन जैसे परमवीर सम्राट को मिलने चाहिए। दूसरा, राम के पुत्रों को राजसी सुख बहुत समय पश्चात मिलेगा और राम को अपने भाइयों को अलग-अलग कर उन्हें अलग देश देने होंगे।' ये वचन ऋषियों ने उन्हें तब कहे थे, जब सारथी सुमंत ने लक्ष्मण से कहे थे, जब सीता का त्यागकर लक्ष्मण अयोध्या पहुंचे थे।

तो समय बहुत बलवान है और अबाध गति से चलता रहता है। हम तो निमित्त मात्र हैं। ईश्वर के हाथों के।

तो यह सब जो हो रहा था घटित, वो पहले से ही तय था।

सीता का वन में आना स्वयं उन्होंने ही चयन किया था। एक न्यायप्रिय राजा और जो अपनी पत्नी से इतना प्रेम करता हो, वह कैसे परित्याग कर सकता है अपनी पत्नी का।

परंतु लोगों की इच्छाओं और मां के वेगों को कोई बंद करने का रास्ता नहीं है। सीता ने जो किया था वह अद्वितीय था। देवता भी उनकी प्रशंसा कर रहे थे। समस्त आश्रमों को एक लय में बांधकर सीता को बहुत संतोष था। आश्रम की स्त्रियों को, बालिकाओं को संगीत की संरचनाओं, नाट्य की विधाओं, पाक कलाओं, भजन-पूजन में निपुण कर दिया था। अब आश्रम की महिलाएं,

बालिकाएं बहुत खुश थीं और सीता को देवीतुल्य मानती थीं। खुद उमादेवी ने सीता को बहुत सारे आशीर्वाद भेजे थे, उनके मंगल के लिए कामना की थी।

यह था उस समय के आर्यावर्त का नया भारत, एक सम्राट का नया सपना, हालांकि स्वयं रावण भी यही तो चाहता था। इसके लिए घनघोर तपस्या कर शिव से अपने लिए, अपने पुत्र के लिए वरदान मांगे थे, ताकि वह समाज को एकरूप में ढाल सके और सुर-असुर संग्राम को रोककर जनकल्याण कर सके। भगवान शिव ने उसकी यह गति समझकर उसे बहुत सारे आयुधों, वरदानों से सुसज्जित किया था, अमरत्व का वरदान दिया था, किंतु काल की गति और पिछले जन्म का कार्य आपको कुछ और ही बनाता है। ज्ञानी ब्राह्मण, राक्षसराज सम्राट रावण का वध भी इसीलिए हुआ कि वह अभिमान को अपना गहना समझ बैठा। अपने प्रेम अंधत्व के कारण वह अच्छे-बुरे का अंतर ही भूल गया और बन बैठा एक अभिमानी राजा।

तो अंत तो निश्चित ही था। कारण बनीं जनक सुता सीता, जो पूर्व जन्म में वेदवती नाम की कन्या थी, जो अपने माता-पिता के साथ वन में रहती थी।

एक दिन रावण वहां से गुज़रा और इतनी रूपवान स्त्री को ध्यानस्थ देख उसे पाने की लालसा में रुक गया, पर वह कन्या तो सिर्फ़ विष्णु की ही उपासक थी। जब से उसका जन्म हुआ था तब से ही उसके पिता की इच्छा थी कि उनका जमाता भगवान विष्णु बने, सो यह कन्या बचपन से ही भगवान विष्णु को अपना पति मान कर तप कर रही थी, पर रावण जैसे ज्ञानी महापुरुष की मृत्यु का कारण उस कन्या के श्राप से ही सीता बनी।

सीता चूंकि एक सती नारी थीं और एक तिनके की ओट लेकर रावण के अभिमान को हमेशा नष्ट किया। रावण भी जानता था कि यह मेरी मृत्यु का कारण बनेगी और रंभा की मृत्यु के बाद नव कुबेर से मिले श्राप के डर से कभी भी सीता को उनकी इच्छा के विरुद्ध वरण नहीं कर सका। उसे श्राप था कि यदि भविष्य में कभी भी किसी स्त्री से उसकी इच्छा के विरुद्ध अनाचार करने का प्रयास किया तो उस क्षण ही उसके सिर के टुकड़े-टुकड़े होकर उसकी मृत्यु हो जाएगी।

इसी श्राप का भय था शक्तिशाली रावण को सीता से, जिसका वह अपहरण कर लाया था, किंतु तमाम प्रयासों के पश्चात भी अपना नहीं सका। ना बलात् अपने रनिवास में शामिल कर सका।

इन सबके पश्चात सीता अब एक बहुत प्रतिष्ठित और आदर की मूर्ति थीं, जिनकी अपनी मान्यता थी। राम से परे।

उधर, राम ने जब से सीता का परित्याग किया, प्रायश्चित की आग में जल रहे थे। सभी वैभव थे, लेकिन सीता के बिना सब सूना था। उनकी मां की अवस्था किसी से छिपी नहीं थी। राजवैभव के बावजूद राम को वैराग्य हो गया था, अपने राजकार्यों में अधिकाधिक व्यस्त रखते थे और समय मिल जाए तो माताओं के समीप समय बिताते थे। वैरागी राम।

उधर भी वैरागी सीता थीं, जिनके हृदय में हर पल, हर समय सिर्फ़ राम की ही मूर्ति रहती थी। हर समय सिर्फ़ प्रभु राम का श्रवण करती रहती थीं।

अब सीता के प्रसव का समय भी नज़दीक था। श्रावण मास शुरू होने वाला था। पूरा वातावरण ख़ुशी से भर रहा था, आश्रम के सभी लोग इस समय सीता की हर छोटी-छोटी इच्छा पूरी करने के लिए तत्पर रहते थे।

सम्राट राम के पुत्र का धरती पर अवतरण अब किसी भी समय हो सकता था। सीता पूरे गर्भकाल में महर्षि वाल्मीकि द्वारा रचित *रामायण* का वाचन करती थीं। समय-समय पर ऋषिवर को सुझाव भी देती थीं और उस समय घटित घटनाओं का वर्णन भी विस्तार से करती थीं। संभवतः भाग्य ने होने वाले पुत्र को गर्भाधान के संस्कारों में यही देना लिखा था कि वह अपने पिता के, अपने वंश के प्रताप का श्रवण कर सके। और यह हो भी रहा था। उस रात भयानक काली रात थी। मेघ ऐसे बरस रहे थे, जैसे सारा पानी उन्हीं के लिए लाए थे। शत्रुघ्न आश्रम के निकट पहुंच गए थे। अपनी सेना को आगे कूच करने का आदेश के बाद रामाज्ञा के अनुसार उन्हें कुछ दिन वाल्मीकि आश्रम में ही रुकना था। शत्रुघ्न का आश्रम प्रवेश हुआ और उधर सीता ने दो पुत्रों को जन्म दिया। ऋषि आज्ञा और बहुत अधिक सर्दी होने के कारण पहले जन्मे पुत्र को कुश में लपेटा गया और दूसरे को कुश के लव में।

वाल्मीकि ने तत्काल काल-गणना की और पुत्रों के भविष्य के बारे में सीता को बताया। वाल्मीकि अपने समय के वेद-गणना के बहुत बड़े पंडित थे और खगोलशास्त्रियों में उनके जैसा विद्वान कोई नहीं था। उन्होंने कहा – 'हे पुत्री! तुमने दो स्वस्थ पुत्रों को जन्म दिया है, जो आने वाले समय

में छत्रपति होंगे और पिता का सम्मान व कुल का मान बढ़ाएंगे। अब तुम निश्चिंत रहो।' कहकर ऋषि अपनी कुटिया की ओर चल दिए।

रात्रि विश्राम के बाद सुबह उन्हें पता चला कि रात्रि में अयोध्या राजकुमार शत्रुघ्न पधार चुके हैं और महात्मा से मिलने की इच्छा रखते हैं। तब महर्षि ने उन्हें बुलाया और अपने पास बैठाकर उनका मस्तिष्क सूंघा और आशीर्वाद दिया - 'कल्याण हो पुत्र! एक विशेष सूचना है।'

ऋषि ने शत्रुघ्न को बताया कि सीता ने कल रात दो पुत्रों को जन्म दिया है और माता व बालक स्वस्थ हैं। शत्रुघ्न को बहुत प्रसन्नता हुई। ऋषि से उन्होंने आशीर्वाद मांगा दोनों पुत्रों के लिए और अपने लिए मांगा लवणासुर पर विजयी होने का आशीर्वाद। शत्रुघ्न ने कुछ दिन उपरांत सीता से भेंट की और दोनों राजकुमारों को बहुत-से आशीष दिए। उन्होंने कहा, 'आप व भैया राम महान हैं, पूजनीय हैं। आप लोगों के त्याग से भारत की धरती धन्य हो गई माता। अब जो कार्य आपने अधूरा छोड़ा था, उसे पूरा करने का दायित्व भैया ने मुझ पर छोड़ा है। तो आज्ञा दें कि अपने कार्य में सफल होकर रघुवंश का वैभव बढ़ा सकूं।'

सीता ने उन्हें अनेकानेक आशीर्वाद दिए और प्राप्त जानकारियां शत्रुघ्न से साझा कीं कि कैसे उस दुष्ट का दलन संभव है। कैसे वह अयोध्या के एक राजा का वध कर चुका था और शक्तिशाली भी था। उसे उसके पिता से मिला शिव का एक त्रिशूल भी था, जिसके जिसके कारण वह दुष्ट अजेय है।

'भैया ने मुझे उसको मारने का उपाय तो बताया है और अपना एक दिव्यास्त्र भी मुझे दिया है, जिसे समय आने पर उपयोग में ला सकूंगा। आप लोगों के आशीर्वाद से मैं सफल होकर लौटूंगा। फिर आपसे भेंट करूंगा।' इन वचनों के साथ शत्रुघ्न ने सीता से और वाल्मीकि से आज्ञा ली और चल पड़े लवणासुर के वध के लिए। एक वीर पुरुष का, क्षत्रियों का सबसे प्रिय कार्य ही दुष्ट दलन का होता है, युद्ध होता है।

अब शत्रुघ्न को एक माह के लगभग हो चुका था, सेना को विदा किए हुए।

शत्रुघ्न का रथ तीव्र गति से मथुरा की तरफ़ चल पड़ा, पर जैसा पहले से तय किया गया था, उस अनुसार अयोध्या की सेना ने मथुरा नगरी के बाहर के भाग में उपस्थित सभी सैन्य छावनियां एक-एक कर नष्ट करना

शुरू कर दी थीं। असुर राजा थोड़ा विचलित था कि कौन दुर्बुद्धि मुझसे युद्ध की चाह रखकर आया हुआ है।

शत्रुघ्न के सेना से फिर से मिलने तक अयोध्या की वीर सेना ने मथुरा नगरी के बाहरी आवरण को पूरी तरह असुरमुक्त कर दिया था। मथुरा के बाहर सब दिशाओं में अयोध्या के सैनिकों ने असुर नगर रक्षकों को मारकर उनकी जगह मथुरा प्रदेश के ही चयनित वीरों को उनके ख़ाली पदों पर स्थापित भी कर दिया है। अब प्रतीक्षा शत्रुघ्न और लवणासुर संग्राम की थी और अंतिम युद्ध असुर सेना से होना था, जो कभी भी संभव था।

उधर, मथुरा के दुर्ग में कुछ न कुछ ऐसा चल रहा था, जिससे लवणासुर को कुछ विद्रोह का भान-सा हो रहा था। हालांकि अयोध्या की सेना ने पूरे अभियान को इतने गुप्त तरीक़े से अंजाम दिया था कि मथुरा नरेश तक कोई जानकारी नहीं मिल पा रही थी, क्योंकि लवणासुर को भोजन समय पर मिल रहा था। उसे मानव मांस का शौक था, वह भी उसे मिल रहा था और अन्य दिनों की अपेक्षा कुछ अधिक ही मिल रहा था। दरअसल, अयोध्या की सेना द्वारा मारे गए असुर सैनिकों का मांस ही लवणासुर के लिए रोज़ भेजा जाता था, जिससे वह प्रसन्न होकर अपने महल में मद पीता और अपनी स्त्रियों के साथ रमण करता था। उसे ना तो कोई भय था कि कोई शत्रु उसके घर तक आ जाएगा, यह उसे तनिक भी भान नहीं था। बहुत दिन हो गए थे, लवणासुर की इच्छा अब आखेट की हो रही थी। वह चाहता था कि कुछ दिन खुद अपने हाथ से मनुष्यों का शिकार करे और उनका भुना हुआ मांस खाकर तृप्त हो जाए।

इस अवसर की तलाश में शत्रुघ्न भी थे, क्योंकि सभी ने कहा था कि लवणासुर को युद्ध के लिए मत ललकारना, नहीं तो वह महादेव के त्रिशूल के साथ युद्ध करने आएगा, तब उसका वध असंभव होगा। त्रिशूल के प्रभाव में यदि कोई युद्धभूमि में इसे धारण करने वाले को ललकारेगा तो फिर वह चाहे कोई भी हो, त्रिशूल उसका विनाश कर वापस अपने स्वामी के पास चला जाएगा।

शत्रुघ्न अब रोज़ ही अस्त्र-शस्त्र लेकर मथुरा के दुर्ग के द्वार के चक्कर लगा रहे थे कि कब लवणासुर आखेट के लिए निकले और कब मैं उसे युद्ध के लिए ललकारूं।

अब लवणासुर का मन भी दुर्ग में उचाट हो गया था तो उसने अपने साथियों, अंगरक्षकों को आदेश दिया कि वह सुबह आखेट पर जाएगा। पूरे दुर्ग में दुंदुभि बज उठी। और इधर, दुर्ग के बाहर अयोध्या के सैनिकों में एक नया जोश आ गया। सैनिकों को बहुत दिन युद्ध से दूर नहीं रखा जा सकता था।

शत्रुघ्न के सेनापति ने उनके शिविर में आकर कहा – 'हे राजन! संभवतः आपकी प्रतीक्षा की घड़ी आ गई है। दुर्ग से दुंदुभि बज रही है। कल सुबह तक लवणासुर दल-बल के साथ आखेट के लिए निकलेगा, ऐसा गुप्तचरों से ज्ञात हुआ है।'

'ठीक है वत्स, तुम जाकर सेना को तैयार करो, मैं अपनी तैयारी करता हूं।'

शत्रुघ्न को आज रात ठीक से नींद नहीं आई थी। कई दिन से प्रतीक्षा थी इस पल की। इस युद्ध की। शत्रुघ्न ने अपना तरकश ठीक से जांचा, उपयुक्त आयुध, प्रक्षेपास्त्र और बाण, जो संभवतः कल के युद्ध में काम आएंगे, की सूक्ष्मता से जांच करके व्यवस्थित किए। धनुष की डोरी, खड्ग, भाले को फिर से जांचा और प्रातः स्नान-ध्यान करके सभी गुरु, माताओं का ध्यान कर रथ पर आरूढ़ हो गए, अपने हथियारों से भरे रथ पर। अब उनका रथ मथुरा दुर्ग के मुख्य द्वार की तरफ़ बढ़ गया।

आगे बढ़कर शत्रुघ्न शत्रु को सावधान नहीं करना चाहते थे, इसलिए सेना को थोड़ा पीछे ही रुकने का आदेश दिया गया था। शत्रुघ्न स्वयं द्वार के पास तक पहुंचकर असुर के बाहर आने की प्रतीक्षा करने लगे।

अब अचानक काफ़ी कोलाहल सुनाई पड़ा और दुर्ग का बड़ा-सा द्वार धीरे-धीरे खुलने लगा। दुर्ग से लगी खाई पर पहले बुर्ज पर लगी बड़ी-बड़ी घिर्रियों की मदद से खाई को पाटने वाला लकड़ी का बड़ा-सा बेड़ा उतारा गया। फिर द्वार से धीरे-धीरे असुरों की सेना निकलनी शुरू हो गई थी। पहले कुछ घुड़सवार सैनिक, उनके पीछे थे पैदल सैनिक। वे बड़े-बड़े बाजे बजाकर जनता के बीच यह घोषणा कर रहे थे कि राजाओं के राजा, वीरों के वीर, महापराक्रमी, बलशाली महारथी लवणासुर की सवारी निकल रही है। अतः सभी आकर उन्हें भेंट दें, अन्यथा हम तुम्हें खुद दिग्पाल को भेंट कर देंगे। यह पूरा प्रपंच बड़ा भय फैलाने वाला था। जैसे-जैसे यह काफ़िला आगे

बढ़ा, अब सबसे पीछे एक बड़े-से हाथी, जिस पर एक विशाल सोने का हौदा बंधा था, के ऊपर आसीन था लवणासुर। जैसा नाम वैसा ही था वह दैत्यराज। हाथी भी ऐसा लग रहा था जैसे हाथी का बच्चा हो। उसके वज़न से हाथी के भी पैर डोल रहे थे। धीरे-धीरे हाथी भी उन चीख़ते-चिल्लाते, शोर मचाते और आतंक फैलाने वाला गाना गाते मदमस्त सैनिकों के पीछे-पीछे द्वार से निकल गया था।

शत्रुघ्न थोड़ा दूर छिपकर दैत्य पर नज़र रखे हुए थे कि कब वह थोड़ा इंसानी बस्ती से दूर हटे और मैं युद्ध के लिए ललकारूं। अयोध्या की सेना भी चारों तरफ़ से अपना घेरा इस असुर सेना की ओर तंग करती जा रही थी।

जैसे ही सैनिकों का दल यमुना के पास पहुंचा, जो एक बड़ा-सा खुला स्थान था, अब अवसर था कि शत्रु को युद्ध के लिए चेताया जाए। तब शत्रुघ्न ने ओट से बाहर आकर अपना दिव्य शंख ज़ोर से फूंका। शंख की ध्वनि से चारों दिशाएं गुंजित हो उठीं। जैसे ही शत्रुघ्न ने अपना शंख बजाया, वैसे ही चारों तरफ़ बिखरे अयोध्या के राज सैनिकों ने दुंदुभि बजाते हुए युद्ध की घोषणा कर दी। इस अप्रत्याशित युद्ध के लिए लवणासुर की सेना तैयार नहीं थी, फिर भी क्षणभर में सारे सैनिक युद्ध के लिए तत्पर हो गए। लवणासुर के क्रोध की सीमा नहीं रही। वह हाथी पर ही खड़े होकर अपने बड़े-से परशु को कंधे पर रख चिल्लाया -

'कौन मूर्ख है, जो मुझ लवणासुर को युद्ध के लिए ललकार रहा है।' ऐसा कहते हुए वह क्रोध से पागल होने लगा और चारों तरफ़ शत्रु को खोजने लगा। उसकी आंखें बहुत अधिक मद के कारण लाल-लाल हो रही थीं। बात करते-करते उसके मुंह से झाग निकल रहा था। वह क्रोधित होकर बहुत विकराल लग रहा था।

तभी शत्रुघ्न के रथ ने आगे बढ़कर उसका रास्ता अवरुद्ध कर दिया।

शत्रुघ्न ने अपना धनुष उठाकर जैसे ही उसकी प्रत्यंचा ज़ोर से खींचकर छोड़ी, उसकी तेज़ ध्वनि से चारों दिशाएं गूंज उठीं। असुर स्त्रियों में भय व्याप्त हो गया। पर लवणासुर खुद एक विकराल योद्धा था और कई बड़े-बड़े युद्ध जीत चुका था, इसलिए उसे इस बात का भय तो था ही नहीं कि आर्यावर्त का कोई राजा उसे इस तरह युद्ध की चुनौती भी दे सकता है। पर

जैसे ही उसका सामना शत्रुघ्न से हुआ, उसने अपने शरीर को और फुलाकर घमंड व आश्चर्य से देखते हुए कहा -

‘हे कुलघातक वीर, तुम कौन हो और बिना किसी पूर्व सूचना के कैसे मुझ जैसे वीर से युद्ध के लिए लालायित हो? किस वंश से हो? तुम्हारे इस अपराध को अब मैं तुम्हारे पूरे वंश का नाश करने के बाद अपने भोजन में खा जाऊंगा। तुम्हें तनिक भी भय नहीं लगता?’

‘हे दुष्ट राक्षस! असुर दल के मानवभक्षी, दुष्ट और तुच्छ जानवर, मैं अयोध्या नरेश, रघुवंशी पराक्रमी राम का अनुज शत्रुघ्न हूं, जो तुम्हारे वध के लिए यहां आया हूं। तो अब या तो युद्ध के लिए तैयार हो जाओ या संधि कर लो।’

‘वीर पुरुष! वीर युद्ध में संधि नहीं, युद्ध करते हैं। मैं तेरा वध अवश्य करूंगा और तेरे उस कायर, भीरू राम ने एक स्त्री के लिए मेरे राजेंद्र वीर, पराक्रमी रावण का पूरे परिवार सहित वध किया, उसका बदला भी लूंगा।’

‘अच्छा हुआ, तू खुद मरने के लिए यहां आ गया। अब मैं तुझे मारकर खा जाऊंगा। उसके बाद तेरे सभी भाई और परिवार का भी यही हाल करूंगा। तुझे संभवतः किसी ने मेरे पराक्रम के बारे में बताया नहीं। अन्यथा डर के कारण तू रास्ते में ही आत्महत्या कर लेता।’

‘दुष्ट! ज़्यादा गाल मत बजाओ। मैं दशरथ पुत्र तुझे युद्ध के लिए पुकार रहा हूं।’

‘तनिक रुक। मूर्ख मानुष। तुझे, तेरी वाचाल जीभ को अभी दंड देता हूं।’ कहकर उस दानव ने अपने धनुष से बहुत सारे सर्प के समान बाण छोड़े, जो तीव्र गति से शत्रुघ्न की तरफ़ बढ़े।

पर शत्रुघ्न ने बहुत सरलता से सभी तीरों को उनके रास्ते में ही काट दिया और दानवराज पर विकराल तीरों की झड़ी लगा दी। सारे बाण उसके विशाल शरीर में ऐसे समा गए, जैसे बादल में बूंदें समा जाती हैं।

घड़ीभर चले युद्ध में ही लवणासुर को समझ आ गया था कि इस बार उसका पाला किसी सचमुच के वीर से पड़ा है।

उधर, अयोध्या की सेना ने लवणासुर की सेना पर चारों तरफ़ से प्रहार शुरू कर दिए। हाथियों पर बैठे सैनिकों को धनुषधारी अयोध्या के वीरों ने क्षत-विक्षत कर दिया था, रुधिर उनके शरीर से ऐसे बह रहा था

जैसे सावन में पानी गिरता है। बड़े व्याकुल होकर वह दिशाज्ञान भूल गए और अपने ही सैनिकों को कुचलते हुए वापस भागने लगे दुर्ग की तरफ़। वहीं पैदल सैनिकों में तो बड़ा घमासान युद्ध हो रहा था। असुर ताक़त और आकार में बहुत बड़े थे अयोध्या के सैनिकों से, लेकिन अयोध्या के सैनिक इस परिस्थिति के लिए तैयार थे। वर्षों से उन्होंने अपने आपको इन दैत्यों से युद्ध के लिए तैयार किया था। यह अयोध्या की बहुत ख़ास टुकड़ी थी, जो ख़ासकर दैत्य और दानव वध के लिए ही अभ्यास कर रही थी। उनके पराक्रम और हस्त लाघव देखकर दैत्य भयभीत हो गए थे, ऊपर से उनकी हाथियों वाली पंक्तियों के पैर उखड़ चुके थे।

पूरा युद्ध क्षेत्र कटे हुए शवों से भरने लगा था। धरती वीरों के लहू से लाल हो रही थी। उधर, लवणासुर और शत्रुघ्न का युद्ध चरम पर था। दोनों महावीर और युद्ध के ज्ञात योद्धा थे। एक-दूसरे पर नाना प्रकार के आयुधों का उपयोग कर रहे थे। क्षणभर को भी कोई विश्राम नहीं करना चाहता था। तीरों से आसमान मानो पट गया था। सूरज की रोशनी भी नीचे नहीं आ पा रही थी।

भाले के भीषण प्रहार से शत्रुघ्न का पूरा रथ नष्ट हो गया था और शत्रुघ्न ज़मीन पर गिर पड़े।

असुरराज अब ज़ोर-ज़ोर से अट्टहास करके अपने परशु को तानकर बोला - 'मैंने मना किया था वीर, मुझसे युद्ध करने की इच्छा आज तेरी अंतिम इच्छा होगी। अब मर।' यह कहकर उसने अपना भयानक परशु शत्रुघ्न की तरफ़ उछाल दिया, जो सीधा शत्रुघ्न की ओर बड़े वेग के साथ भयानक आवाज़ करता हुआ चला, लेकिन ठीक उसी समय शत्रुघ्न का अंगरक्षक बीच में आ गया और उस विकराल परशु ने उसके दो टुकड़े कर दिए। अपने ख़ास अनुचर की हत्या होते देख शत्रुघ्न की आंखों में ख़ून उतर आया।

'संभल दुष्ट,' कहकर शत्रुघ्न ने कई बाणों की वर्षा करके उसके हाथी को मार डाला। हाथी के ज़मीन पर गिरते ही दुष्ट असुर फिर अपना धनुष ले खड़ा हो गया और विकराल बाणों से शत्रुघ्न को परेशान करने लगा।

अब शत्रुघ्न ने अपना हस्त लाघव दिखाते हुए पांच बाण पूरी ताक़त के साथ मारे, जिससे उसका मुकुट उड़ गया। धनुष के टुकड़े-टुकड़े हो गए।

कवच फटकर ज़मीन पर गिर पड़ा और कमर में बंधी तलवार भी गिर गई। निहत्था होते ही असुर जोर से चिंघाड़ा, सारी दिशाएं कांप उठीं।

'ऐ वीर! तू वाक़ई महावीर है। जब तू ऐसा है तो तेरा भाई, जिसने मेरे बांधव का वध किया, वह तो और बड़ा पराक्रमी होगा। मैं तुम अयोध्या कुमारों को नमन करता हूं, लेकिन युद्ध के समय अब मैं निहत्था हूं। अतः वीर, मुझे दुर्ग से अपने अस्त्र-शस्त्र लाने का समय दो।' लवणासुर इतना घायल हो गया था कि उसके शरीर के हर अंग से रुधिर की धाराएं निकलकर धरती को लाल कर रही थीं। उधर, रण में लवणासुर के ज़्यादातर सैनिकों का वध हो चुका था। हाथी दल बिना महावतों के वन में भाग गया था और अयोध्या की सेना ने दुर्ग में प्रवेश करके वहां उपस्थित सैनिकों को भी युद्ध रत कर लिया था। अब चहुंओर रण व्याप्त था।

पूरा मथुरा नगर, मथुरा का बाहरी भाग असुर सैनिकों के शव से अटा पड़ा था। सैनिकों ने पूरा दुर्ग अपने अधीन कर लिया था। वहां भी, जहां असुर सैनिकों के शव पड़े थे। बड़ा वीभत्स दृश्य था।

पूरे नगर के आसपास गिद्ध और सियार चक्कर काट रहे थे।

उधर, लवणासुर और शत्रुघ्न का युद्ध चरम पर था। युद्ध भूमि पर लवणासुर तीरों से बिंधा हुआ साही की तरह दिख रहा था। संभवतः ही कोई अंग होगा जो बाण से नहीं बिंधा हो। इसके बावजूद वह दुष्ट डटा हुआ था। जब उसने देखा कि अब उसके पास कोई अस्त्र या शस्त्र नहीं, पूरा शरीर बिंध गया तो उसने शत्रुघ्न से कहा -

'मैं लवणासुर तुम्हारे युद्ध कौशल से बहुत प्रभावित हूं, लेकिन वीर निःशस्त्र शत्रु पर तो कोई वीर प्रहार नहीं करता। तो हे दशरथनंदन, क्षणभर के लिए तू विश्राम कर, मैं अपने अस्त्र-शस्त्र लेकर फिर युद्ध के लिए आता हूं। मुझे मेरा प्रिय अस्त्र रुद्र का त्रिशूल भर लाने दे, फिर देखना कैसे पलभर में तुम्हें और तुम्हारी सेना को भस्म कर दूंगा।' ऐसा कहकर लवणासुर लड़खड़ाते क़दमों से अपने जलते हुए दुर्ग की तरफ़ चल दिया।

तब शत्रुघ्न ने मौक़ा देख उसे उकसाया -

'यदि तू अपने आपको वीर कहता है, सूरमा कहता है तो युद्ध छोड़कर कहां भाग रहा है। यह वीरों की शान नहीं कि युद्धरत योद्धा को पीठ दिखाकर भागें। मैं रघुवंशज किसी दुष्ट पर भी पीठ पर तो शस्त्र नहीं चला सकता। या

तो वापस आओ और युद्ध समाप्त कर अपनी हार स्वीकार कर लो। तू तो अधम बड़ा कायर निकला। इतने-से युद्ध में ही तूने अपने अस्त्र-शस्त्र डाल दिए। क्या इन्हीं कारणों से तू अपने आपको वीर कहता था? यदि सचमुच वीर है तो युद्ध कर। यह राम अनुज रघुवंशी तुझे अपने पितरों के वध के लिए आज भगवान को, देवताओं को साक्षी मानकर तेरा वध करने के लिए उद्धत है। युद्ध कर, विमुख मत हो युद्ध से। अन्यथा लोग तुझे वीर नहीं, कायर कहेंगे।'

ऐसे नाना प्रकार के उलाहने देकर शत्रुघ्न ने उसे रोका और कई बाण चलाकर उस दुष्ट के जाने का मार्ग अवरुद्ध कर दिया। आगे मार्ग अवरुद्ध और पीछे मृत्यु सम्मुख देख उसका ख़ून खौल उठा। चारों तरफ़ मची चीख़-पुकार और अपनी सेना की इतनी दुर्दशा देखकर वह फिर युद्धरत हो गया और नीचे पड़े अपने टूटे खड्ग को उठाकर पलटा।

'सावधान! मैं तुझे ऐसे ही मार दूंगा शत्रु, तेरे लिए तो मेरा यह टूटा हुआ खड्ग ही बहुत है।' ऐसा कहकर वह विशाल असुर हाथ में टूटा हुआ विकराल खड्ग लिए हुए शत्रुघ्न की तरफ़ लपका।

उसे वेग से आता देख शत्रुघ्न ने राम का दिया वह दिव्यास्त्र अपने तरकश से निकालकर संधान किया और प्रत्यंचा को कान तक खींचा। जैसे ही शत्रुघ्न ने दिव्यास्त्र संधान किया उसका मुहाना धधक उठा। यह वही दिव्यास्त्र था, जिसे विष्णु ने मधु-कैटभ को मारने के लिए उपयोग किया था। बाद में विष्णु ने रावण वध के लिए इंद्र के द्वारा राम को दिया था। चूंकि इस दिव्यास्त्र से बहुत हानि संभव थी, बहुत-सी जाति, वनस्पति नष्ट हो जाने वाली थी, इसलिए राम ने इसका उपयोग नहीं किया था, लेकिन शत्रुघ्न के शत्रु का प्रभाव जानते हुए यह दिव्यास्त्र उन्हें दिया था, साथ ही चेतावनी भी दी थी कि इसका उपयोग समुचित स्थान पर ही करें और उपयोग के पश्चात तत्काल इसको शांत भी करें, अन्यथा यह बहुत संहार करेगा। पर अब उपयुक्त समय आ गया था इस दिव्यास्त्र के उपयोग का। शत्रुघ्न ने पूरी प्रत्यंचा खींचकर दिव्यास्त्र का संधान किया और एक आंधी की तरह लपकते हुए उनकी तरफ़ आ रहे दुष्ट असुर की ओर प्रक्षेपित कर दिया। दिव्यास्त्र अग्नि उगलता हुआ, मानो सारे संसार को भस्म करने वाला हो, लवणासुर की तरफ़ बढ़ा और सीधे उसके हृदय में प्रविष्ट कर गया। बाण

के वेग ने लवणासुर को कई गज पीछे फेंक दिया। शस्त्र अपनी पूरी ऊर्जा से लवणासुर के हृदय को चीरता हुआ चल दिया, जिसे शत्रुघ्न ने तत्काल वंदना कर रोका। बड़ी मुश्किल से वह शस्त्र शांत हुआ और लौटकर शत्रुघ्न के तरकश में समा गया।

एक पल के लिए सभी को लगा मानो सृष्टि बस अब भस्म होने वाली है। उस दिव्यास्त्र की इतनी ऊष्मा और तेज़ आवाज़ थी कि लवणासुर के दुर्ग की कई दीवारें भरभराकर धराशायी हो गईं। कई पेड़ खड़े-खड़े जलकर राख़ हो गए। शत्रुघ्न और लवणासुर के बीच का समस्त इलाक़ा जलकर भस्म हो गया और वह दुष्ट असुर एक कोयले के ढेर में बदल गया था। इधर लवणासुर का वध हुआ, उधर दुर्ग में रखा रुद्र का वह तेज़ त्रिशूल आकाश मार्ग से भगवान शिव के पास वापस चला गया। और इस तरह एक बड़े दुष्ट का दलन हुआ। सब तरफ़ शत्रुघ्न की प्रशंसा होने लगी।

देवताओं में लवणासुर का वध हर्ष का विषय था, उनका एक बड़ा शत्रु आज मारा जा चुका था। धरती से असुर और राक्षस राज का अंत ही था अब। लेकिन, अभी इनका राजा भीम जीवित था। शत्रुघ्न के लिए अगला लक्ष्य वही था। वह अभी सेना लेकर मगध के राजा से युद्ध करने गया था तो अब शत्रुघ्न को उसकी प्रतीक्षा करनी थी या उसके पीछे जाकर उसे युद्ध के लिए ललकारना था। फिलहाल तो मथुरा नगरी इन असुरों के चंगुल से मुक्त हो रही थी। युद्ध अगले कई दिन तक चलता रहा। अयोध्या की सेना ने छुपे हुए कई सैनिकों को ढूंढ़-ढूंढ़कर मार डाला था। मथुरा कई दिन तक जलती रही, अंततोगत्वा असुरों से मुक्त हो गई और एक नए युग का प्रारंभ मथुरा नगरी में हुआ। शत्रुघ्न को राजा पहले ही राम ने घोषित कर दिया था। शत्रुघ्न ने शंख बजाकर युद्ध समाप्ति की घोषणा कर दी।

अब एक नए सिरे से नगर को व्यवस्थित करने का व्यापक कार्य शुरू हुआ, जिसके लिए अयोध्या से कई वास्तुशिल्पियों और कारीगरों को बुलाया गया। अयोध्या से बहुत-सा धन भी आया, ताकि नए सिरे से नए नगर की स्थापना की जा सके। शत्रुघ्न ने मथुरा पर अगले 12 वर्ष तक निष्कंटक शासन किया और दुष्ट असुरराज भीम को सुदूर दक्षिण में धकेल दिया और उसकी शक्ति इतनी क्षीण कर दी कि वह वापस आने का साहस नहीं कर सके। लेकिन, समय रुका नहीं था। गुप्तचरों से लक्ष्मण को पता चल गया था कि अयोध्या के युवराजों का धरती पर आगमन हो चुका है।

उधर, लक्ष्मण की पत्नी उर्मिला ने भी दो राजकुमारों को जन्म दिया था। माताओं ने उन्हें नाम दिए थे - अंगद और चंद्रकेतु।

उधर, भरत अभी भी अपने मामा युधाजित के हत्यारे गंधर्व राजा आनव से युद्धरत थे। घनघोर युद्ध के बाद अंततः अपने मामा की हत्या का बदला लेकर समूचे गंधर्व राज और कैकय राज पर अयोध्या की पताका फहरा दी थी और अभी वहीं रहकर राज कार्यों को समुचित साधनों से युक्त कर रहे थे। उनके भी दो पुत्र हुए, जो भरत समान ही सुंदर थे। उनका नाम रखा गया तक्ष और पुष्पकर।

शत्रुघ्न के भी दो ही पुत्र हुए, जो थे सुबाहु और शत्रुघाती।

अब ये सब जनपद राम और अयोध्या के अधीन हो गए थे, जिनमें अंग वंग, मत्स्य, श्रृंगवेरपुर, काशी सिंधु, सौवीर, दक्षिण कौशल, किष्किंधा और लंका उनकी मित्र शक्तियां थीं। आर्यों के इतिहास का यह गौरवशाली समय था, लेकिन अभी बहुत कुछ घटित होना बाक़ी था।

सब तरफ़ नए आयाम स्थापित हो रहे थे, नई-नई परिभाषाएं बनाई जा रही थीं। उस समय ही महर्षि वाल्मीकि ने एक अद्‌भुत काव्य रचना कर डाली थी, जो आगे चलकर *रामायण* के नाम से विख्यात हुई। 24,000 सूत्रों में बंधी यह काव्य रचना एक महान ग्रंथ था और कालांतर में इसने अपनी अमिट छाप भारत की धरती पर छोड़ी, जो अभी तक अनवरत चली आ रही है। *रामायण* राम के समय ही लिखा हुआ सत्य काव्य था और पूरे ब्रह्मांड में उन्हें आदिकवि की उपाधि से भी सम्मानित किया गया, जिसके बहुत बड़े खंड में खुद सीता का बहुत बड़ा योगदान था।

सीता के पुत्र...

कथानक यहीं से शुरू होता है अब।

इतिहास पीछे छूट गया था। राम के पुत्र वाल्मीकि आश्रम में बड़े हो रहे थे, सीता ने उन्हें किसी भी तरह से परेशान नहीं होने दिया था। आश्रम के बटुक की तरह ही उनका लालन-पालन हो रहा था। बाक़ी सभी शिक्षा के साथ-साथ ये देखने में आया कि उन दोनों कुमारों का आकर्षण आयुधों की तरफ़ कुछ ज़्यादा ही था। अभी बचपन में ही सीता ने उन्हें बांस के बने धनुष और बाण दिए थे, जिनसे वे प्रारंभिक शिक्षा खुद सीता से ही पा रहे थे। बाक़ी अपने साथियों के साथ। लेकिन कुश, जो थोड़ा बड़े भाई का आदर

पाते थे, बहुत शांत और संयमित स्वभाव के थे। उनसे बिलकुल विपरीत लव बहुत वाचाल और तीव्र बुद्धि के थे। दोनों भाइयों की अनोखी बात थी, वह यह कि दोनों ही आश्रम में सभी को बहुत प्यारे थे और सभी के नेता समान भी थे। कुश ने कहा - 'मां! देखो, लव ने मेरा धनुष तोड़ दिया और खुद साथियों को लेकर सेनापति बना घूम रहा है।' सीता ने बाहर आकर देखा तो सचमुच कुश सारे साथियों को पंक्तिबद्ध कर उन्हें कुछ बता रहे थे और सारे बालक बड़े मनोयोग से उनका प्रवचन सुन रहे थे। छोटी-सी अवस्था में ही दोनों भाइयों में बहुत अच्छा समन्वय था। दोनों एक-दूसरे के मन की बात झट-से जान जाते थे। एक-दूसरे के प्राणप्रिय थे।

'सीता! तुमने देखा, इन राजकुमारों को। नेतृत्व तो संभवतः इन्हें विरासत में मिला है। देवी! निश्चित ही ये तुम्हारे और राम के नाम को बहुत ऊंचा ले जाएंगे। राजा के सारे गुण इनके अंदर अभी से दिख रहे हैं। हों भी क्यों नहीं, आख़िर रक्त तो रघुवंश का ही है।' वाल्मीकि ने दोनों भाइयों को देखते हुए सीता से कहा।

आप सब गुरुजन का आशीर्वाद जो है।

सीता ने सिर झुकाए हुए उत्तर दिया।

पर सीता के मुख पर चिंता की लकीरों को देखते हुए ऋषि ने कहा - 'देवी! तुम व्यर्थ की चिंता कर रही हो, दोनों इतने होनहार हैं कि इन्होंने अपनी प्रारंभिक शिक्षा अपने हमउम्र साथियों से पहले ही पूरी कर ली है। अब मेरा मानना है कि उन्हें अग्रिम शिक्षा, जो राजनीति शास्त्र की और प्रक्षेपास्त्र की होगी, के लिए किसी योग्य गुरु के पास जाना पड़ेगा। मैंने विश्वामित्रजी से बात कर ली है। आगामी शिक्षा के लिए कुमारों को दक्षिण में गोदावरी के तट पर परशुराम के ही एक आश्रम में भेजने की व्यवस्था की जा रही है, ताकि वे उच्च शिक्षा का ज्ञान और आयुधों को चलाने की विधि अच्छी तरह से सीख सकें। यहां की शिक्षा अब इनकी पूर्ण हुई मानिए। कुछ ही समय बाद जब विश्वामित्रजी पधारेंगे तब वे स्वयं ही इन्हें लेकर जाएंगे। जैसे इनके पिता और चाचा को लेकर गए थे।'

सीता के मन में अब निश्चिंतता के भाव आ गए थे।

आख़िर इतने बड़े रघुवंश के युवराज जो थे, जिन्हें आगे चलकर अपनी कला में निपुण जो होना था। तो शिक्षा-दीक्षा भी वैसी ही होनी चाहिए ना।

एक विशेष बात और थी इन दोनों भाइयों में, वो यह कि ये दोनों बिलकुल एक जैसे दिखते थे। और संभवतः प्रभु राम जैसे भी। बस, थोड़ा फ़र्क़ यह था कि दोनों रंग में सीता जैसे थे, क़द में पिता जैसे और पिता समान ही उनका शरीर था। सुदृढ़ और बलशाली। उनकी भुजाएं भी घुटनों तक लंबी और पेड़ की शाखाओं-सी मज़बूत थीं। अभी चूंकि आयु थोड़ी कम थी, लेकिन शौर्य और हिम्मत क्षत्रियों के समान ही थी। बेहद साहसी और अनुशासित। थोड़े दिनों के अभ्यास के बाद ही दोनों भाई वीणा के साथ *रामायण* का पाठ बड़ी तन्मयता से करते थे और उन्हें पूरा काव्यग्रंथ कंठस्थ भी था। जब वे दोनों साथ बैठक काव्य पाठ करते थे तो जनमानस को *रामायण* का वर्णन साक्षात् लगने लगता था। इतना मीठा और स्वमेव पाठ करते थे कि सुनने वाला वशीभूत हो जाता था और यह उनका रोज़ का काम था। प्रतिदिन संध्या-आरती के बाद दोनों भाई *रामायण* का पाठ जब करते थे तो पूरा आश्रम उनके इर्द-गिर्द एकत्रित हो जाता था।

प्रभु राम की *रामायण* कथा अब सभी जगह प्रचलित होती जा रही थी। ऋषि आज्ञा से इस कथा का पाठ सभी जनपदों और आश्रम में होता था। तभी तो कौतूहलवश एक दिन दोनों भाइयों ने माता से पूछा -

'माता! क्या कभी आपने प्रभु राम के दर्शन किए हैं?'

सीता ने मुस्कराकर कहा -

'नित्य दर्शन करती हूं पुत्र। वह तो सभी को सुख देने वाले परम भगवान के स्वरूप हैं। एक दिन तुम्हें भी प्रभु श्री राम के दर्शन होंगे।' पर वे दोनों कहां मानने वाले थे। गुरु से हठ कर बैठे - 'गुरुजी! आपने तो राजा राम और उनके भाइयों को देखा है। कैसे दिखते होंगे और हमें कब उनके दर्शन होंगे?'

'अवश्य होंगे पुत्र! वह दिन आएगा, किंतु अभी तुम अपनी शिक्षा पर ध्यान दो। जब तुम अपनी शिक्षा में दक्ष हो जाओगे तब मैं तुम्हें लेकर चलूंगा।' दोनों भाई अतिप्रसन्न होकर सोचने लगे - 'कैसी होगी अयोध्या और कैसी होगी सभा? उनकी पत्नी सीता कैसी दिखती होंगी? क्या श्री राम कृपालु हैं या बहुत बड़े सम्राट की तरह दिखते होंगे?' कई तरह के प्रश्न करते हुए दोनों सीता की गोद में सो गए।

सीता मन ही मन उन दोनों भाइयों को पिता से मिलाने के सुअवसर की प्रतीक्षा करने लगीं। उनकी श्रद्धा तो प्रभु राम में ही थी। दिन-रात उनके मानसपटल पर जो छवि थी, वह किंचित मात्र भी धूमिल नहीं पड़ी। सारा घटनाक्रम अभी भी सीता के सम्मुख जैसा का तैसा था। वो राम के साथ बिताए पल, वनवासी राम, और फिर सम्राट राम, सारी स्मृतियां सजीव हो उठी थीं।

अब समय आ रहा था राम के पुत्रों को राम से मिलाने का, पर सीता चाहती थीं कि उनके पुत्रों को वे स्वयं अपनाएं, इसलिए अभी तक यह बात गुप्त रखी गई थी कि उचित अवसर पर ही कुश और लव को उनके पिता से मिलाया जाए। ससम्मान। यह बेहद ज़रूरी था, ताकि सामाजिक भ्रांतियों का निस्तार भी हो और राम का अभिमान व सीता का मान भी रहे।

देखते हैं समय ने क्या तय कर रखा है अयोध्या के राजा के भाग्य में?

पर अभी अयोध्या में कुछ और ही चल रहा था। अयोध्या के सभी राजकुमार चाहते थे कि राम राजसूय यज्ञ करें। उस काल में बड़े और प्रतापी राजा प्रायः यज्ञ किया करते थे। अब चूंकि अयोध्या को लगभग 100 जनपदों का साथ था तो कुमारों और ज्ञानियों का मत था कि अयोध्या अब राजसूय यज्ञ का आयोजन करे, ताकि यह तय हो सके कि अब कौन-कौन अयोध्या सम्राट के साथ है और कौन नहीं। यह विश्वव्यापी यज्ञ, जो राजा रघु ने किया था और अश्वमेध यज्ञ तथा तीसरे क्रम पर आता है राजसूय यज्ञ, जो साम्राज्य के लिए ज़रूरी थे। अयोध्या के उत्तर में मैथिल राजवंश था, जो अयोध्या के समधी थे। पूर्व में विशाल मगध राजवंश था, जो इनके मित्रवत ही था। दक्षिण में अब रावण के बाद कोई वीर बचा नहीं था। सप्तदीप तक अयोध्या के अधीन थे। गोदावरी तट का संपूर्ण क्षेत्र भी दंडकारण्य तक आर्य साम्राज्य का ही डंका बजता था। सुदूर पश्चिम में कैकय और अभी हाल ही में जीते गए गंधर्व प्रदेश के कारण अयोध्या की विजय पताका पूरे विश्व में आसीन थी। सभी राजवंश अयोध्या को अपना सर्वोपरि मान चुके थे। बस, अब सप्त ऋषि परिषद की ही मोहर लगना बाक़ी थी। यह सप्त ऋषि मंडल भगवान शिव का ही एक प्रतिनिधिमंडल था, जो विश्व शांति और मानव कल्याण के लिए कार्य कर रहा था। सर्वोच्च शक्ति की अवहेलना कोई नहीं कर सकता था। स्वयं विष्णु भी नहीं।

और आर्यों पर तो खुद रावण ने ही ये दोष लगाया था कि इन आर्यों ने आदित्यों से अलग होकर अपना एक सभ्य समाज बना लिया है, जिसके लिए इन्होंने वेदों का प्रचार-प्रसार किया और एक नया समाज बनाया। त्रुटि इनसे यह हुई इक्ष्वाकु के समय से ही कि इनके सलाहकारों ने जो दंडित आर्य थे, उन्हें निष्कासित करके दंडकारण्य में भेजते थे। जिन्होंने बड़ी तादाद में असभ्य समाज का निर्माण कर गोदावरी का क्षेत्र बड़ा ही भयानक व दुर्गम बना दिया था। लेकिन, राम के किष्किंधा से मित्रता करने से यह संभव होने लगा कि यह पूरा क्षेत्र शांति का क्षेत्र बन गया था।

इस बात को प्रतिपादित करने हेतु स्वयं शिव ने अपने प्रतिनिधिमंडल की एक विश्वव्यापी सभा का आयोजन नैमिषारण्य क्षेत्र में रखा था, ताकि ये विश्व को बताया जाए कि अयोध्या का राजवंश उनके सिद्धांतों का परिपालन सुचारू रूप से करेगा और सामाजिक कल्याण का कार्य करेगा, जिससे भविष्य में होने वाले युद्धों को रोका जा सके। यह सर्वोच्च सभा थी।

इधर, अयोध्या में राजसूय यज्ञ की तैयारी चल रही थी। सभी जनपदों को निमंत्रण भेजे जा चुके थे, पूरी अयोध्या को अतिथियों के आगमन के लिए तैयार किया जा रहा था। नए सिरे से तोरण बनाए जा रहे थे, बड़े-बड़े भव्य पंडाल बनाए जा रहे थे। ऋषियों के ठहरने, उनके पूजा और भोजनशालाओं का निर्माण हो रहा था, साफ़ पीने के पानी के लिए कुएं का निर्माण भी हो रहा था। कई राज्यों से खाने की वस्तुएं भेंटस्वरूप भेजी जाने लगी थीं। पूरे अयोध्या में उत्साह का वातावरण था।

उधर, वाल्मीकि आश्रम में भी कुछ विशिष्ट तैयारी चल रही थी। वह थी मुख्यतः *रामायण* महाकाव्य का विमोचन, जिसके लिए विशेष रूप से कुश और लव तथा उनकी मंडली को तैयार किया गया था, जो आश्रम की तरफ़ से संगीतमय प्रस्तुति देने को तैयार हो रहे थे। कुश और लव अभी बालक ही थे। बहुधा 12 या 13 साल के रहे होंगे। उन्होंने अभी तक कोई बड़ा नगर या पुर नहीं देखा था। ना किसी राजा का दरबार। और यह ख़ास इसलिए भी था, क्योंकि यह राजवंश उनका अपना था, जिसके वे अघोषित युवराज भी थे। हालांकि यह बात सीता और वाल्मीकि के अलावा किसी को भी पता नहीं थी, सिवाय भगवान शिव के।

शत्रुघ्न और लक्ष्मण को भान था, पर निश्चित वे भी नहीं थे। और दोनों कुमारों को भी नहीं पता था कि राजा राम ही उनके पिता हैं। उन्हें तथा पूरे आश्रम को तो सिर्फ़ इतना पता था कि देवी के पति सूर्यवंशी हैं और किसी महत्त्वपूर्ण कार्य से कहीं गए हैं। दोनों भाई बड़े उत्साहित थे अयोध्या जाने के लिए। जब से गुरु ने सीता से आज्ञा ली तब से। सीता खुद बड़ी दुविधा में थीं कि जब यज्ञ प्रभु राम करेंगे, तब उनकी पत्नी की जगह कौन लेगा? बिना पत्नी के यज्ञ संभव नहीं था, जिसका निराकरण भी सप्त ऋषि मंडल ने ही कर दिया था। यज्ञ के समय राम के साथ सोने की सीता की प्रतिकृति होगी उसमें यज्ञ के समय प्राण खुद यह प्रतिनिधिमंडल डालेगा, ताकि यज्ञ का कार्य बिना बाधा के हो सके। तब सब तय था। यज्ञ के बाद सभी देवी-देवता, ऋषि-मुनि, ज्ञानी महात्मा को नैमिषारण्य क्षेत्र में जाकर सभा का निर्णय सुनना था, जो स्वयं शिव ने दिया था।

वाल्मीकि आश्रम से एक छोटा-सा दल अपने वाद्ययंत्रों के साथ बैलगाड़ियों से निकला, जिनमें एक बैलगाड़ी का नेतृत्व कुश कर रहे थे। दोनों भाई एक-दूसरे की प्रतिमूर्ति थे। अतिसुंदर नयनाभिराम रूप, आवाज़ ऐसी जैसे खुद सरस्वती विराजित हों उनकी जिह्वा पर। *रामायण* का पाठ जिसने भी सुना इन दोनों भाइयों से वह भक्तिभाव से विह्वल हो जाता।

धीरे-धीरे आश्रम का काफ़िला अयोध्या नगरी में प्रवेश कर गया। अयोध्या को दुल्हन की तरह सजाया गया था। सभी घरों की झांकी देखने योग्य थी। पूरे राजपथ पर फूलों की सजावट थी, जो कई दूसरे राज्यों से भी मंगाए गए थे। जगह-जगह संगीतकार बैठकर संगीत की प्रस्तुति दे रहे थे, सुगंधित द्रव्य से छिड़काव हो रहा था। अनुपम नज़ारा था। जिसने यह दृश्य देखा वह देखता ही रह गया। लव और कुश की प्रसन्नता की तो कोई सीमा नहीं थी। वे पूरे समय राजपथ की ख़ूबसूरती से भाव विह्वल हो रहे थे। इतना विशाल नगर उन्होंने पहली बार देखा था।

कुछ दिन तक लगातार मंत्रोच्चार चलता रहा उस मंडप में, जो मुख्य केंद्र था। कई राजा और विशिष्टजन व्यवस्था में तत्पर थे। पूजा और यज्ञ समाप्ति पर थे। बालकों को लेकर गुरुजी अपने विशिष्ट स्थान पर बैठे थे, जो मुख्य पंक्ति में ही था और जहां से सारा राजपरिवार यज्ञवेदी पर बैठा दिख रहा था। राम आज्ञा अनुसार यज्ञ में आहुति डाल रहे थे। बड़े ही

समवेत स्वर में ब्राह्मण श्लोक का पाठ कर रहे थे। लव ने गुरु के पास जाकर धीरे-से पूछा –

'गुरुवर! यह सोने की प्रतिमा क्या माता सीता की है। तो माता सीता कहां हैं?'

बालसुलभ प्रश्न था –

'और क्या राम के कोई पुत्र नहीं दिख रहे, बाक़ी सभी तात के साथ उनकी रानियां और बच्चे बैठे हैं, किंतु राम के साथ ये तीन देवियां कौन हैं? कृपया हमें अवगत कराएं।'

कुश ने लव को हाथ के इशारे से चुप रहने के लिए कहा, लेकिन लव के चेहरे पर अभी भी बड़ी उलझन दिख रही थी। वह बड़े ध्यान से सभी को देखकर आनंदित तो बहुत हो रहा था, परंतु अपने सवालों के जवाब नहीं पाकर दुःखी भी था।

गुरुजी ने भी उन्हें *रामायण* पाठ में उनके बारे में कुछ नहीं बताया था, पर इन सवालों के साथ ही समारोह अब अपने अंतिम सोपान पर था, तभी गुरु श्रेष्ठ वशिष्ठजी ने गुरु वाल्मीकि को आमंत्रित किया।

एक ऊंचे मंच पर कुलगुरु ने आगे बढ़कर वाल्मीकिजी का स्वागत किया। उनके साथ आए सभी बटुकों और साथ में कुश तथा लव को मंच पर आमंत्रित करते हुए पूरी सभा को उनका परिचय दिया। बताया कि वाल्मीकिजी ने एक अद्‌भुत काव्य रचना की है, जिसे सभीजन को सुनना चाहिए।

अब सभी ने राजवंश के मंचों के समानांतर एक ऊंचे मंच पर आसन ग्रहण किया। इसके बाद शुरू हुआ दिव्य काव्य ग्रंथ का गायन। दोनों भाइयों ने गा-गाकर अयोध्या की जनता को सुनाना शुरू किया। पूरी सभा मनोयोग से यह काव्य सुन रही थी। ख़ासकर राम और लक्ष्मण के युद्ध कौशल, उनकी विगत वर्षों की विपदाभरी वनवास की ज़िंदगी, एक फूल-सी सुकोमल रानी सीता ने सिर्फ़ अपने प्रिय राम के लिए क्या-क्या सहा आदि विवरण सुनकर महारानियां और खुद राजा भरत सुबक उठे। सभी की आंखें भर आईं। राम की विपदा, लक्ष्मण का त्याग और सती सीता की विपदाओं को सुनकर अयोध्या की अधिकांश जनता रो पड़ी। सभी राज्य के राजा इस विकट युद्ध और बीते दिनों का संकट सुनकर विकल हो उठे। कितना

कष्ट और अपमान सहा, लेकिन कुलगौरव की रक्षा के लिए इतने बड़े योद्धा के सम्मुख कैसे इतना भीषण निर्णायक युद्ध लड़ा गया।

पूरा सभा भवन इस *रामायण* काव्य के पहले सार्वजनिक उद्घोषणा से किंकर्त्तव्यविमूढ़ हो गया था। सीता, राम और लक्ष्मण के लिए उनकी मां में अगाध श्रद्धा स्पष्ट दिख रही थी। जनता अपने प्रतापी राजा का गुणगान सुनकर गर्व महसूस कर रही थी।

पर सबसे ज़्यादा विकल कोई था तो माता कैकयी और कौशल्या। साथ ही वीर हनुमान, जिनके लिए सीता मां समान थीं। हनुमान का प्रेम राम-सीता के लिए अद्भुत था। संसार की कोई वस्तु उन्हें इतनी प्रिय नहीं थी, जितने कि प्रभु राम। हनुमानजी की आंखों से अनवरत अश्रुओं की धार बह रही थी। उन्होंने मंच पर आकर अपने विशाल हृदय में दोनों बालकों को भर लिया। उनका प्रेम, स्नेह देखकर तीनों माताएं भी दौड़ी आईं और दोनों बालकों को आंचल में भर लिया। वे उन्हें अंक में भरकर चूमे जा रही थीं और उनके आंसुओं से दोनों भाइयों के वस्त्र भीग गए थे।

कौशल्या तो दोनों बालकों को ऐसे अपने गले लगाए थीं, मानो बालक रूप में स्वयं राम आ गए हों।

'ये दोनों बालक कौन हैं ऋषिवर! ये तो मेरे राम जैसे हैं। बिलकुल राम के प्रतिरूप। क्या सच में राम का बचपन लौट आया है आज अयोध्या में?' खुद राम भी बड़े अचरज से उन्हें देख रहे थे। फिर खुद चलकर उनके पास आए। दोनों भाइयों ने उन्हें नमन किया। राम ने उन्हें गले लगाया। जैसे ही राम गले लगाया, उन्हें लगा मानो सीता उनके पास हों। वही ख़ुशबू, वही रंग, बात करने का वही ढंग। 'कहीं ये मेरे पुत्र तो नहीं?' राम ने दोनों को फिर कलेजे से लगा लिया।

कौशल्या की आंखों और मनोदशा को राम समझ सकते थे और राम की मनोदशा एक मां। कैकयी तो मानो उन्हें अपनी गोदी से उतारने को तैयार नहीं थीं।

'राजन! ये ऋषि कुमार कुश और लव हैं, जिन्होंने मेरे आश्रम में रहकर शिक्षा-दीक्षा ली है और *रामायण* का आकंठ पाठ ये बचपन से करते आए हैं। उचित अवसर था, बालकों को राजा राम के दर्शन करने थे, इसलिए इन्हें साथ लेकर आया।'

लक्ष्मण और शत्रुघ्न को आभास हो रहा था हो ना हो यही हैं हमारे युवराज, किंतु संभवतः अभी समय नहीं था।

पूरी अयोध्या में कुश और लव के *रामायण* पाठ की धूम मची थी। हर किसी की जिह्वा पर इन दोनों भाइयों के नाम और *रामायण* की अनुपम काव्य की ध्वनि थी। ऐसा काव्य, जिसे आज सार्वजनिक तौर पर स्वीकार किया गया, स्थापित किया गया। गुरु वाल्मीकि, जिन्हें आदिकवि की उपाधि से भी सम्मानित किया गया, को राजवंश की तरफ़ से बहुत सारे उपहार और सम्मान दिया गया। राम ने अपने गले के हार दोनों भाइयों के गले में डाले।

माताओं ने बड़े रुंधे गले से दोनों भाइयों को पूरे एक माह के बाद आज्ञा दी। तब तक रोज़ दोनों भाइयों ने अयोध्या की राजसभा में *रामायण* का पाठ किया और माताओं ने इन दोनों को अपने महल में रोक लिया था। दोनों समय अपने हाथों से तीनों माता दोनों भाइयों को खाना खिलाती थीं। उन्हें तो लग रहा था जैसे राम का बचपन लौट आया हो अयोध्या के राजभवन में।

आख़िर राजभवन को सूना कर, 'शीघ्र ही मिलेंगे' कहकर वे वापसी की तैयारी में जुट गए। साथ ही उन्होंने माताओं से वचन भी लिया था - इस बार अपनी माता के साथ ही आना।

पता नहीं किस कारण से कौशल्या को लगता था बालकों के मुख से उनकी माता का विवरण सुनकर कि हो ना हो वह सीता ही है।

कौशल्या ने अपने मन की बात राम से कही भी -

'पुत्र! तुम्हें नहीं लगता इन बालकों की माता का वर्णन बिलकुल हमारी सीता जैसा है। इन कुमारों का रंग देखो, इनके शरीर की बनावट देखो, ये तुम्हें कहीं से भी ऋषि कुमार लग रहे हैं? इनके बातचीत और सम्मान करने का तरीक़ा, चाल बिलकुल राजकुमारों-सी है। हमें तो ये ऋषि कुमार नहीं लगते राम। थोड़ा पता करो या उन्हें यहीं रोक लो राम, उन्हें जाने मत दो। हमारे हृदय फट रहे हैं इनके वियोग का सुनकर, एक माह में हमें इनसे इतना स्नेह हो गया है जैसा तुम भाइयों से रहा। इन दोनों बालकों को मत जाने दो।'

'पर मातारानी! हमें जाना पड़ेगा। हमारी जननी हमारी राह देखती होंगी। उनका उस वन में हमारे सिवाय कोई नहीं। वे आश्रम में भी उनके

आराध्य या हमारे सिवाय खाना नहीं खातीं। हम शीघ्र अपनी माता सहित मिलेंगे। वे भी आपसे मिलकर अतिप्रसन्न होंगी। अब हमें आज्ञा दें।'

यह कहकर कुश और लव अपने साथियों सहित वाल्मीकि के साथ वापस अपने आश्रम की तरफ़ चल दिए।

मन में बहुत उत्साह था दोनों भाइयों के, वे शीघ्रातिशीघ्र अपनी माता को अयोध्या और अयोध्या के राजा व महारानियों के बारे में बताना चाह रहे थे। और एक तरफ़ इतना प्यार व अपनापन पाकर दूर होने से दुःख भी हो रहा था।

शिष्यों का ये पूरा टोला अब जगह-जगह रास्ते के सभी ग्राम और नगर में रुकते हुए *रामायण* का पाठ करता, जिसमें उस नगर के बहुत सारे लोग शामिल होते थे और रामकथा का सजीव पाठ सुनकर हर्षित हो सभी शिष्यों को अभीष्ट पुरस्कार से सम्मानित भी करते थे। यह सिलसिला उनके आश्रम पहुंचने तक निरंतर चलता रहा। अब *रामायण* को भी एक प्रतिष्ठा मिलती जा रही थी, लोग उसके रचयिता वाल्मीकि को भी बहुत आदर और सम्मान से पूजने लगे थे।

रामायण के कारण ही जनसाधारण के बीच राम और अयोध्या की कीर्ति प्रसिद्ध होने लगी थी। लोग अपने राजा और उनके कार्यों को एक उदाहरण के तौर पर देखने लगे थे। उसका अनुसरण करने लगे थे। लोगों में धर्म और प्रेम के प्रति आदर बढ़ रहा था। सर्वत्र राम के साहस, पराक्रम और देश के प्रति निष्ठा के भाव को एक नई ऊर्जा मिल रही थी। *रामायण* अल्पकाल में ही सर्वत्र पूजित ग्रंथ हो गया था, जो समस्त आर्यावर्त को एक सूत्र में पिरोता जा रहा था, और यही तो उस रचना का मूल मर्म था।

आश्रम पहुंचते ही दोनों भाई दौड़कर अपनी माता के गले लग गए। सारी रात दोनों भाई सीता को अपने अयोध्या दर्शन, वहां मिले उपहारों और क्या-क्या घटित हुआ, सारा घटनाक्रम सुनाते रहे। कैसे यज्ञ में बैठी सोने की राम की पत्नी को देखा, जिन्हें राम बारंबार ऐसे देख रहे थे, जैसे वह सचमुच की जीवित प्रतिमा हो, कैसे बारंबार उनकी आंखों से आंसू बह निकलते थे जब भी पंडित उन्हें पुकारते थे। कैसे वहां की रानी माताओं ने उन्हें गोद में बैठाया, कैसे उन्हें दुलार किया।

'मां! आपको पता है, जो ज्येष्ठ माता थीं उन्होंने तो हमें अपने भवन में ही ठहराया और स्वयं अपने हाथ से हमें भोजन कराया। मां! यदि आप भी वहां चलतीं तो देखतीं कैसी विशिष्ट नगरी थी और कैसे अनुपम लोग थे वहां के। हर कोई बस प्यार कर रहा था मां।'

'हां मेरे पुत्रों! मैंने तुम्हारी आंखों से और मन के भावों से तुम्हारे साथ ही अयोध्या दर्शन कर लिए।' पूरी रात दोनों भाइयों ने अपनी माता को सोने नहीं दिया। वे सारी बात बता देना चाहते थे माता सीता को। सीता के मन में एक द्वंद्व चल रहा था। हर्ष भी था और उल्लास भी। कैसी अभागी हूं मैं और मेरे पुत्र, जो अपने कुल होकर भी आए और अनजान बने भी रहे, एक पिता का उनके पुत्रों से नहीं मिल पाने का दुःख।

लेकिन राम के साथ ली प्रतिज्ञा का क्या!

वो दिन याद करते-करते सीता कभी विगत में हुई उन घटनाओं को याद कर-करके दुःखी होने लगीं, उनकी आंखों से अनवरत आंसू बहे जा रहे थे।

उस दिन सप्त ऋषि मंडल अयोध्या पधारा था। तब पूरा राजवंश उनकी पूजा और अर्चना में व्यस्त था। उस रात उन्होंने गुरु वशिष्ठ और माताओं तथा कुमारों को बुलाकर परम परमेश्वर शिव की व्यवस्था उन्हें सुनाई और चेतावनी भी दी -

'यदि इक्ष्वाकु वंशज राम का प्रेम अपनी पत्नी सीता के लिए इतना अधिक हो जाएगा तो जनकल्याण का क्या होगा राजन! तुम अपनी पत्नी के प्रेम में यह भूल गए कि रावण के वध से पहले धनुषकोटि में अपने शिव की आराधना में क्या कहा था? रघु के वंशज तुमने कहा था कि हे परम पिता, मैं रावण के वध के उपरांत इस आर्यावर्त की समस्त जातियों के कल्याण के लिए कार्य करूंगा। संपूर्ण आर्यावर्त को युद्ध की अग्नि से परे एक शांति और प्रेम का स्थल बना दूंगा, जहां अत्याचार नहीं होगा, अन्याय नहीं होगा, ऐसे देश का निर्माण करूंगा। और तभी माता पार्वती ने तुम्हें वे अस्त्र दिए थे, जिनसे शिव के प्रिय इंद्रजीत और महान प्रकांड पंडित ब्राह्मण श्रेष्ठ रावण का वध संभव हुआ।'

'और अब राजन, आप वे सब वचन भूलकर रासरंग में डूब गए, अपनी प्रजा की भी सुध नहीं है आपको। राजन! आप तो ज्ञानी हैं, महात्मा

हैं, ईश्वर ने स्वयं अपना अंश आपको दिया, अपनी कलाओं से आपको ज्ञान दिया।'

ऐसे कठोर वचन बोलकर वे ऋषि चुप हो गए, परंतु उनके चेहरे से शिव के अंदर का मर्म प्रकट हो गया था।

वचन अकाट्य थे। राम अवाक् थे। सीता जड़ थीं। पूरा राजवंश स्तब्ध था, मौन था। सप्त ऋषि अपना कथन और ईश्वर का आदेश सुनाकर प्रस्थान कर गए थे।

राम सिर झुकाए अपने कर्त्तव्य की अवहेलना से दुःखी थे।

तब सीता ने ये कठोर प्रतिज्ञा ली -

'हे नरश्रेष्ठ, हे राजन, हे कुलश्रेष्ठ! आप तो राजा हो और राजा के लिए उसकी प्रजा से बढ़कर कोई अन्य प्रिय हो ही नहीं सकता। मैं तो सिर्फ़ आपकी ब्याहता हूं, मेरे प्रति आपका आकर्षण एक सीमा तक तो उचित है, किंतु राजधर्म से अधिक नहीं।'

'तो हे राजन! यदि आप मेरे कारण अपना धर्म भूल जाएंगे तो इससे बढ़कर कोई संताप मेरे लिए नहीं। मैंने नरश्रेष्ठ क्षत्रिय के गले में माला डालकर आपको चुना था। तो हे मेरे वीर पुरुष! आज मैं आपकी पत्नी सीता आपसे तब तक के लिए विलग हो रही हूं, जब तक सृष्टि में आप सबसे निष्ठावान राजा और पालक स्थापित नहीं हो जाते। मेरा आपके प्रति कोई द्वेष नहीं। मैं जन्म-जन्मांतर तक आपकी ही पत्नी रहूंगी, किंतु हे नरश्रेष्ठ मैं आपकी अपकीर्ति सह नहीं कर सकती। आप अपने कुल का, अपनी प्रजा का मान बढ़ाएं, मेरा परिचय तो सदा ही आप रहेंगे। आपकी कीर्ति सदा मेरी भी रहेगी।'

यह कठोर वचन कहकर सीता ने अपनी अयोध्या का त्याग कर दिया था।

किसी लोकनिंदा के लिए नहीं, अपितु रघुकुल की रीत प्राण जाए, पर वचन ना जाए की परंपरा के लिए। राम द्वारा रावण के सामने भगवान शिव को दिए अपने वचन के लिए।

सीता और पूरा कुल जानता था कि जिस राजा ने जीवनभर सिर्फ़ एक पत्नी का वचन दिया हो, वह कैसे अपनी पत्नी का परित्याग कर सकता है। यह सोचना भी संभवतः राम के लिए असाध्य था। फिर पूरा जीवन सीता के

बिना व्यतीत करना तो संभव ही नहीं था। जिसका हृदय अपनों के ज़रा-से कष्ट से कांप जाए, वह अपनी पत्नी का परित्याग करे! असंभव।

पर सीता की इस कठोर प्रतिज्ञा से यदि कोई ख़ुश था तो वह थे स्वयं अविनाशी, भोले भंडारी। उन्होंने अपना आशीष सीता को दिया और वचन भी कि जब भी तुम्हें दुविधा होगी पुत्री तो मैं साक्षात् तुम्हारे साथ रहूंगा। तुम्हारी कीर्ति अभीष्ट है, अखंड रहेगी। अखंड सौभाग्यवती रहो।

स्वयं पार्वती ने उन्हें अक्षय सौंदर्य का वरदान दिया था कि तुम्हारा सौंदर्य अक्षत रहेगा और सदा राम की प्रिय रहोगी।

वे सारी बातें याद करके सीता का मन बहुत व्यथित हो गया, अपने आंसुओं और अपनी दुविधा सिर्फ़ वे ही समझ सकती थीं।

पर अभी बहुत कुछ घटित होना बाक़ी था।

समय अगाध गति से चलायमान था। पूर्व निर्धारित निर्णय लेने का समय था। सीता के कुमार अब वयसंध्या पर थे। उनके क्षत्रिय धर्म के अनुसार शिक्षा का अब समय हो चला था।

तो अब वाल्मीकि के आश्रम का ठहराव समाप्त होने को है, यह बात स्वयं वाल्मीकि जानते थे और उसका प्रबंधन उनकी पहली प्राथमिकता थी। अब तीनों को एक लंबे सफ़र के लिए निकलना था। उच्च शिक्षा का प्रबंध सप्त ऋषि मंडल के दिशाज्ञान अनुसार अयोध्या से दूर कावेरी के तट पर भगवान परशुराम के स्थापित आश्रम में था, जो एक लंबी और दुर्गम यात्रा थी। पूरा दंडकारण्य पार कर गोदावरी के भी आगे घने जंगलों के बीच उस अद्भुत आश्रम को जाना था, जहां शास्त्र और शस्त्र की ज्ञान की उच्च शिक्षा इन दोनों कुमारों की प्रतीक्षा कर रही थी।

बहुधा वाल्मीकि आश्रम से विदा लेने की घड़ी बड़ी मार्मिक थी सभी लोगों के लिए। सीता देवी और उनके प्रेम से सारा आश्रम व आश्रम के आसपास के सभी ग्राम सीता को देवी की तरह पूजते थे। सीता ने उन लोगों का जीवन ही बदल दिया था अपने प्रवास के दौरान। आश्रम और आसपास के ग्रामों की स्त्रियों की दशा और जीवन संवारने में सीता का बहुत बड़ा योगदान था। सीता ने ही उन्हें उनके गर्व और विवेक का इस्तेमाल तथा समाज में स्त्री की श्रेष्ठता को बनाने में बहुत यत्न किए थे, जो सदियों तक याद किए जाएंगे।

वाल्मीकि का मन भी बहुत उदास था। उनके महाकाव्य के छह अध्याय की नायिका अब जा रही थी, अपने कर्त्तव्यपथ पर। नए भारत का नया इतिहास लिखने। एक नारी का समाज में योगदान और अपने पुत्रों को उन कार्यों के लिए तैयार करने के लिए, जो अपने कुल की मर्यादा के लिए आवश्यक भी है। एक सुगठित राष्ट्र के लिए भी, जिसका उत्तरदायित्व सीता लेकर निकली थीं, अपने प्रभु राम के घर से।

महीनों के कठिन और दुर्गम सफ़र के बाद सीता और उनके दोनों पुत्र आख़िर आश्रम पहुंच गए ससिमला। यह स्थान उस भूमि पर था, जिसे स्वयं परशुराम ने अपने बाणों से समुद्र को पीछे धकेलकर बनाया था। दुर्गम वन, लेकिन सरल और सौम्य। यहां यह आश्रम आमजन की पहुंच से बहुत दूर भी था और किसी का आना यहां पूरी तरह से प्रतिबंधित भी था। दूसरा मुख्य कारण था भगवान शंकर के ज्येष्ठ पुत्र कार्तिकेय का यह कर्मस्थल था। नियमानुसार इस पूरे क्षेत्र का अधिकार सिर्फ़ और सिर्फ़ कार्तिकेय का था, जो स्वयं एक बहुत महान योद्धा और वीर पुरुष थे।

अब ये स्थान बना दोनों पुत्रों की, ख़ासकर धनुर्विद्या की बारीकी और प्रक्षेपास्त्रों के अध्ययन का। संभवतः उस समय की कुछ शिक्षा नीति में अस्त्र और शस्त्र उसे ही धारण करने का अधिकार था जिसने उनका संचालन विधिवत सीखा हो, या जो सुपात्र हो। पर दिव्यास्त्र चलाने या सीखने का अधिकार सिर्फ़ उन्हें ही था, जो महात्मा या ऋषियों के मापदंड पर खरा उतरा हो। अगर कोई दुष्ट या अनपढ़ शस्त्र धारण कर लेता तो प्रशिक्षित क्षत्रिय को उसे दंड देने का अधिकार होता था। इसीलिए आमजन अस्त्र या शस्त्र धारण कर नहीं चलते थे। ये नियम उस समय देवताओं द्वारा निर्धारित किए गए थे और राम जैसे सुपात्र का चयन सिर्फ़ इन नियमों का ठीक से पालन हो इसके लिए किया जाता था। विश्व शांति और जनकल्याण हेतु।

एक तरफ़ अब कुमारों का कठिन अभ्यास का समय शुरू हो गया था तो सीता ने कठिन तप शुरू कर दिया। एक ऐसा तप, जिसकी अग्नि में सीता और निखर उठी थीं। देवियां सीता को नित्य आशीष दे रही थीं। सीता ने यहां भी प्रभु परशुराम, जिन्होंने स्वयं सीता को चुना था, उनकी कर्त्तव्यनिष्ठता और धर्मपरायणता को देखते हुए। तभी तो भगवान शिव के उस अनुपम धनुष की रक्षा का भार सीता को दिया था विवाह पूर्व। और

सीता उन्हीं के क्षेत्र में आकर उनके अधूरे पड़े स्त्रियों की दशा और समाज सुधारने की प्रक्रिया में जुट गई थीं। यह तप था सीता मैया का अपने जीवन के तीसरे सोपान में उनके समाज सुधार और मुख्यतः उनके स्त्रियों के लिए किए उल्लेखित कार्यों के लिए।

आश्रम में थोड़े ही दिन में वे जदयथा अम्मा के नाम से विख्यात हो गई थीं। यह स्थान वर्तमान में वायनाड के नाम से जाना जाता है, जो केरल राज्य में स्थित है।

सीता के जीवन का मुख्य उद्देश्य था परशुराम के अधूरे कार्यों को पूरा करना, जिनमें मुख्यतः उस क्षेत्र की समस्त स्त्रियों की सुरक्षा, उनके आरंभिक अध्ययन की तैयारी, पूरी तरह से साक्षरता अभियान। चिकित्सा दूसरा अहम कार्य था, जबकि तीसरा मुख्य कार्य था *रामायण* का प्रसारण और उसे लोकप्रिय बनाकर लोगों को राज्य के प्रति जागरूक करना।

यह पूरा क्षेत्र, जो परशुराम ने अपने पराक्रम से बनाया था, अधिकांश लोग ब्राह्मण थे। चूंकि यह क्षेत्र महिष्मति राज्य से लगा हुआ था और परशुराम ने पूरा क्षेत्र 21 बार समूल हैहय वंश, जो सहस्रार्जुन के वंशज थे, का वध कर ब्राह्मणों को दान दे दिया था, ताकि यहां की भूमि पर उनका हक हो जाए और वे अपने जीने की व्यवस्था कर सकें। परशुराम के भय के कारण कोई इस क्षेत्र में कदम भी नहीं रखता था। चूंकि सीता सूर्यवंशी थीं और परशुराम ने उन्हें अपनी पुत्री-सा सम्मान दिया था और सप्त ऋषि समागम के कार्यों के लिए लव और कुश को अपने मुख्य क्षेत्र के आश्रम में शस्त्र विद्या सिखाने के लिए स्वीकृति दे दी थी, पर शर्त अनुसार सीता अपने सामाजिक कार्यों में ही व्यस्त रहना था। वे बालकों की शिक्षा के बारे में जानकारी रख सकती थीं, किंतु दखल नहीं दे सकती थीं।

दोनों कुमारों की शिक्षा की व्यवस्था चार चरण में की गई थी।

पहला चरण था शारीरिक बल और शरीर के अंगों का विकास, जिसके साथ ही मानसिक विकास का भी रास्ता था। दूसरा था वेदों और राजकीय कार्यों का मूल्यांकन और उनका उपयोग। तीसरा था धन उपार्जन के उपाय और चौथा चरण था सभी तरह के युद्ध के नियम और उन्हें विधिवत करने के यत्न। इसके तहत तरह-तरह के हथियारों के संचालन की विधि सिखाई जाती थी और उनमें महारत हासिल करनी होती थी। इसके उपरांत

समय-समय पर योग्य शिक्षकों द्वारा परीक्षा ली जाती थी, जिसमें उत्तीर्ण होने के उपरांत ही आगे की शिक्षा की अनुमति थी। विफल होने का कोई कारण नहीं था।

अब दोनों भाइयों को एक अलग गुरुकुल में ले जाया गया था। यहां बहुधा किसी जनसाधारण को आने की अनुमति नहीं थी।

अभ्यास और अभ्यास... बस, यही मूलमंत्र था।

यह पूरा क्षेत्र स्वयं विष्णु के अधीन था। उनका अपना घर था। भगवान का घर। चूंकि परशुराम को भगवान विष्णु का अंशावतार ही माना गया है और यह पूरा क्षेत्र उनके अधीन ही था। भगवान विष्णु को चौंसठ कलाओं का ज्ञाता माना गया है, जबकि राम को सिर्फ़ 14 कलाओं का ज्ञान था। अपने संपूर्ण जीवन में उनके बाद 16 कलाओं के ज्ञात भगवान श्रीकृष्ण हुए दूसरे कालखंड में।

अब दोनों भाइयों की शिक्षा प्रारंभ हो गई थी। कठिन और दुर्गम, दिन-दिनभर बिना पानी, भोजन के पहाड़ों पर चढ़ना और उतरना। उसमें सबसे पहले उन्हें भुजाओं के मल्लयुद्ध, जो बिना शस्त्र के लड़ा जाता था, का अभ्यास कराया गया। फलतः उनका शरीर वज्र की भांति कठोर हो गया और चपलता मानों उनके अंग-अंग में भर गई थी। शरीर दैनिक अभ्यास के कारण निखरता जा रहा था। अंग-अंग के स्नायु अपने सही आयाम और परिणाम को प्राप्त हो रहे थे।

घंटों नदी में तैरना, बिना सांस लिए पूरी नदी का पाट कई बार नाप लेना। यह उन दोनों भाइयों के लिए खेल-सा हो गया था।

हथियारों में उन्हें धनुष-बाण अतिप्रिय थे, तो उसका अभ्यास अब उन्हें बिना रुके दिन-दिनभर करना पड़ता था।

वेदों का उच्चारण और उन्हें समझ पाना दोनों के लिए बेहद आसान था। संगीत की शिक्षा भी समय-समय पर मिलती थी। योग विद्या का अभ्यास तो सूर्य के आने से पूर्व ही शुरू हो जाता था। लगातार कठिन होते अभ्यास और अध्ययन ने दोनों भाइयों को अथाह आत्मविश्वासी बना दिया था।

सामान्य दिनों में पास के ग्राम में जाकर उनके साथ काम में हाथ बंटाना भी एक कार्य था। समय यूं ही निकल रहा था। अध्ययन का कार्य अपनी गति से सुचारू रूप से अनवरत चल रहा था।

यूं ही तीन वर्ष बीत गए।

अब समय था उन्हें जांचने और सामर्थ्य को मापने का।

दोनों भाइयों में एक-दूसरे के प्रति समझ का भाव बहुत कठिन था। अगर दोनों ही रण में हों तो इनसे पार पाना संभवतः किसी भी वीर के लिए संभव नहीं था।

एक दिन अभ्यास ख़त्म होने के पश्चात दोनों भाई जंगल में शब्दभेदी बाण चलाने का अभ्यास कर रहे थे, जंगल में अंधेरा था, जिसका अभ्यास ये कुमार कर रहे थे। यह आखेट भी था और अभ्यास भी।

अचानक दोनों भाइयों को लगा कि आकाश मार्ग से कोई बड़ा पक्षी आ रहा है। दोनों भाई सतर्क होकर हो रही ध्वनि को सुनकर आने वाले के आकार-प्रकार का अनुमान लगाने लगे, तभी उन्हें लगा कि कुछ अस्त्रों के आपस में टकराने की ध्वनि भी आ रही थी। यानी यह कुछ और ही है। या तो कोई छुपा शत्रु या कोई दुष्ट। दोनों भाई सावधान होकर पीठ से पीठ लगाकर और अपने धनुष पर बाण संधान कर तैयार हो गए। डर की किंचित मात्र भी रेखाएं उनके चेहरे पर नहीं थीं। उनका सारा ध्यान उस भयानक और विशाल पक्षी के आसमान से धरा तक आने के समय और स्थान की सही जानकारी पर था। इसके लिए दोनों भाइयों संपूर्ण इंद्रियां कार्यरत थीं। तभी उन्होंने देखा -

सामने थोड़े-से खुले स्थान पर एक बहुत बड़ा पक्षी समान रथ उतर रहा है, जिसकी आवाज़ से ऐसा प्रतीत हो रहा था कि कोई बड़ा-सा मोर अपने परों को समेटकर उतर रहा हो। दोनों भाई सचेत होकर पूरे मनोयोग से उसे देख रहे थे। जैसे ही उन्होंने देखा एक श्यामवरण वीर वेशभूषा में एक भद्र-सा दिखने वाला दिव्य-सा पुरुष उस पक्षीनुमा विमान से उतर रहा है तो दोनों ने चेतावनी के स्वर में अपने धनुष का रुख़ उसकी तरफ़ मोड़ दिया। फिर पूछा - 'महोदय, आप कौन हैं? और इस वीरान वन में हथियारों के साथ क्या कर रहे हैं? आपका इस सुरक्षित वन में बिना आज्ञा के आने का तात्पर्य क्या है। या तो जवाब दो या युद्ध के लिए तैयार हो जाओ।'

वह भद्र बलवान-सा पुरुष दोनों बालकों को देखकर मुस्कराता हुआ बोला - 'यही सवाल मैं तुम दोनों से भी करता हूं। ऋषि वेश में तुम कौन हो, जो रात में शस्त्र लिए घूम रहे हो? यह पूरा क्षेत्र तो मेरा है, सो यह मेरी इच्छा है कि कहीं भी आऊं या जाऊं, तुम कौन होते हो रोकने वाले?'

'तो फिर शस्त्र उठाओ भद्र पुरुष, हम भी तो देखें ये जो शस्त्र आपने धारण किए हैं वे कोई आभूषण तो नहीं।'

'सावधान!'

तब तक तो लव ने शर संधान कर चेतावनी का बाण उस भद्र पुरुष के चरणों की तरफ़ छोड़ दिया, जो पूरी तीव्रता से कुछ अंगुल दूर धरती में धंस गया। उस पुरुष ने ध्यान से उस पथरीली पहाड़ी क्षेत्र में इतने अंदर तक घुसे बाण को देखा तो समझ गया कि उसका पाला किसी विशेषज्ञ से पड़ा है।

'ठीक है, फिर युद्ध ही सही। लगता है तुम दोनों क्षत्रिय हो।'

'हां, हम सूर्यवंशी क्षत्रिय पुत्र हैं और तुम्हें अपने साथ युद्ध के लिए आमंत्रित करते हैं।'

फिर धनुष की प्रत्यंचा के शोर से वृक्षों पर विश्राम करते पक्षी जागकर शोर मचाने लगे। अचानक तीरों के आदान-प्रदान से वह भूमि एक छोटे-से युद्ध के मैदान में बदल गई। दोनों भाई बड़ी निपुणता से अपने बाणों का संधान कर उस भद्र वीर की तरफ़ छोड़ रहे थे, जिन्हें वह बड़ी सरलता से काट देता था। यह युद्ध ऐसा हो रहा था, मानो वीर भद्र पुरुष इन वीर बालकों से खेल रहा हो। किंचित भी परेशान नहीं दिख रहा था। और इधर ये दोनों अपना सारा ज्ञान और बल लगाकर युद्ध कर रहे थे। पर अभी तक इन दोनों के बाण उन्हें छू भी नहीं सके थे। दोनों के बीच की भूमि टूटे हुए बाणों से भर गई थी और अब तरकश में बाण भी चंद ही बचे थे। अब थोड़ा सावधान होकर दोनों भाइयों ने रणनीति बदल दी थी।

दोनों ने आंखों के इशारे से एक-दूसरे की बात का समर्थन किया। दूसरे ही पल कुश ने अपने बाणों का रुख़ उस अनजान आगंतुक की दाहिनी तरफ़ किया। किंचित मात्र के लिए उस वीर का ध्यान लव पर से हटा और लव के बाण ने उस वीर के धनुष की प्रत्यंचा काट दी। दोनों के सामंजस्य और बाण चलाने की तीव्रता से वह थोड़ा विचलित हो गया, पर क्षणभर में उस वीर ने दूसरी प्रत्यंचा चढ़ाकर दोनों पर बाणवर्षा शुरू कर दी।

परंतु, दोनों भाइयों ने बड़ी सरलता से फिर उसके धनुष को शांत कर दिया। अब तक उनके दोनों तरकश ख़ाली हो चुके थे। कोई बाण शेष नहीं था, वहीं युद्ध तो अभी जारी था।

अगले ही पल दोनों भाइयों ने कमर में बंधी कृपाण को बाहर निकालकर द्वंद्वयुद्ध की घोषणा कर दी और अपने अस्त्र को हाथ में ऊंचा उठाकर चेतावनी देते हुए उस वीर पर प्रहार करने को लपक लिए।

जब वीर ने देखा कि प्रतिद्वंद्वी ने दूसरे अस्त्र-शस्त्र का वरण कर लिया तो उसने भी अपना धनुष रखकर अपनी चमकदार तलवार ऊपर उठाई और दोनों से भिड़ गया।

युद्ध अब लंबा हो रहा था। घड़ीभर के युद्ध के उपरांत अब ये अस्त्रों की लड़ाई शुरू हो गई थी। वह वीर भी बहुत विकट था। दोनों कुमारों के आक्रमण को खेल-सा लेता हुआ दोनों के बीच बिजली की तरह कौंध रहा था। उसके आभूषण और मुकुट रात्रि में भी चमक रहे थे। वह बड़ी निपुणता से दोनों से एक साथ युद्ध कर रहा था।

कोई भी थकने को तैयार नहीं था। अचानक उस वीर ने एक भीषण प्रहार कर दोनों की कृपाण के टुकड़े कर दिए। दोनों कुमार इतनी ताक़त से हुए प्रहार के लिए तैयार नहीं थे, सो हतप्रभ होकर उस वीर की प्रशंसा करने लगे।

'कोई बात नहीं।'

'अब तुम क्या करोगे बालकों?'

'हमें बालक मत समझो वीर।'

'अब तैयार हो जाओ, हम बिना हथियारों के ही तुमसे लड़ने में सक्षम हैं। अस्त्र-शस्त्र फेंक दो और हमसे द्वंद्वयुद्ध करो। मल्लयुद्ध।'

'ठीक है, यदि तुम्हें यह उचित लगता है तो यह भी सही।'

अब उस वीर ने अपने हथियारों को अपने उस पक्षीनुमा रथ, जो मयूर की आकृति का था, उसमें रखकर अपना कवच और किरीट भी उतार दिया। अब वह भी इन कुमारों की तरह धोती में था। यहां तक कि उसने अपने चर्मचरण खोल दिए और इनसे युद्ध की आशा में तैयार हो गया। अब तीनों योद्धाओं में मल्लयुद्ध शुरू हो गया। दोनों भाई उस वीर की चपलता और फुर्ती के कायल हो गए और वह भी इन दोनों भाइयों की रणनीति कौशल से प्रभावित हो गया।

'तुम दोनों सच में किसी वीर माता के बालक हो। इस पूरे ब्रह्मांड में मुझे इस तरह छकाने वाला कोई दूसरा वीर नहीं। इंद्रजीत के बाद तुम हो, जिनके बाहुबल और शस्त्रज्ञान से मैं प्रभावित हुआ हूं।'

'बातें नहीं बनाओ,' लव ने उसे फिर से युद्ध के लिए प्रेरित किया। 'गाल बजाने से युद्ध समाप्त नहीं होगा वीर पुरुष। अब हम तुम्हें पराजित करके ही तुम्हारा परिचय पूछेंगे।'

उधर, गुरुकुल में...

लव और कुश के काफ़ी देर बाद भी गुरुकुल नहीं लौटने पर गुरु अपने कुछ शिष्यों को लेकर उस पर्वत पर आ गए, जहां युद्ध होता देख वे स्तब्ध रह गए। उन्होंने ऊंची आवाज़ में युद्ध तत्काल रोकने का आदेश दिया। गुरु की दृष्टि तब तक उस रथ पर पड़ चुकी थी, जिसमें वह वीर पुरुष आया था।

गुरु का आदेश मिलते ही दोनों भाइयों ने अपने प्रतिद्वंद्वी को छोड़ दिया और गुरु के सामने करबद्ध खड़े हो गए। वह वीर पुरुष भी सम्मान के साथ एक ओर खड़ा हो गया।

'ये क्या किया तुम दोनों ने?' फिर गुरु ने उस वीर पुरुष से कहा - 'भूलवश ये बालक आपसे युद्ध याचना कर बैठे, संभवतः ये आपको पहचान नहीं पाएं उन्हें क्षमा करें वीर, ये इनका पहला अपराध है। क्षमा करें श्रेष्ठ।'

'किंतु गुरुवर, ये बिना अपना परिचय दिए इस आरक्षित वन क्षेत्र में मय हथियारों के रात्रि में भ्रमण कर रहे थे तो हमने परिचय के लिए आवेदन किया, जिसका परिणाम ये युद्ध हुआ। हमसे कुछ भूल हुई गुरुवर तो हमें क्षमा करें। परंतु, बिना परिचय जाने हम उन्हें कैसे आने देते?'

लव ने अभी भी थोड़ा संतुष्ट नहीं होते हुए पूछा।

'ठीक है, पहले सभी लोग गुरुकुल चलो, फिर तुम दोनों इन सम्माननीय पुरुष का आदर सत्कार करो। वहां पर मैं तुम्हें इनका परिचय दूंगा।'

अब सभी लोग गुरुकुल की तरफ़ चल दिए।

गुरुकुल पहुंचकर लव और कुश ने जल दिया उन्हें, तत्पश्चात वह दीर्घ पुरुष उन सभी के समक्ष आया।

दीर्घ काया, श्यामल रंग, चेहरे पर सूर्य समान तेज, ये ज़रूर कोई विलक्षण व्यक्ति है, तभी तो गुरुवर स्वयं उसकी आवभगत कर रहे हैं।

'मैं इन दोनों वीर बालकों के बाहुबल से प्रभावित हूं गुरुदेव। इनकी शिक्षा का जो भार आपने लिया, उसका उत्तम उदाहरण है इनका तेज और इनकी योग्यता, जो किसी रूप में भी देवताओं के समान है। आर्यावर्त में इन दोनों जैसा वीर शायद ही कोई होगा। मैंने अपनी माता से इन दोनों सूर्यवंशी बालकों के बारे में सुना था और सच भी पाया है। ये एक दिन बहुत प्रतापी राजा बनेंगे, जिसका अवसर अब निकट है। आज मैं इन दोनों की तपस्या से बहुत प्रसन्न हूं। महादेव की इच्छानुसार शीघ्र ही वह शुभ दिन आने वाला है, जब यह वीर बालक अपने प्रतापी पिता से मिलकर अपने कुल का मान बढ़ाएंगे।'

पर इन सब बातों से दोनों भाई यह तो समझ गए थे कि यह व्यक्ति कोई ख़ास तो है ही, पर है कौन, यह अभी ज्ञात नहीं था। दोनों को असमंजस में देख गुरु ने उस रहस्य से पर्दा उठाया -

'ये हैं वीरों के वीर, महादेव के बड़े पुत्र कार्तिकेय, जिनके समान कोई दूसरा वीर इस धरती पर नहीं है।'

अब कार्तिकेय ने कहा - 'मैं खुद कुछ दिन रहकर इनकी सहायता करूंगा। कुछ ऐसे दिव्यास्त्रों के संचालन की विधि इन्हें बताऊंगा, जो आने वाले दिनों में इनके बहुत काम आएगी। तो सुनो वीरों! तुम्हारा जन्म इस धरती पर किसी ख़ास प्रयोजन के लिए हुआ है। तुम्हारी माता ने अपने वचन के लिए अपना पूरा जीवन होम कर दिया। धन्य है तुम्हारी माता, मैं उन्हें यहीं से नमन करता हूं। महादेव का आदेश है कि मैं स्वयं तुम्हें भविष्य के लिए तैयार करूं।'

दोनों भाई परिचय के बाद अपने आपको धन्य समझकर अपने कृत्य के लिए तत्काल क्षमा याचना करके वंदना करने लगे - 'हे वीर श्रेष्ठ! हमारी भूल को क्षमा करें। अज्ञानवश हमारे कारण कोई चोट आपको लगी हो तो हमें क्षमा करें।

'नहीं, वीर बालकों! क्षत्रिय युद्ध से विमुख होकर जीवित नहीं रह सकता, और तुम तो क्षत्रिय राजकुमार हो। तुमने जो कुछ भी किया उससे मैं बहुत प्रसन्न हूं। ख़ासकर तुम्हारी धनुर्विद्या के हस्तकौशल से। तुम्हें अब और शस्त्र के ज्ञान की आवश्यकता पड़ने वाली है, जिसके लिए मैं तुम्हें स्वयं तैयार करूंगा। तुम कल से तैयार हो जाओ, हम प्रातःकाल से ही अभ्यास शुरू करेंगे। कल्याण हो तुम्हारा।'

अगले दिन से कार्तिकेय के साथ दोनों बालकों ने अभ्यास शुरू किया।

'अब जो तुम ज्ञान लोगे, उसमें तुम्हारे अंदर के ओजस को तप में बदलना है और यह तप फिर यज्ञ की वेदी में हवन होगा। तब तुम्हारा पुरुषार्थ निखरेगा। अब ध्यान दो आर्यपुत्रों! बाण तीन मुख्य प्रकार के होते हैं।'

'एक वह जो तुम चलाना सीख गए हो। दूसरा वह जो उनके प्रकारों के अनुसार उपयोग का तरीक़ा होता है। जैसे सूचिछिद्र बाण कब उपयोग करना है, चंद्रहास कब, यह समझने के पश्चात फिर हमें मुख्यतः सीखना है कुछ विशेष बाणों को चलाने और उनके प्रयोग का उपाय।'

'अब इन विशेष प्रकार के बाणों को ही दिव्यास्त्र में बदलने के नियम और उन्हें कहां उपयोग कर सकते हैं, इसका पूर्ण विवरण। और एक ख़ास बात, यह अधिकार जो तुम्हें मिलेगा, इसका उपयोग सिर्फ़ और सिर्फ़ कुछ तय परिस्थितियों में ही करोगे, अन्यथा तुम्हें देव के क्रोध का भाजन बनना पड़ेगा। कुछ ध्यान से इन तीरों को देखो।'

कार्तिकेय दोनों आर्यपुत्रों को एक पहाड़ पर लेकर गए। फिर विशेष बाणों से भरा तरकश उन्हें देकर कहा - 'पहले इन्हें ठीक से जांच लो, फिर इनके उपयोग का उपाय मैं तुम्हें बताता हूं, जो ध्यान से सुनो।'

'ये जो थोड़े ज़्यादा लंबे बाण हैं, इनके फलक से थोड़ा नीचे बहुत सारे बहुत छोटे और हलके बाणों का एक गुलदस्ता होता है। यह मुख्य बाण से इस तरह जुड़ा हुआ है कि जब हम इसे धनुष पर संधान करते हैं तो यह चलाने की गति और प्रक्षेपण की दिशा अनुसार ऊपर की तरफ़ प्रक्षेपित किया जाता है। एक विशेष ऊंचाई आने पर ये साथ लगे बहुत सारे बाण मुख्य बाण से अलग होकर अपने आप में एक मारक बाण बन जाएंगे। जब हम इन्हें किसी पर घातक प्रहार के रूप में उपयोग करते हैं तब इन छोटे बाणों लेपित विष अकेले ही बहुत बड़ी संख्या में सैनिकों को मार गिरा सकता है।'

'अरे वाह! यह तो अद्‌भुत है।'

'ऐसे कई बाण इस तरकश में हैं, जिन्हें सप्त ऋषियों के अनुसंधान और भगवान शिव के दिशानिर्देशन में ही विकसित किया गया है। ऐसे हथियारों को चलाने के लिए भी पात्र वीरों का चयन यह मंडल ही करता है।'

'तो इसका तात्पर्य यह हुआ तात कि हमें यह उपलब्धि मिल सकती है। हमें दिव्यास्त्र चलाने के लिए अधिकार मिल सकता है!'

'हां, यदि तुम दोनों ने यह अभ्यास ठीक तरीक़े से कर लिया तो फिर तुम्हें बताऊंगा कि बाणों के घर्षण से कैसे आग उत्पन्न की जाती है, कैसे उनके उपयोग से धरती से पानी को वाष्प बनाकर वर्षा की जा सकती है या फिर प्रचंड अग्नि भी पैदा कर सकते हैं, जो समूल नाश का कारण भी बन सकती है।'

'तो ये है कुछ ख़ास। और अब आज का पहला सबक़ - शीघ्रातिशीघ्र सामने दिख रहे पहाड़ के रंध्र को बाणों की ताक़त से इतना बड़ा कर दो कि उससे गुज़रा जा सके। और बाणों के छत्र से उसे ढंक देना या कारावास जैसा बना देना।'

फिर दोनों भाइयों ने अपने-अपने धनुष पर बाण संधान किए और पहाड़ों के बीच एक रेखा की भांति दिख रही दरार को सिर्फ़ बाणों की ताक़त से काटना शुरू किया, जिससे कावेरी की उन पहाड़ियों में कई गुफानुमा आकृतियां बन गईं और कई गुप्त रास्ते भी बन गए।

सालभर दोनों शिष्य अपने इस योग्य गुरु के सान्निध्य से बाहर नहीं आ पाए।

सालभर की कठिन और जुझारू शिक्षण और परीक्षणों ने दोनों आर्य पुत्रों को फ़ौलाद जैसा कठोर और संत जैसा संयमी बना दिया था। एक-एक अंग उनके शरीर का जैसे वीररस के ढांचे में ढल गया हो।

अब था उनके लिए प्राप्त शिक्षा को प्रदर्शित करने का महत्त्वपूर्ण दिन। उस दिन अभ्यासशाला का कोना-कोना कावेरी और ख़ासकर वायनाड के लोगों से भरा हुआ था। सुदूर देश से भी लोग आए थे। कुछ मत्स्य देश, कुछ अंग देश तो कुछ दंडकवन से भी आए थे। ख़ास दिव्य शरीर वाले दो विशालकाय वानर जाति के वीर भी आए थे, जिनके चलने मात्र से भूमि में कंपन हो रहा था। लेकिन आश्चर्य ये था कि ये दोनों वीर सीता जहां विराजित थीं, वहां भूमि पर उनके चरणों के पास बैठे थे। अगस्त्य, अनुसूया और कांता, जो रिश्ते में कुश और लव की बुआ लगती थीं, दूर दंडकवन से ख़ास यह देखने आई थीं कि रघुवंश की ध्वज पताका जिन हाथों में आने वाली है, वे कितने शक्तिशाली हैं। सप्त ऋषि मंडल भी पधारा था।

अब पहले आश्रम के बहुत सारे शिष्यों ने अपने-अपने अस्त्र-शस्त्र चलाने का सुंदर परिचालन सबके समक्ष किया। उन सभी को उनकी योग्यता

के हिसाब से पदवी की घोषणा भी हुई। उस समय तय नियम में यह भी था कि यदि कोई ब्राह्मण या क्षत्रिय जिस अस्त्र-शस्त्र को चलाने का योग्य शिक्षण प्राप्त कर ये शपथ लेता था कि पूरी ज़िंदगी इन हथियारों का प्रयोग या तो युद्ध के समय करूंगा या फिर समाज में अचानक आई किसी विपदा से निपटने के लिए। देश की सुरक्षा के लिए उसे कभी भी योगदान करना पड़ सकता है, जिसके लिए वह बाध्य होगा।

कई तरह की युद्ध कलाएं थीं, जिनमें मल्लयुद्ध, अस्त्रयुद्ध, द्वंद्वयुद्ध, शस्त्रयुद्ध आदि बहुत सारे प्रकार शामिल थे। अब उन्हीं की प्रवीणता को देखते हुए यह तय किया जाता था कि ये योद्धा है, रथी है, अतिरथी है या महारथी। युद्ध के नियमों के अनुसार इन लोगों को उनके क्रम के अनुसार सैनिक रखने का अधिकार प्राप्त होता था और वह अपने से ज़्यादा पराक्रम वाले से या बराबर वाले से ही युद्ध कर सकता था। इसके लिए उन्हें हाथ पर पहनने का चमड़े का एक पट्टा भी उस गुरुकुल से मिलता था, जिस पर गुरुकुल की छाप अंकित होती थी। महारथी का यह पट्टा सोने का होता था। उसका मान-सम्मान, समाज में और उसकी हैसियत दर्शाता था।

अब सबको प्रतीक्षा थी आज के ख़ास दोनों आर्य कुमारों की।

जैसे ही कुमार कार्तिकेय ने अपना शंख बजाकर उनके आने की घोषणा की, पूरा अभ्यासस्थल तालियों की गड़गड़ाहट से गूंज उठा।

दोनों भाइयों ने वीर वेश में प्रवेश किया।

सीता भी दोनों कुमारों को दो साल के उपरांत देख रही थीं।

पूरी अभ्यासशाला उनके साथ ही किंकर्त्तव्यविमूढ़ होकर दोनों आर्यकुमारों की छवि पर मोहित हो गई।

बाघ की तरह आत्मविश्वास से भरे, मजबूत क़दमों से चलते हुए वे दोनों बालक आए। कंधे पर धनुष और कमर में दो भरे हुए तरकश। दोनों की कमर में चमड़े के पट्टे से बंधे दो विकराल खड्ग भी थे। सिंह की भांति चलते हुए दोनों भाइयों ने शाला के मध्य में पहुंचकर सर्वप्रथम अपने गुरुजन की वंदना की, फिर अपनी माता की।

साथ में वहां बैठे दो भीष्म शरीर योद्धाओं को भी नमन किया, जो सीता माता के चरणों में बैठे थे। ये क्रमशः हनुमान और अंगद थे, जो किष्किंधा से ख़ासकर इसलिए ही बुलाए गए थे।

दोनों कुमारों को देखकर हनुमान और अंगद की आंखों से अश्रुधारा बह निकली। उन्हें लगा मानों अभ्यासशाला की धरती पर दो-दो प्रभु राम साथ चले आ रहे हों। वही चाल, वैसा ही गठीला शरीर, वैसी ही नम्रता उनकी, जैसी प्रभु राम की थी। वे अपलक दोनों बालकों को देख रहे थे।

वे सीता के त्याग और कर्त्तव्यनिष्ठा को देखकर गद्गद् हो गए और अपने भावी सम्राट को देखकर अतिप्रसन्न थे।

अब कार्तिकेय ने घोषणा की और दोनों कुमारों ने जो दिखाया वह अद्भुत था।

दोनों ने बाणों से हवा में अग्नि प्रज्ज्वलित कर दी, कभी पानी की बरसात कर दी तो कभी सम्मोहन बाण चलाकर समय को रोक दिया। सभी चमत्कृत थे, ऐसा हस्तलाघव देखकर दोनों का।

हर तरह से वे अद्वितीय थे। कब शर संधान करते और कब छोड़ देते थे, आम लोगों को तो पता भी नहीं चलता था। सांस लेने भर की समय अवधि में तो वे पूरा तरकश ख़ाली कर सकने में सक्षम थे। यह गति और गति के साथ उसके पीछे की ताक़त, कार्तिकेय ने बताया कैसे दोनों भाइयों ने पहाड़ पर दो पहाड़ों को सिर्फ़ बाण की ताक़त से इतना पीछे कर दिया था कि आवागमन हो सके।

दोनों बालकों को लेकर प्रातःकाल में कुमार सीधे कैलाश पर्वत पर पहुंचे। वहां तीनों ने सर्वप्रथम पवित्र झील में स्नान किया, फिर भगवान की स्तुति गाई। तभी सामने कैलाश पर्वत पर सूर्य ने सुनहरा आवरण-सा डाल दिया। विस्मित कर देने वाला दृश्य था यह, अद्भुत!

कैलाश के दाहिने भाग में बड़ी-बड़ी पहाड़ी संरचनाएं हैं, जैसे बहुत विशाल और ऊंचे प्रस्तर के खंभे हों, जिन पर नाना प्रकार की कलाकृतियां बनी थीं। पूरे परिक्रमा पथ पर चलते हुए दोनों आर्यपुत्रों ने देखा जैसे पूरी विशाल घाटी, जिसके बीचोंबीच यह कैलाश पर्वत खड़ा था, एकदम सुनसान था, कोई पेड़ ना घास। मृत्यु की घाटी जैसी नीरवता। परिक्रमा करते-करते उन्हें लगा मानो चारों तरफ़ ओऽम्कार की ध्वनि गूंज रही हो। जैसे-जैसे पास आते गए, उन्हें ओऽम्कार के साथ अब डमरू के बजने की तीव्र ध्वनि भी सुनाई देने लगी। हवा में प्राणवायु का संचार ना के बराबर था। दोनों भाइयों को सांस लेने में बहुत कठिनाई हो रही थी और कार्तिकेय तो ऐसे चल रहे

थे, मानो वन में विचरण कर रहे हों। एक-एक क़दम चलने में उनके शरीर के अंग अकड़ने लगे थे। प्राणवायु की क्षीणता से दोनों की आंखें बाहर को आने लगी थीं। अचानक उनकी आंखों के सामने अंधेरा छा गया।

जब मूर्छा टूटी तो देखा सामने एक विशाल शिला पर भगवान शिव पार्वती के साथ विराजित थे।

'आयुष्मान भव पुत्र! हमने तुम्हारा गौरव देखा। तुम्हारा आत्मविश्वास देखा। अब ध्यान से सुनो, जो तुम्हारे जन्म से संबंधित है। तुम्हारे जन्म से पूर्व ही तुम्हारे मां और पिता ने संज्ञान लिया था कि तुम्हारी तरह प्रतापी पुत्र को ही जन्म देंगे और समाज का कल्याण करेंगे। मैंने ही कुमार को तुम्हें प्रशिक्षित करने के लिए भेजा था और मैं तुमसे व तुम्हारी माता के उन प्रयासों से बहुत प्रसन्न हूं, जिनके कारण आज आर्यावर्त में सभी लोग स्त्रियों को सम्मान दे रहे हैं, उनको आदर दे रहे हैं, जो किसी भी सभ्य समाज की उन्नति के लिए आवश्यक भी है और कैलाश का उद्देश्य भी। हमारी तरफ़ से अपनी माता को बहुत सारे आशीष देना। कहना हम प्रतीक्षा कर रहे हैं उनकी, शीघ्र ही मिलेंगे।'

इस बीच, कार्तिकेय दो धनुष, दो तरकश, दो शंख और दो मालाएं लेकर उपस्थित हो गए थे। ये सभी दिव्यास्त्र स्वयं भगवान शिव ने दोनों आर्य पुत्रों को दिए और कहा - 'तुम्हारे उपयोग करने के पश्चात ये पुनः मेरे पास आ जाएंगे। इन अस्त्रों से तुम दोनों ही अकेले पूरी सेना का सामना कर सकते हो। जो निकट भविष्य में मुझे लगता है, तुम्हें सबसे अधिक इन्हीं शस्त्रों की आवश्यकता पड़ने वाली है। ये दोनों बाणों से भरे अक्षय तूणीर कभी ख़ाली नहीं होते और ये दोनों धनुष को भी नहीं काट सकते। जब तक ये धनुष तुम्हारे हाथ में रहेंगे और तुम साथ रहोगे, तब तक तुम्हें विष्णु भी परास्त नहीं कर सकते।'

'तथास्तु पुत्रों! जाओ, जनकल्याण करो और अपने वंश का नाम रोशन करो।' अचानक दोनों की तंद्रा टूटी तो देखा अपने आश्रम के ही उन्हीं पहाड़ों के बीच वे पड़े हुए हैं। 'अरे! हम क्या स्वप्न देख रहे थे भैया? हम तो अविनाशी शिव भगवान के दरबार में थे, फिर अचानक यहां कैसे आ गए! पक्का हमें अभ्यास के बाद निद्रा देवी ने पटक दिया।'

दोनों भाई आश्चर्य से एक-दूसरे को देख रहे थे। 'लेकिन भैया, ये धनुष, ये तरकश, ये शंख! ये तो हमें स्वयं महादेव ने दिए थे, ये तो सत्य है। चलो, पहले माता को बताते हैं।' कहकर दोनों भाई तीव्र गति से अपने सामान उठाए सीता की कुटिया की तरफ़ लपक गए।

'मां...! मां...! ओ मां...! तुम सुन क्यों नहीं रही मां!'

'अरे क्या हुआ, तुम दोनों भाई कहां से चले आ रहे हो। यूं पूरे शरीर पर धूनी लपेटे हुए।'

अब दोनों ने आश्चर्य से एक-दूसरे को देखा। हां, सचमुच दोनों के बदन पर सिर से पैर तक राख़ लिपटी हुई थी।

सीता ने मुस्कराकर दोनों को गले लगाया। 'मां! पता है क्या हुआ?'

'हां, पर तनिक जाकर पहले स्नान तो करके आ जाओ।'

'नहीं, पहले हमारी बात सुनो।'

'हां, सुन लूंगी मेरे लाल। पहले जाकर स्नान करो, फिर विस्तार से बताना।'

पर सीता जानती थीं, लव जब तक पूरी बात सुना देंगे तब तक कहीं जाने वाले नहीं। दोनों बचपन से ही ऐसे हैं।

फिर सीता की गोद में सिर रखकर दोनों भाइयों ने बताया क्या-क्या हुआ। 'मां! ये देखो, हमें उन्होंने उपहारस्वरूप अपने अस्त्र-शस्त्र भी दिए, आशीर्वाद भी दिया। लेकिन एक बात समझ में नहीं आई। वो यह कि उन्होंने कहा कि अपनी माता से कहना हम तुम्हारी प्रतीक्षा करेंगे।'

'तो मां हमें छोड़कर तो नहीं चली जाएंगी ना आप? कदाचित आप शिवजी की इतनी आराधना करती हैं तो प्रसन्न होकर कहा होगा।'

'ठीक है बच्चों, अब तो जाओ, स्नान करके आ जाओ। रसोई तैयार है। शीघ्र भोजन कर लो, फिर मुझे तुम्हें कुछ कार्य सौंपने हैं।'

'आप कभी मिली हैं क्या शिवजी से?'

'बेटा, तुम जिनसे मिलकर आ रहे हो, वे भगवान शंकर हैं। पार्वती माता के साथ एक गृहस्थ जीवन वाले शिव। शिव तो आप खुद हो जाते हो जब आप मानव संवेदनाओं से परे हो जाते हो। वे अजन्मे हैं, अनश्वर हैं, सभी उनकी सत्ता को स्वीकार कर चुके हैं। तुम दोनों जाओ और जाकर कुछ

आखेट करके आओ। तुम्हारे अभ्यास का समय भी हो रहा है।'

'मां! हमें हमारे पिता के बारे में कुछ बताओ?'

यह एक ऐसा प्रश्न था, जिसका जवाब सिर्फ़ सीता ही दे सकती थीं।

'ज़रूर पुत्र। समय आने पर तुम्हें तुम्हारे पिता के बारे में भी बताऊंगी और उनसे मिला भी दूंगी।'

'क्या हमारे पिता राजा हैं, सूर्यवंशी! तो हम भी क्षत्रिय हैं मां। तात्पर्य हम ऋषि कुमार नहीं हैं?'

'हां पुत्र।'

'तुम एक दयालु, बड़े दयालु सम्राट के पुत्र हो। उन्होंने तुम्हें नहीं छोड़ा, नियति ने हमें ये दिन दिखाए हैं।'

सीता को अपने वनवासी दिनों की याद आ जाती थी।

राम प्रायः कहा करते थे - 'प्रिय सीते! मैंने तो आदेश अनुसार वनवास चुना, लक्ष्मण ने कर्त्तव्य मानकर और तुम तो बाध्य नहीं थीं, फिर तुमने वनवास को क्यों चुना, जो इतना कष्टप्रद होने वाला था यह जानते हुए भी?'

'आप तो राजकुमार हो प्रभु! पुरुष तो हो, लेकिन इतनी कष्ट वाली कठिन यात्रा के लिए आपने कभी सोचा नहीं होगा। मैं तो बचपन से जैसा सबको पता है, मैं एक अयोनिका हूं, जिसके जन्म का संबंध खुद धरा से है। मेरे पिता मिथिला के गंगा के उन सपाट, उर्वर मैदानी क्षेत्र के राजा थे। मैंने बचपन से ही सारे मौसम को बहुत अच्छे से जिया है। पिता के साथ कई बार दूर-दूर के यज्ञ में भाग लिया तो मुझे पता है वन में जीने के लिए क्या चाहिए और क्या नहीं। रहा सवाल सुरक्षा का तो उसके लिए आप दोनों जैसे सामर्थ्यवान साथ हों तो वन भी बाग जैसा आनंद देता है। खुश रहना और जो भी पास है, उसमें ख़ुशी देख लेना यही पुरुषार्थ है। आपने जब परशुराम से कहा था नए समाज के लिए, तभी से मैंने ठान लिया था आपके कार्य में कभी बाधा नहीं बनूंगी। वन आने, वह भी आपके साथ का चुनाव मेरा अपना निर्णय था और आपने व आपके परिवार ने मुझे मेरे निर्णय को निभाने के लिए जो बल दिया, उसके लिए आभारी रहूंगी। मैं वन में आपके लिए बोझ नहीं बनूंगी।'

'परंतु सीता, हम तो वल्कल वेशधारी हैं, किंतु तुम एकदम सुहागिनों-सा श्रंगार करती हो, क्यों?' राम ने प्यार से देखते हुए पूछा था जब वे पास के

तालाब में स्नान करके तैयार हो रही थीं। राम एक घने पेड़ के नीचे अपलक उन्हें निहार रहे थे। कठिन समय था। एक युवा राजन का ब्रह्मचर्य व्रत का इतना कठोर होकर पालन करने का।

सीता ने हंसकर कहा -

'राजन ऋषि! आपने वल्कल धारण किए हैं, किंतु मेरी सासू मां ने कहा था कि जंगल में साधुओं के वेश में लोग देखेंगे तो कैसे जान पाएंगे तुम विवाहित हो और एक राजघराने से हो। घर की लक्ष्मी नहीं रूठ जाए, इसलिए श्रृंगार भी ज़रूरी है।'

'अच्छा, तो यह रहस्य है, परंतु इतना मोहक रूप देखकर तो कोई भी तुम पर मोहित हो सकता है।'

'तो फिर आपने ये कंधे पर इतना भीषण धनुष क्यों टांग रखा है? इसे कहीं नदीं में विसर्जित कर दीजिए। यदि एक वीर अपनी वसुंधरा नहीं बचा सके तो उसे वीर कहलाने का भी कोई अधिकार नहीं आर्य पुत्र।'

उन्हीं दिनों राम और लक्ष्मण प्रायः सीता को वन में हथियारों के उपयोग का तरीक़ा भी बताया करते थे। चूंकि सीता एक पढ़ी-लिखी ज्ञानी महिला थीं, इसलिए उनका संयमित उपयोग करना भी जानती थीं।

जनक के घर दूध-दही की तो मानो नदियां बहा करती थीं। सीता और उनकी छोटी तीनों बहनें एक स्वस्थ शरीर की स्वामिनी भी थीं। तभी तो एक बार लक्ष्मण ने पूछ लिया था -

'भाभी मां! जिस पिनाक को दस-दस लोग मिलकर भी नहीं हिला पाते थे, सुना है आप सहज बाएं हाथ से उठा लिया करती थीं!'

'हां, यह सच है।' खाना खिलाते-खिलाते सीता ने बताया। 'दरअसल, पिनाक भगवान शिव की एक अनुपम रचना थी। एक ऐसा अस्त्र, जिससे कई तरह के दिव्यास्त्रों का संचालन बड़ी सहजता से किया जा सकता था। यह एक जटिल-सी प्रणाली की संरचना थी। इसीलिए बहुधा सभी लोगों को बहुत विशाल और भारी लगता था। और फिर परशुरामजी ने मुझे इसके उपयोग की विधि का प्रशिक्षण दिया था।'

'लेकिन भैया ने तो उसे सहज ही उठाकर जैसे ही प्रत्यंचा चढ़ाने की कोशिश की, वह तो टूट गया। यह क्या रहस्य था?'

'नहीं आर्य, उसमें ग़लती आर्य पुत्र की ही थी। पूरी प्रक्रिया के लिए आपका ध्यानस्थ होना, मुनियों-सा ध्यान होना चाहिए था, लेकिन तुम्हारे भैया जब धनुष पर प्रत्यंचा चढ़ा रहे थे, तभी इनकी दृष्टि मुझ पर पड़ गई, जिससे ध्यान टूटा और दाईं भुजा का ज़ोर धनुष पर अधिक पड़ गया, जिससे वह टूट गया।'

'अच्छा तो आपका कहना यह है कि भैया राम को ठीक से धनुष का संधारण करते नहीं आया।'

ऐसे कई नटखट और उल्लास से भरे दिन थे वे।

सीता ने सती अनुसूया की एक-एक बात को अपने हृदय में बसा रखा था। सीता ने ही दोनों भाइयों को बताया था गुरु वशिष्ठ की पत्नी अरुंधति ने क्या कहा था, उनके विवाह के समय। उन्होंने बताया था कैसे वे सात ऋषि वन में अपनी पत्नियों के साथ रहते थे। एक दिन जब छह ऋषि पत्नियां सौभाग्य चिह्न धारण किए बिना स्नान करने जा रही थीं तो कुछ देवताओं ने उनके साथ शरारत कर दी, जिससे नाराज़ होकर ऋषि ने इन सभी को श्राप दे दिया था। आज भी आसमान में ये छह एक साथ हैं और मुझे अलग रखा गया है। जब कोई पति रात में अपनी पत्नी को मुझे दिखाता है तो उसके सौभाग्य में वृद्धि होती है। और इसीलिए मैं सदैव सौभाग्य चिह्न धारण करके रखती हूं।'

पर वन में राम सदा आगे चलते थे, सीता राम के पुष्ट कंधे और उन पर टंगा धनुष ही देख पाती थीं और लक्ष्मण सदा सीता के पैर ही देखते थे। उन्होंने सीता को मां समान मान रखा था।

एक बार शरारतवश रंभा ने लक्ष्मण को रिझाने की कोशिश की तो लक्ष्मण ने उसे बहुत तिरस्कृत किया था। राम ने लक्ष्मण को बहुत छेड़ा भी था। 'भ्राता, अगर तुम चाहो तो इस सुंदरी के साथ रमण भी कर सकते हो।' लक्ष्मण बहुत लजा गए थे।

'भैया, आप मुझसे ऐसी बात नहीं किया करें।'

उस दिन ही शाम को जब तीनों एक अलाव के पास बैठे थे, अचानक सीता का ध्यान लक्ष्मण के वल्कल पर पड़ा। वहां रंभा के कुछ बाल, जो उसने शरारतवश छोड़ दिए थे, को देख सीता ने उपहास किया -

'आर्यपुत्र! तो हम लोगों से बचकर यह सब चल रहा है।'

इस बात से क्रोधवश लक्ष्मण वहीं आग में कूद पड़े थे। दोनों ने बड़ी मुश्किल से उस आग से लक्ष्मण को निकाला।

लक्ष्मण बोले - 'देखो, जब अग्नि देवता ने मेरा कुछ नहीं बिगाड़ा तो आप लोग व्यर्थ ही मुझ पर संदेह कर रहे हैं। मेरी तपस्या तो सिर्फ़ और सिर्फ़ अयोध्या जाकर ही ख़त्म होगी भैया। अब कभी ऐसा हास्य मत करना।'

सीता जब भी अपने दोनों पुत्रों को देखतीं उनके मन में पुराने दिनों की हज़ारों वे यादें ताज़ा हो जाती थीं। वही तेज, वही शरीर सौष्ठव, वैसा ही ज्ञान और धैर्य, वाणी, बस लव शरारती और नटखट अधिक था। अभी स्वामी (कार्तिकेय का उस जनपद में प्रचलित नाम) ने दोनों कुमारों को पूरे क्षेत्र की परिक्रमा करके आने का आदेश दिया और कहा कि पूरे क्षेत्र में जाओ और जगह-जगह श्रेष्ठ ब्राह्मण को स्थापित करो तथा अपने योग्य एक सेना तैयार करो।

दोनों आर्य पुत्र तत्काल स्वामी के आदेश पर पूरे क्षेत्र के भ्रमण पर निकल गए, जो किष्किंधा राज्य की सीमा से होता हुआ महिष्मति राज्य की सीमा तक जाता था, जो अब एक तरह से क्षत्रियविहीन था। परशुराम के आतंक के निशान के तौर पर, इतने वर्षों बाद भी।

राजभवन सूने पड़े थे, खंडहर में बदल गए थे। कृषि योग्य भूमि बहुत थी उस राज्य में, जो परशुराम ने ब्राह्मणों को दान दे दी थी। अब पूरा क्षेत्र विष्णु का उपासक था। वह भी सोए हुए विष्णु, योगनिद्रा में।

तब आर्यावर्त ने यह एक नया नियम बनाया था शहर या नगर या पुर का जो राजा होता था, वह अच्छे-अच्छे आभूषण और वस्त्र धारण करता था। प्रजा उसे विष्णु का प्रतिरूप मानकर उसकी पूजा करती थी, सम्मान देती थी। सभी राजा को बहुत सारे उपहार और भेंट प्रदान किया करते थे। धन भी। राजा का कर्त्तव्य होता था विष्णु की तरह प्रजा की रक्षा करे।

पूर्व में दूर तक फैला समुद्र था और उत्तर में कावेरी के उद्गम तक यह पूरा क्षेत्र परशुराम के पराक्रम का क्षेत्र था। तो शेष आर्यावर्त से अलग भी था और सम्मानित भी। भगवान का अपना घर, अपना शहर। और सच भी था, हर घर में अनिवार्य पांच फलदार पेड़, एक छोटा तालाब एवं कुछ गायें, जो ईंधन भी देती थीं और पौष्टिक दूध भी। इनके अलावा ईश्वर से और क्या चाहिए। पूरा क्षेत्र अपने आप में स्वावलंबी था। कोई किसी पर

आश्रित नहीं था। प्रकृति ने भी उन्हें सहारा दे रखा था। यज्ञ और तप के कारण इंद्र भी बहुत प्रसन्न थे। इसीलिए वहां ख़ूब वर्षा होती थी। प्रकृति ने तरह-तरह के मसाले इत्यादि इन्हें दान में दिए थे।

अब पूरे क्षेत्र को बांधने का प्रयास शुरू हुआ और शुरू हुआ कुश तथा लव का *रामायण* काव्यपाठ भी, जो अनवरत चल रहा था जब से वे वाल्मीकि के आश्रम से यहां केरल के वायनाड आए थे तब से।

कई महीनों के अथक प्रयास से सभी जगह ब्राह्मणों को योग्य स्थान दिया। क्षत्रिय धर्म का पालन करने योग्य लोगों को एकत्रित कर दोनों भाइयों ने छोटी-मोटी सेना तैयार कर ली थी। हालांकि इनमें ज़्यादातर ग्रामीण ही थे या वनवासी, जो उस क्षेत्र की भूगोल को अच्छी तरह समझ सकते थे।

दोनों भाई अब वापस गुरुकुल आकर अपनी दिनचर्या में मग्न हो गए। एक दिन सीता ने आकर दोनों भाइयों को बताया, 'पास के जंगल से कोई बाघ आकर ग्रामीणों को आक्रांत कर रहा है और अब वह नरभक्षी भी हो गया है। इस कारण लोग अपने खेतों में नहीं जा पा रहे हैं। सब तरफ़ उस बाघ का आतंक है। तो तुम दोनों जाओ और उन्हें इस आतंक से मुक्ति दिलाओ।'

कई दिन के अनवरत प्रयास के बाद भी वे उसे ढूंढ़ नहीं सके और उसका आतंक दिन-प्रतिदिन बढ़ता जा रहा था। एक दिन प्रातः जब दोनों भाई स्नान कर वापस गुरुकुल में प्रवेश कर रहे थे, तभी अचानक वह बाघ उनके सामने आ गया। उसकी मुद्रा बड़ी भयानक थी। उसके मुंह पर ताज़ा-ताज़ा लहू लगा था। लगता था उसने अभी-अभी कोई शिकार किया है। संभवतः गोशाला में या गुरुकुल के किसी सदस्य को तो उसने अपना शिकार नहीं बना लिया।

दोनों निहत्थे थे। उनके अस्त्र-शस्त्र उनकी कुटिया में थे और कुटिया व उनके बीच यह भयानक बाघ था। धीरे-धीरे बाघ उन दोनों को ही अपना आगामी शिकार मानकर आगे बढ़ रहा था। पूरे गुरुकुल में सन्नाटा फैला हुआ था। सभी लोग अपनी-अपनी कुटिया के अंदर से ही उन्हें देख रहे थे।

अब कोई उपाय था नहीं। सीधा हमला ही होने वाला था। ख़ून सुखा देने वाला पल था। बाघ शनैः-शनैः दोनों के पास आता जा रहा था। जब वह

एक निश्चित दूरी पर आ गया और उसे लगा कि शिकार अब उससे बच नहीं पाएगा तो अचानक बहुत ज़ोर से दहाड़ा और दोनों पर आक्रमण कर दिया। लेकिन, अगले ही पल वह भीमकाय बाघ ज़मीन पर लोट रहा था। सबकुछ इतनी तीव्रता से हुआ कि लव-कुश को कुछ समझ नहीं आया कि अचानक कौन उनकी ढाल बनकर उन्हें बचाने आ गया। उन्होंने पीछे मुड़कर देखा तो माता सीता हाथ में धनुष लिए पीछे खड़ी थीं। सिर्फ़ एक बाण ने ही इतने विशाल और ख़ौफ़नाक जानवर को धूल में मिला दिया था, जो अब अपनी अंतिम सांसें ले रहा था।

सीता ने बाण इतनी तीव्रता से संधारित किया था कि वह बाघ के मस्तिष्क में प्रवेश कर उसके हृदय को चीरता हुआ ज़मीन में घुस गया था। इतनी सिद्धहस्तता! दोनों कभी अपनी मां को तो कभी उस बाघ को देख रहे थे।

सीता ने मुस्कराते हुए पूछा - 'आर्य पुत्रों, कोई चूक तो नहीं हुई?'

'मां! ऐसा हस्तलाघव तो हमने बड़े-बड़े धनुर्धारी का भी नहीं देखा।'

'ये तप और एकाग्रता का मिश्रण भर था पुत्र।'

सीता ने बहुत ही शांत स्वर में जवाब दिया। 'लक्ष्य और तुम्हारे बीच बस यह पल ही होता है, जब तुम अपनी पूरी शक्ति, पूरी एकाग्रता से उपयोग करते हो।'

'पर ऐसी दक्षता तो मां हमारी भी नहीं। संभवतः आपने भी कभी बहुत युद्ध अभ्यास किया है। है ना मां!'

'हां पुत्रों। जब मैं अपने पिता के घर थी तो कई ऋषि और गुरुजन हमारे घर आते थे। तभी मैंने उनसे यह सब सीख लिया था। मेरे पिता के कोई पुत्र नहीं था, इसलिए पुत्र योग्य कार्य मुझे ही करने होते थे, जिनमें सेना का संचालन भी एक था।'

पूरा आश्रम सीता के आसपास एकत्रित हो गया था। बाघ को बांसों से बांधकर पूरे ग्राम में घुमाया गया। सीता मैया, जो वहां अम्मा के नाम से प्रसिद्ध थीं, की हर ओर प्रशंसा हो रही थी। सीता के मान के साथ दोनों भाइयों को भी बड़ा गर्व अनुभव हो रहा था कि वे कितनी वीर माता के पुत्र हैं।

अब एक और उल्लेखनीय बात हुई।

रात में चर्चा के समय भाइयों ने माता से सवाल किया - 'माता! जो हम *रामायण* का पाठ करते हैं और हमने उन सम्राट राजा को समीप से देखा भी है, जो प्रश्न हमने उनसे किए थे, जिनका उत्तर वे दे नहीं सके थे। आप कृपा कर हमारे संशय को दूर करें।'

'यज्ञ के दौरान सभी राजकुमारों की पत्नियां उनके साथ यज्ञस्थल पर उपस्थित थीं। सिवाय राजा राम के। उन्होंने हमें अपनी पत्नी के तौर पर एक स्वर्ण मूर्ति से अवगत कराया था और कहा था - ये उनकी पत्नी सीता हैं। तब हमें बड़ा अटपटा लगा कि क्या रानी जीवित नहीं हैं और वे समारोह में क्यों नहीं आईं? पर तभी पास के एक ग्राम में कथावाचन के दौरान एक विदुषी महिला ने हमें बताया कि लोकनिंदा के भय से राजा राम ने अपनी पत्नी का त्याग कर दिया है।'

'अगर यह सत्य है और आपको कुछ ज्ञात है तो हम भाइयों को अवश्य बताएं। अगर राजा राम ने अपनी निर्दोष रानी को सिर्फ़ लोकनिंदा के कारण त्याग दिया था तो फिर वह हमारी नज़र में अपराधी हुए मां। और समय आने पर हम उन्हें दंड भी देंगे। फिर चाहे हमें उनसे युद्ध ही क्यों नहीं करना पड़े। या आपको अगर गुरु वाल्मीकि ने कुछ बताया हो तो हमें बताएं।'

सीता ने एक लंबी सांस लेते हुए कहा - 'नहीं पुत्र, उन्हें अपराधी मत मानो। और उन्होंने सीता को नहीं त्यागा पुत्र, वह तो अपनी पत्नी को बहुत अधिक प्यार करते हैं, लेकिन एक कथा सुनो, जो संभवतः तुम्हारे *रामायण* काव्य का हिस्सा नहीं है, पर मुझे पता है।'

रावण वध के बाद विभीषण पुत्री त्रिजटा ने सीता को आकर बताया कि रावण का वध राम ने कर दिया है और वे लंका के राजभवन में पधार रहे हैं। पिता विभीषण की इच्छा है आप अच्छे-से स्नान कर अपने पुराने वस्त्रों का त्याग कर सुंदर वस्त्र धारण करें। आपके लिए रथ भी आ रहा है।

तब सीता ने त्रिजटा से कहा - 'पुत्री! मैंने जबसे होश संभाला या यौवन की दहलीज़ पर क़दम रखा तो उन्हें वनवासी के रूप में ही देखा। और वही रूप मेरे मन में बसा है। अपने पिता के बाद सिर्फ़ प्रभु राम ही हैं, जिन्हें मैंने सर्वज्ञ देखा और तब से किसी दूसरे पुरुष की तरफ़ ना तो

देखा, ना ही कभी क्षणमात्र को कोई परपुरुष मेरे मन में आया। प्रभु राम ने भी मुझे वन में ही देखा और अब वे मुझे अगर पूर्ण सुहागिन के रूप में देखेंगे तो उन्हें लगेगा मैं तो यहां बहुत आनंद में रह रही थी। नहीं पुत्री, राम को मुझे वैसे ही वरण करना चाहिए जैसी मैं हूं। कोई आवरण या कोई दिखावा नहीं करना।'

तब उन्हीं कपड़ों में, जो वन में सीता ने हरण के समय पहने थे, जो अनुसूया माता ने दिए थे, कभी भी मलिन नहीं होने वाले वस्त्र। ये वस्त्र सांकेतिक भी थे कि इन्हें धारण करने वाला मलिन हो ही नहीं सकता। धारण करने वाले के हृदय जैसा पवित्र और साफ़। सीता ने कहा - 'तो मैं क्यों बदलूं? मेरे मन में भी व्याकुलता है उन्हें देखने की। और मैं रथ पर सवार होकर भी क्यों जाऊं? क्या मैं कोई दिखावटी वस्तु हूं, जिसे पूरे शहर के सामने प्रदर्शित किया जाए। बेहतर होगा स्वयं राम यहां अशोक वाटिका में आएं और मैं जैसी हूं, मुझे ग्रहण करें और मेरा मान रखें।'

एक मुख्य बात और है कि दशानन के दस मुख थे और उसके हज़ार मुख वाले भाई ने अचानक लंका पर धावा किया था। ये लोकलाज थी, जो रावण के भाई के रूप में हज़ार मुख लेकर आई थी। तब सीता ने हज़ारों हाथों से शेर पर सवार होकर उस राक्षस का वध कर दिया था। सभी सीता माता की वीरता से गद्गद् हो गए थे और उन्हें आशीष दे रहे थे। दरअसल, वह लोकनिंदा का एक स्वरूप था, जिसे स्वयं सीता ने मार दिया और अग्नि-परीक्षा देकर राम और सभी जनों को बता दिया था कि सीता अभी भी अग्नि-सी पवित्र हैं। तब जाकर राम ने उनका वरण किया और उन्हें लेकर अयोध्या वापस आए। परंतु, उनके भाग्य में कुछ और ही था। सीता पुत्री थीं धरती की, अयोनिका थीं, उन्हें प्रकृति से ही प्यार था। जब दोनों राजभवन में थे, सब अच्छे से चल रहा था।

एक दिन सीता ने स्वयं ही राम से प्रश्न किया -

'प्रियतम, आपका प्रेम मुझसे और मेरा प्रेम आपसे अग्नि की तरह पवित्र है, लेकिन जिस स्वदेश की आप कल्पना कर रहे हैं, वह सिर्फ़ एक सम्राट कर सकता है। एक राजा ही कर सकता है, जिसके लिए प्रजा मुख्य है। कल हो ना हो किसी कारण या लोकनिंदा के भय से आपकी निष्ठा को ठेस पहुंचे, यह मैं सह नहीं पाऊंगी। अतः हमें अलग होना पड़ेगा।'

'और आर्य पुत्रों! तुम जिस महान रघुकुल की गाथा का वाचन करते हो, वह संसार का पहला सत्य पर आधारित लिपिबद्ध ग्रंथ है, जो इस अवधारणा को सत्य करता है। इसमें किंचित मात्र भी संशय नहीं करना चाहिए। यह युगों-युगों तक यूं ही पवित्र माना जाएगा।'

'इसीलिए महात्मा वाल्मीकि ने इस संदर्भ को इस ग्रंथ में जगह नहीं दी है। और तुम दोनों तो सूर्यवंशी क्षत्रिय कुल में जन्म लिया है। तुम्हें तो पता होना चाहिए क्षत्रिय अपने शौर्य और सत्यता पर निर्णय लेते हैं, ना कि किसी के बरगलाने से। सो हे धरती पुत्रों! उठो और इस महान गाथा की मर्यादा पर संदेह मत करो। यह एक ऐसे राजा का चरित चित्रण है, जो मर्यादा पुरुषोत्तम है। आर्य समाज के लिए भी और उस वीर भूमि के लिए भी, जिसकी ख़ातिर मर्यादा पुरुषोत्तम ने अपनी प्रजा को अपने समान अधिकार दिया, अपने परिवार को बाद में। तो पुत्रों! संशय छोड़कर इस ग्रंथ का पूरे मनोयोग से वाचन करते रहो। जनकल्याण के लिए ही इस ग्रंथ की रचना हुई है। यह युगों-युगों तक यूं ही पूजित रहेगा। तब ना हम होंगे, ना समकालीन कोई व्यक्ति। बस, रह जाएगा यह अद्भुत ग्रंथ। अब दोनों उठो और अपने-अपने कार्यों में लग जाओ, जो तुम्हें सौंपे गए हैं।'

सीता का प्रभामंडल इतना तेज था कि पूरा देश उन्हें नमन करता था। उनका जन्म संभवतः इन्हीं कार्यों को पूर्ण करने को हुआ था, जो वे कर भी रही थीं। महिला शक्ति का जागरण और उनका उद्धार। यही उनके जीवन का ध्येय था। जिस कारण उन्होंने राजभवन त्यागकर वन का मार्ग चुना था अपने लिए। और अपने राम के पुत्रों के लिए।

समय निरंतर अपनी अबाध गति से बढ़ रहा था। बहुत सारे जनकल्याण के कार्य राजा राम के नेतृत्व में संपूर्ण भारत में हो रहे थे, जिनमें भाषा का एकीकरण, ग़रीब और निराश्रितों को उनके जीवन यापन की व्यवस्था का परिपालन, वर्ण व्यवस्था तो थी, किंतु छुआछूत नहीं था। समाज में सभी को उनके वर्ग के अनुसार पूर्ण मान दिया जाता था। चूंकि समाज बढ़ रहा था, लोगों को बसाने व जीवन यापन के लिए और सारी भूमि की आवश्यकता थी, जिसके लिए बड़े-बड़े यज्ञ का आयोजन हो रहा था। कृषि योग्य भूमि तैयार की जा रही थी और नए नगरों का निर्माण भी चल रहा था। नए-नए राजमार्ग और नदियों से नहरों का कार्य बड़े पैमाने पर किया जा रहा था।

शिव का स्वप्न अपना मूर्त रूप ले रहा था। अखंड आर्यावर्त का।

अयोध्या...

अयोध्या में फिर से कुछ आयोजन की तैयारी चल रही थी। बड़े-बड़े महात्मा, योगी और संत पधारे थे। तभी एक अप्रिय घटना भी घटी। हुआ यूं कि एक ग़रीब ब्राह्मण का युवा पुत्र असमय ही काल के हाथों का शिकार हो गया। उस समय यह माना जाता था कि जप और तप की भूमि पर अकाल मृत्यु नहीं होती और ब्राह्मण उस समय समाज के सम्मानित सदस्य होते थे। राजा का धर्म होता था उनके हितों की रक्षा कर उन्हें अभय देना। यह बहुत अप्रिय घटना थी।

राजसभा का आयोजन किया गया और यह निष्कर्ष निकाला गया कि कोई शूद्र किसी कपट प्रयोजन हेतु तप कर रहा है, जिसके परिणामस्वरूप इस तरह की घटना घट रही है। तो तत्काल इसका निवारण किया जाए। अब राजा का कर्त्तव्य था अपनी प्रजा की व्यथा को दूर करे और न्याय करे।

तो राम ने पता किया कि शंबूक नामक एक शूद्र भीषण तप कर रहा है वन में और वह अपने तप को सफल भी बनाने जा रहा है। राम ने तत्काल वन में जाकर शंबूक को तप बंद करने का आदेश दिया। मना करने पर राजा राम ने तलवार से उसका सिर धड़ से अलग कर दिया। तथापि उन्हें मलाल था कि एक संत प्रवृत्ति के व्यक्ति का उन्हें सामाजिक उद्देश्यों के कारण वध करना पड़ा। दूसरी तरफ़ उनके इस कार्य की सभी ने बहुत प्रशंसा की और वह ब्राह्मण बालक उस शंबूक के तप के प्रभाव से मुक्त हो जीवित हो गया। पूरा समाज राजा राम की भूरि-भूरि प्रशंसा करने लगा। देवता भी इस कार्य की भूरि-भूरि प्रशंसा कर रहे थे।

देशहित में कोई तो राजा है, जो समाज का उत्थान कर रहा है, किंतु यह अपराध भी राजा की दृष्टि से अपराध नहीं था, तो उसे जो दंड मिला वह सर्वसम्मत था। प्रतिष्ठित था।

और अब राजा राम के कार्यों को देखते हुए ऋषि मंडल ने उन्हें अश्वमेध यज्ञ करने की सलाह दे डाली, ताकि पूरे आर्यावर्त पर एक ही सम्राट हो। एक जैसे नियमों का पालन हो और भविष्य के समाज का गठन संभव हो।

तो अब अयोध्या और पूरा आर्यावर्त आगामी यज्ञ की तैयारियों में जुट गया। आख़िर यह सभी की प्रतिष्ठा का सवाल जो था। यज्ञ के लिए फिर से अयोध्या में तैयारी शुरू हो गई। सैनिक अपनी तैयारी में जुट गए, ब्राह्मण अपनी तैयारी में तो राज कर्मचारी अपनी तैयारियों में लग गए। बस, शिव को यह कुछ कम समझ आ रहा था। व्यर्थ का आयोजन। जब संपूर्ण विजय हो चुकी तो फिर इस आयोजन का क्या तात्पर्य? परंतु सामाजिक व्यवस्थाओं को वे भी नहीं बदल सकते थे। नियत समय पर अयोध्या के इस आयोजन के लिए अश्व तैयार था और उसके साथ चलने वाली सेना भी। अब तो अयोध्या के बाक़ी के कुमार भी युद्ध के लिए तैयार थे। लक्ष्मण के दोनों पुत्र, भरत और शत्रुघ्न के पुत्र। यज्ञ की आरंभिक पूजा के बाद अश्व को स्वच्छंद छोड़ दिया जाता था। बाक़ी बस उसका अनुसरण ही करते हैं। अश्व ने समस्त उत्तर भारत का भ्रमण कर, सारे राज्यों को अधीन कर करवा दिया था। अयोध्या की सेना हर्ष से उत्तेजित थी। छोटे-मोटे प्रतिकार तो हुए पर अधिकतर राजाओं ने प्रतिकार की आवश्यकता ही नहीं समझी।

कहने की आवश्यकता ही नहीं कि पूरे उत्तर आर्यावर्त पर कौशल देश का ध्वज गर्व से आसीन हो गया था। अश्व के साथ कई महारथी और वीर साये की तरह चल रहे थे। अब अश्व ने दक्षिण की तरफ़ रुख़ किया। संपूर्ण दंडकवन से होता हुआ वह गोदावरी के साथ-साथ चलता हुआ दक्षिण के उस भाग की ओर अग्रसर था, जो ऋषि अगस्त्य और अत्रि की भूमि थी। चूंकि इस क्षेत्र को पहले ही सहयोग मिल चुका था और कोई राजवंश था भी नहीं, अब अश्व धीरे-धीरे परशुराम के उस निर्जन वन में प्रविष्ट कर रह था, जो आमतौर पर क्षत्रियों की कालभूमि थी। यह धरा 21 बार क्षत्रियों के रक्त से लाल हो चुकी थी और अब सुरक्षित वन क्षेत्र में आती थी।

यहां तो इस विधि के विधान से परे कुछ और ही चल रहा था। सीता, अनुसूया और देवी लोपमुद्रा और परशुराम के प्रिय शिष्य अकृतव्रण के मार्गदर्शन में बड़े स्तर पर स्त्रियों के उत्थान का कार्य चल रहा था। इनके मार्गदर्शन में दोनों भाइयों की युद्ध शिक्षा भी हुई थी। यहां कई क्षेत्र तो सिर्फ़ उन स्त्रियों के लिए सुरक्षित थे, जो युद्ध के समय अपना सब खो चुकी थीं। पति मारा जा चुका था या कहीं युद्ध में बंदी था, बच्चे छोटे थे, समाज में उनके लिए व्यवस्थाएं कम थीं, उन अनाश्रित महिलाओं और बच्चों के लिए यहां व्यापक व्यवस्थाएं बनाई गई थीं। उनके लिए कार्य सौंपे गए थे। बच्चों

की पढ़ाई और उन स्त्रियों के अध्ययन की भी व्यवस्था थी। इसीलिए यह पूरा समाज एक स्त्री प्रमुख समाज के रूप में उभर रहा था।

चूंकि ज्येष्ठ ब्राह्मण परशुराम का वरदहस्त था, इसलिए शेष भारत उनकी अवहेलना भी नहीं कर सकता था। किंतु, सीता और अनुसूया का मानना था कि यदि स्त्री ने सही शिक्षा ली तो उसके बच्चे भी एक सभ्य समाज को जन्म देंगे, जहां भूमि की और धन की आवश्यकता के लिए युद्ध नहीं करने के प्रयोजन नहीं थे। जैसा कि सूर्यवंशी कर रहे थे। और इन्हीं युद्ध में मारे गए वीरों की विधवाओं के बच्चों को लेकर कुश और लव ने एक अनोखी सेना या कहिए, वानर सेना तैयार कर रखी थी, जो इनके एक इशारे पर अपनी जान भी दे सकती थी।

सूचनाओं का बेहद जटिल तंत्र बना हुआ था, जिनमें कई तरह के जानवरों की भाषा को समाहित किया था कि ख़तरा होने पर किस तरह की ध्वनि निकालना है, और कैसे आवश्यकता पड़ने पर संगठित होकर युद्ध करना है। भले ही इन लोगों को आयुधों का कोई ज्ञान नहीं था, ना साधन थे। कुल एक हज़ार लोग ही थे, जो सशस्त्र लव-कुश के साथ थे। हालांकि सीता ने भी अपनी एक अलग तरह की सेना बना ली थी, जो वेद के अनुरूप खाना बनाने, औषधि तैयार करने और शल्यक्रिया में भी सिद्धहस्त थी। बहुत विचित्र स्थल था यह, जिसमें अयोध्या की सेना भरत व शत्रुघ्न की सेना आए जा रही थी। हालांकि सेना अब थोड़ी क्लांत थी, थकी हुई थी और उन्हें इस तरह के पर्वतीय क्षेत्र का अनुभव भी नहीं था।

वहीं उस ससिमला में आदिकाल की गुफाओं वाले सघन वन क्षेत्र में बारिश से पूर्व एक दिन प्रातःकाल में माता सीता विचरण कर रही थीं। वे यहां जदयथा अम्मा के नाम से प्रसिद्ध थीं। कुश और लव भी अपनी माता को अम्मा कहकर ही संबोधित करते थे।

सीता प्रातःकाल की पूजा के बाद अपने आश्रम की कुटिया, जो एक पर्वत की गुफा में थी, जा रही थीं तो देखा दो अतिविशिष्ट अतिथि वहां विराजित थे। स्वामी कार्तिकेय उनकी सेवा में लगे थे और अकृतव्रण उनकी श्रुति कर रहे थे। सीता की नज़र जैसे ही अतिथियों पर पड़ी, वे अवाक् रह गईं। साक्षात् शिव और पार्वती उनकी कुटिया में विराजित थे और प्रसन्न मुद्रा में थे।

नंदी ने पूरे क्षेत्र को आमजन के लिए प्रतिबंधित कर रखा था। यहां तक दोनों आर्य पुत्रों को भी अंदर आने की आज्ञा नहीं थी। सीता ने साथ लाए पुष्पों, जो वे हमेशा वन से चुनकर शिव की पूजा के लिए लाती थीं, से दोनों वंदनीयों की वंदना की और उनके आने की ख़ास वजह के बारे में प्रश्न किया।

'मैं तो आप लोगों को अपने घर देखकर अपनी ख़ुशी व्यक्त नहीं कर पा रही हूं। हमसे कोई भूल तो नहीं हो गई देव?'

'अरे नहीं पुत्री!'

पार्वती ने सीता को गले से लगाया, मानों बहुत पुरानी सखियां गले मिल रही हों। और अपने पास आसन पर बैठाया।

'हम तुम्हारे द्वारा किए गए कार्यों से बहुत प्रसन्न हुए सीता। और अब तुम्हारी तपस्या का अंत आ रहा है। तुमने जिस तरह से अपने पुत्रों का पालन-पोषण किया वह सराहनीय है, हम बहुत प्रसन्न हैं। जैसा कि तुमने स्वयं वेद और पुराणों का अध्ययन किया और उस ज्ञान का सदुपयोग जनकल्याण के लिए किया, जिसके लिए इनकी रचना हुई।'

'अब हम चाहते हैं तुम अपने पुत्रों को आगामी युद्ध के लिए तैयार करो। साधन सीमित हैं तुम्हारे पास और तुम्हें एक पूरी सुसज्जित सेना से संघर्ष ही नहीं करना, वरन इस युद्ध को जीतना भी है। तो हमारे कुछ प्रयास और सुझाव हैं, जो मैंने इन दोनों को बता दिए हैं। ये तुम्हारी सहायता करेंगे। प्रत्यक्ष रूप से तो तुम भी इस युद्ध में भाग नहीं ले सकतीं। लेकिन, अपने पुत्रों को गर्व और घमंड से डूबी अयोध्या की सेना को सबक़ सिखाने भेजना ही पड़ेगा। तो तुम आगामी युद्ध के लिए विशिष्ट और आयुध ज्ञान स्वयं अपने दोनों पुत्रों को दो। उनका मुक़ाबला भरत और लक्ष्मण जैसे शक्तिशाली योद्धाओं से होने वाला है। मैं एक वरदान तुम्हारे पुत्रों को दिए जा रहा हूं, जो उन्हें इन योद्धाओं से युद्ध के समय किसी भी दिव्यास्त्र से सुरक्षित रखेगा।'

'राम चूंकि स्वयं एक अंश अवतार हैं और स्वयं हनुमान उनकी सुरक्षा में रहेंगे, तो मेरा कोई अस्त्र राम का कुछ बिगाड़ नहीं सकता। उन्हें किसी भी प्रकार की हानि नहीं पहुंचा सकते। इस युद्ध के उपरांत आगे का सफ़र राम को और उनके पुत्रों को ही तय करना है। तो तुम्हारी ये सीख इन बालकों के लिए अंतिम होगी। उसके बाद तुम ना तो इनसे मिल पाओगी, ना राम

से। तुम्हारा प्रकृति से वापस मिलन होगा। सदा सुहागिन रहो, तुम्हारी कीर्ति युगों-युगों तक गाई जाएगी। आज के पश्चात तुम्हारे नाम के बिना राम का नाम व्यर्थ रहेगा। तुम हो तो राम का नाम रहेगा। तुम तो अमर हो गई हो पुत्री। बिना मृत्यु के ही तुम अमर रहोगी।'

कहकर प्रभु अंतर्ध्यान हो गए।

कुटिया में एक पल को ऐसा लगा मानो सूर्य जाने से कैसा अंधेरा हो जाता है, वैसा ही कुछ।

सीता अवाक् उन पलों को याद कर रही थीं, जो अभी-अभी उन्हें छूकर गुज़रे थे। उन्होंने कार्तिकेय की तरफ़ प्रश्नवाचक निगाहों से देखा, क्या जो कुछ घटित हुआ वह सत्य था या मन का कोई विचार।

सीता ने तत्काल तैयार होकर अपने दोनों पुत्रों को आने की आज्ञा दी। अब उन्हें इस आगामी युद्ध की कुछ रूपरेखा तो बांधनी ही पड़ेगी ना, ताकि वे अपने जीवन के पहले और विशाल युद्ध से अवगत हो सकें। यह युद्ध ही वो जरिया था। सीता का प्रण था, जो उन्होंने अयोध्या त्यागते वक़्त लिया था, अपने प्रभु राम से। और ये ही उनकी पूरी जीवनगाथा का सत्य भी था। एक सती स्त्री के सतीत्व की सबसे बड़ी परीक्षा, जिसमें विफलता के लिए कोई स्थान नहीं था। ना लव-कुश को पता था कि वे किससे युद्ध की तैयारी कर रहे हैं, ना अयोध्या को ही यह भान था कि उनके युवराजों को सम्मान देने का वक़्त आ रहा है।

सीता के पूरे जीवन का तप था यह। पूरी सृष्टि सीता के साथ खड़ी थी, देवता भी इस युद्ध के लिए अपने आपको तैयार कर रहे थे, जब एक विष्णु अवतार का दूसरे विष्णु अवतार के पराक्रम से आमना-सामना होने वाला था। राम इनसे अनभिज्ञ थे, लेकिन चूंकि वे इस क्षेत्र को समझते थे, इसलिए उन्होंने भी अपनी सेना की सहायता के लिए लक्ष्मण से अनुरोध किया था कि वे पीछे-पीछे स्वयं भी जाएं, और अंत में राम भी अयोध्या छोड़कर अपनी सेना के साथ चल दिए।

कुछ अनहोनी होने वाली है शायद, उन्हें ऐसा आभास हो रहा था।

उधर, लक्ष्मण इसलिए परेशान थे कि कई दिन से उन्हें सीता और उनके पुत्रों का कोई समाचार प्राप्त नहीं हुआ था। वाल्मीकि आश्रम तक तो उनकी नज़र थी, उसके उपरांत क्या हुआ, यह किसी को ज्ञात नहीं था।

उधर, अकृतव्रण ने आश्रम और समीप के पूरे क्षेत्र को एक अमोघ परिधि में बांध दिया था, ताकि यदि कोई सेना अंदर आ भी जाए तो बिना परास्त हुए ना आ-जा सके। और सीता अपने दोनों पुत्रों को लेकर उन्हें युद्ध के नियम, युद्धकाल में राजा के कर्त्तव्य और जिसमें इन दोनों की ज़्यादा रुचि थी वह थी धनुर्विद्या।

शास्त्रों के चार वेद के उपरांत चार उपवेद भी थे, जो थे - आयुर्वेद, शिल्पवेद, गंधर्ववेद और धनुर्वेद।

इन सभी उपवेदों के रचयिता प्राचीन आर्यावर्त का ऋषि वर्ग था, जिनमें मुख्यतः आयुर्वेद और धनुर्वेद में आर्यावर्त ने बहुत तरक़्क़ी की थी। कालांतर में ऋषि अत्रि और अनुसूया अपने शिष्यों को लेकर समुद्र मार्ग से पारस क्षेत्र की तरफ़ चले गए, जहां उन्होंने अग्नि पूजन को बढ़ावा दिया। यज्ञ की महत्ता जनजातियों को समझाई और एक नया समाज गठित किया। जो अग्नि और यज्ञपूजक थे, उन्हीं के साथ धनुर्विद्या का पारायण भी हुआ, जो सुदूर रोमन साम्राज्य तक फैल गया, अगस्त्य ने उससे भी आगे का मार्ग पकड़ा और मिस्र नील नदी को अपना नया घर बनाया। एक नई संस्कृति की शुरुआत की।

वशिष्ठ के पुत्रों ने एक-एक धारा समुद्र के रास्ते एक निर्जन द्वीप पर पहुंचकर अपनी सभ्यता की शुरुआत की। ये मायावी थे और मंत्रों की ताकत से प्रकृति चक्र को साध सकते थे, जो संभवतः सुदूर अमेरिका की माया सभ्यता से मिलते जुलते हैं। ये सभी शाखाएं राम के समय के उपरांत भारतवर्ष से संपूर्ण विश्व को मिलाने और वैदिक संस्कृति को बढ़ाने के लिए बनाई गई थीं।

प्रमाणित तो नहीं, लेकिन कुछ उल्लेखनीय समानताएं इन्हें प्राचीन भारत के इतिहास से जोड़ती-सी हैं।

अब धनुर्वेद की शिक्षा में आयुधों का निर्माण, उन्हें चलाने की विधियां और प्रकार शामिल थे। धनुष के विभिन्न प्रकार और आकार थे, जिनसे उनकी मारक क्षमता का विस्तार होता था। सारंग! जो परशुराम ने शिव से प्राप्त कर पिनाक भंग के बाद प्रभु राम को दिया था, वह दिव्य था और उसे धारण कर संधान करने के लिए राम-सी ऊर्जा और तप चाहिए था।

पनई से निर्मित कार्मुक।

बांस से बना कोदंड।

डॉर्नवुड से बना द्रुण।

हड्डी और सींग से बना धनुष।

इनके प्रकार और बनावट उपयोग के अनुसार होती थी कि बाण को कितनी दूर तक प्रक्षेपित करना है और कितना घातक बनाना है।

ये अस्त्र की श्रेणी में आते थे। अस्त्र, जिसे मंत्रों के द्वारा दूरी से फेंकते थे। ये अग्नि, वायु और भाप या किसी यांत्रिक उपाय से चलते थे।

शस्त्र, जैसे तलवार, कृपाण, जो हाथ में लेकर चलाए जाते थे, इनके प्रकार थे -

अमुक्ता - ये शस्त्र जो फेंके नहीं जा सकते थे।

मुक्ता - ये फेंककर चलाए जाते थे।

पर्णीमुक्ता - हाथ से फेंके जाने वाले।

यंत्रमुक्ता - यंत्र से फेंके जाने वाले।

मुक्तामुक्त - दोनों प्रकार से।

मुक्त संवृत्ति - ये फेंककर लौटाए जा सकते थे।

इन सब आयुध विज्ञान का अध्ययन सीता ने किया था और वे इन सबमें सिद्धहस्त भी थीं।

अब यह ज्ञान सीता ने अपने पुत्रों को विस्तार से बताया। उन्हें पता था इसके बाद इन्हें यह सीखने का अवसर नहीं मिलने वाला।

दोनों पुत्रों ने बड़े ही मनोयोग से सारा ज्ञान कंठस्थ कर लिया था। मां सरस्वती की कृपा से अल्प समय में ही पूरा ज्ञान दोनों भाइयों ने अपनी अम्मा माता सीता से सीख लिया। यह उनके तप का परिणाम था और शिव के अमोघ कवच का तेज, दोनों भाइयों-सा सिद्धहस्त और बाहुबल सिर्फ़ कार्तिकेय के पास ही था। अब दोनों तप और ज्ञान की अग्नि में तपकर स्वर्ण हो गए थे। चंद्रमा की तरह बढ़ते हुए रामचंद्र और सीता के पुत्र अपने भविष्य की तरफ़ अग्रसर हो गए थे। पूर्णतः शक्तिपुंज की तरह।

युद्ध का आरंभ...

अश्व अपनी गति से वायनाड के घने और पथरीले पथों को अपने खुरों तले रौंदता हुआ बढ़ा चला जा रहा था। ठीक उसी पथ पर, जिस पर अयोध्या के ये दोनों रणबांकुरे अपनी धूनी जमाए हुए थे।

सूरज सिर तक चढ़ आया था। घने पेड़ों के बीच एक सुनसान पथ पर दोनों भाई आखेट की ताक में बैठे थे। माता को मृग छाल जो देनी थी। शीत ऋतु अब धीरे-धीरे अपना प्रसार बढ़ाने लगी थी। सूरज का ताप भी अब मध्यम हो रहा था। वर्षा के बाद वन बहुत सघन और हरा-भरा हो रहा था। जीव-जंतुओं की बहुतायत थी। दोनों भाई घात लगाए धनुष पर बाण चढ़ाए एक सुंदर मृग का पीछा कर रहे थे। साथ में कुछ साथी भी उनसे थोड़ा पीछे चल रहे थे।

सूरज की तेज सुनहरी धूप लव के शरीर पर पड़कर यूं बिखर रही थी, मानो लव कोई स्वर्ण मूर्ति हो। चलने की गति के कारण कान में स्वर्ण कुंडल धीरे-धीरे हिल भी रहे थे और सूर्य किरणों में अपनी चमक भी बिखेर रहे थे। कोमल युवा होते गाल तरुणाई की गर्मी से चमक रहे थे। कंधे तक झूलते घने काले केश हवा में ऐसे उड़ रहे थे, मानो कह रहे हों ये वीर भूमि है। एक मज़बूत चमड़े के खोल वाला तरकश पुष्ट मांसल कंधों पर बड़े सलीके से बंधा था। लव के भागने से उनमें रखे बाण की पंख लगी परियां हिल रही थीं। बांस का पांच हाथ लंबा एक मज़बूत धनुष अपने विशाल पंजे में यूं कसे था, मानो बाघ ने किसी हिरण को दबोचा हो।

चौड़ी और विशाल मज़बूत छाती पर जनेऊ उड़-सा रहा था। सिंह के समान पतली कमर किसी पेड़ के मज़बूत तने-सी दिख रही थी। बांहों की शिराएं मल्लयुद्ध के आभास से उभर आई थीं। हालांकि अभी होंठों के ऊपर सिर्फ़ एक लकीर भर थी, जो उनके उभरते यौवन का प्रतीक थी। ऊर्जा से भरे दो सतर्क शिकारी अपनी घात में पेड़ की ओट में छुपे हुए पूरी एकाग्रता से संधान कर ही रहे थे, बाण धनुष पर अभी आधा ही खींचा था कि नेपथ्य से आते कोलाहल ने शिकार और शिकारियों का ध्यान भंग कर दिया और हिरण तेज़ी से वन में विलोप हो गया। उनकी आंखों में क्रोध साफ़ दिख रहा था। कुश भी, जिसकी नाक क्रोध से लाल हो गई थी, अब उन आगंतुकों की प्रतीक्षा कर रहा था, जिनके कारण उनका शिकार चंद पलों में ओझल हो गया। लेकिन यह क्या, वन में एक ऊंचा श्वेत अश्व, जिस पर तमाम आभूषण लटके हुए थे, एक बड़ा-सा ध्वज उसकी पीठ से बंधा था, शायद

किसी राजघराने का था, जिसके सुनहरे कपड़े पर सूर्य की आकृति स्वर्ण के धागों से बनी थी।

अश्व निर्बाध दोनों भाइयों की दिशा में ही चला आ रहा था।

'भैया, इस निर्जन वन में यह अश्व कहां से आया, लेकिन है बहुत सुंदर। क्यों ना हम इसे पकड़ लें, हमारे काम ही आएगा।'

'हां पकड़ लो। किंतु सावधान लव! मुझे दूर कहीं धूल भी दिख रही है और कुछ रथ व घोड़ों की पदचाप भी सुनाई पड़ रही है।'

'देखा जाएगा भैया। आप उन्हें देखें, मैं तो इस अश्व को देखता हूं।' लव ने आगे बढ़कर फुर्ती से अश्व की वल्गाओं को थाम लिया और दूसरे हाथ से उसे सहलाने लगा।

'भैया, यह तो बहुत उम्दा अश्व है, किसी सवार का होगा। संभवतः उसे सवार पसंद नहीं आया तो उसे कहीं पटककर हमारी ओर आ गया और अब यह हमारे लिए ही हो!'

पर कुश का ध्यान लव और अश्व पर ना होकर पीछे से आ रही सेना की एक छोटी टुकड़ी पर था, जो तीव्रता से धूल उड़ाते हुए उनकी तरफ़ आ रही थी।

उधर, इन सबसे बेख़बर लव ने तो मान लिया था, यह अश्व तो अब उसका हुआ।

'चलो भैया! आज मां को बताएंगे मृग की जगह हमें वन देवता ने इतना ख़ूबसूरत अश्व भेंट दिया है। इसे वन देवता का उपहार मानकर स्वीकार करते हैं।'

जब कुश ने किसी बात का उत्तर नहीं दिया तो लव ने पलटकर देखा। कुश एक बड़े-से पेड़ के तने के पीछे छुपकर और बाण संधान किए टकटकी लगाए पीछे वाले पथ को देख रहा है तो लव भी थोड़ा सावधान हो गया। लेकिन अश्व की वल्गाएं अभी भी लव ने मज़बूती से थाम रखी थीं। पलटकर देखा तो सैनिकों की एक टुकड़ी एक स्थापित योद्धा के साथ उनसे कुछ दूरी तक आ गई थी।

योद्धा की आयु भी लव के समकक्ष ही रही होगी। कोई राजसी वस्त्र पहने वीर तरुण उस सेना की टुकड़ी का नेतृत्व कर रहा था।

'सावधान!' लव ने आवाज़ थोड़ी ऊंची करते हुए अपने धनुष को सिर से ऊंचा उठाकर सेना की टुकड़ी से सवाल किया -

'आप लोग कौन हैं और इस सुरक्षित वन में बिना किसी अग्रिम सूचना के कैसे आ रहे हैं? आपका यूं अस्त्र धारण किए आना कुछ अच्छा संकेत नहीं दे रहा। हम इस वन के रखवाले हैं और यह आश्रम क्षेत्र है। यहां अस्त्र-शस्त्र वर्जित हैं। कौन लोग हैं आप और यूं हमारे वन में बिना सूचना के आने का आपका अभिप्राय क्या है?'

तभी सैन्य टुकड़ी में से अश्व सवार तरुण सामने आया। यह राजपुत्र थोड़ा क्रोध में दिखाई दे रहा था। रक्तवर्ण के सुंदर वस्त्रों में कोई राजकुमार प्रतीत हो रहा था। लेकिन यह रथ पर सवार राजपुत्र की भांति ही दिख रहा था। संभवतः दोनों भाई ही हैं।

उस सवार ने यूं वन में धनुष-बाण लिए युवक की तरफ़ बढ़ने का प्रयास ही किया था कि पेड़ के पीछे से हवा की गति से एक बाण निकलकर उस अश्व सवार के सामने भूमि पर धंस गया।

यह सब इतनी तीव्रता से हुआ कि किसी को समझ ही नहीं आया कि बाण आख़िर आया कहां से, जबकि सामने खड़े तरुण ने तो कोई बाण चलाया ही नहीं।

'सावधान! वीर, एक सुरक्षित दूरी पर ही रहो। यह आपका राजमहल नहीं, यहां वीर भरे पड़े हैं।'

अब वार्ता थोड़ी तीव्र स्वर तक आ गई थी। लव एक सिंह के समान पूरे रास्ते को रोके सामने खड़ा था। 'अपने आने का मंतव्य बताएं पहले आप, तभी आगे जा पाएंगे।'

तभी उस सैनिक टुकड़ी से एक बुज़ुर्ग-सा दिखने वाला सैनिक बाहर आया। उसने हाथ उठाकर सब लोगों को शांत किया, फिर लव की तरफ़ देखते हुए कहा -

'मैं अयोध्या का राजसारथी सुमंत हूं और यह अयोध्या की सैनिक टुकड़ी है। इसका नेतृत्व वीर योद्धा महाबली दशरथ के पुत्र लक्ष्मण के पुत्र राजकुमार अंगद और चंद्रकेतु कर रहे हैं। संभवतः तुम्हें ज्ञात नहीं हो बालक, जिस अश्व की लगाम तुमने थाम रखी है, वह यज्ञ का अश्व है, जो अयोध्या नरेश महापराक्रमी राजा राम का है। उस पर लिखी स्वर्ण

पट्टिका में विवरण लिखा है और इस बात की पूर्व सूचना समस्त आर्यावर्त के राजाओं, छत्रपतियों को दी जा चुकी है। तुम भी सुन लो - जो भी इस अश्व को बांधने या पकड़ने का साहस करेगा, वह अयोध्या की राजाज्ञा नहीं मानने का अपराधी होगा।'

'तो फिर? यह अश्व हमें इस वन में मिला। बिना सवार के, तो अब यह मेरा हुआ।'

'तो बालक! नियमानुसार तुम्हें या तो हमसे युद्ध करना पड़ेगा या हमारी शरण में आना पड़ेगा। नहीं तो हमें राजाज्ञा का उल्लंघन करने के अपराध में तुम्हें दंड देना पड़ेगा। यह राजाज्ञा है।'

'और तुम अकेले भी हो। तो व्यर्थ हमारा समय बर्बाद मत करो। पुत्र, वैसे भी अस्त्र-शस्त्र का धारण करने से कोई क्षत्रिय नहीं बन जाता और हमें विवश नहीं करो।'

लव के मन में अब कोई शंका नहीं रही कि यह अश्व किसका है। चूंकि अश्व पर अपना अधिकार लव ने बता दिया था तो वह अपने निर्णय से पीछे हटने वाला भी नहीं, यह तय है। कुश अच्छी तरह जान गए थे कि लव के मन में क्या चल रहा है।

उन्हें संभावित युद्ध सामने दिख रहा था, लेकिन लव अभी भी अडिग, अश्व को थामे निडरता से रास्ता रोके खड़े थे।

उनकी यह धृष्टता अंगद को पसंद नहीं आई। समवयस्क भी थे। जीवन का उत्साह भी उफान मार रहा था। अंगद ने अपने धनुष पर बाण संधान कर उसका रुख़ लव की तरफ़ मोड़ते हुए कहा -

'मैं अंगद, लक्ष्मण पुत्र तुम्हें अंतिम चेतावनी देता हूं, अश्व को हमें सौंप दो या अपना परिचय देकर युद्ध करो। हमारे पास तुम जैसे वनवासियों से लड़ने का समय नहीं है। व्यर्थ तुम्हारी माता तुम्हारा शव देखकर व्यथित हो जाएंगी।'

'मूर्ख राजकुमार!' सिंह की गरज जैसी आवाज़ के साथ लव ने एक पल खोए बिना कुमार अंगद के उठे हुए धनुष के दो टुकड़े कर दिए। हमला इतना तीव्र था कि कुमार अंगद को संभलने का अवसर ही नहीं मिला। वह कभी लव को तो कभी अपने टूटे धनुष को देख रहे थे। यह बात तो सभी को समझ आ गई थी कि सामने कोई साधारण योद्धा नहीं, सिद्धहस्त धनुर्धर है।

'मैं लव और कुश अपनी माता के पुत्र और इस धरती के रखवाले तुम्हें तुम्हारे इस आचरण के लिए युद्ध को आमंत्रित करते हैं। यदि जीवन से प्यार है तो अश्व हमें सौंपकर चुपचाप अपने घर चले जाओ, नहीं तो इन निरपराध सैनिकों के वध के लिए तुम उत्तरदायी होगे।'

अब कोई उपाय नहीं बचा था। क्षत्रिय कुमारों को कभी ऐसी चुनौती मिली नहीं थी। तो एक क्षत्रिय का मन विचलित हो उठा था युद्ध के लिए। अभी तक सभी राजाओं से उन्हें कोई संघर्ष करना भी नहीं पड़ा था।

'वाचाल और मूर्ख बालक! इतने सैनिकों को देखते हुए क्या तुम हमसे युद्ध करने का साहस करोगे?'

'बातें नहीं बनाओ कुमार, बड़ी-बड़ी बातें करना वीरों को शोभा नहीं देता। यदि अस्त्र धारण किए हैं तो अपना सामर्थ्य दिखाओ। हम भी तो देखें, सूर्यवंशियों की ताक़त और पराक्रम।'

अब सुमंत थोड़ा क्रोधित होते हुए बोले - 'बालक! यह हंसी-खेल नहीं, सूर्यवंशियों को ललकारने का तात्पर्य अपनी मौत को ललकारना ही हुआ। अभी भी समय है, नादानी मत करो। जितने बाण तुम्हारे तरकश में होंगे, उतने तो हम युद्ध कर चुके हैं।'

'फिर भी यह अश्व मैं आपको नहीं दूंगा। आपसे मुझे कोई बैर नहीं, इसलिए आप सबको अभयदान देता हूं।'

'क्षत्रिय हूं, युद्ध और मरने से हम डरते नहीं।'

हम संबोधन से सुमंत के कान खड़े हो गए। हो ना हो यह बालक अकेला तो नहीं है।

'तब ठीक है,' चंद्रकेतु ने आगे बढ़कर युद्ध की घोषणा कर दी।

'तो फिर सावधान अजनबी। यह रघुवंशियों का प्रहार संभालो।' और तत्काल धनुष पर बाण चढ़ाया, प्रत्यंचा खींची, पर तब तक कुश के सटीक निशाने ने चंद्रकेतु के धनुष की प्रत्यंचा काट डाली। अंगद कुछ कर पाते तब तक लव के बाण ने उनके रथ के पहियों को जाम कर दिया था और अगले ही बाण ने अंगद के कवच को भेदकर उसे कवचविहीन कर दिया था। सुमंत समझ गए कोई और भी है, जो छुपकर उन पर प्रहार कर रहा है, लेकिन वह यह नहीं समझ पा रहे थे कि कोई धनुर्धारी इतनी तीव्रता से शर संधान भी कर सकता है कि साधारण को तो नज़र ही ना आए कि कब बाण

तरकश से निकालकर प्रत्यंचा खींची और कब अपने लक्ष्य को भेद दिया।

यही हाल राजकुमारों का भी था। इस तरह के धनुर्धारी से उनका भी कभी पाला नहीं पड़ा था। अचूक!

सुमंत ने अपनी सैन्य टुकड़ी को आक्रमण करने की आज्ञा दे डाली। क्षणभर में वह छोटा-सा मैदान युद्धस्थल में बदल गया। सैनिक अपनी बड़ी, चार हाथ लकड़ी की ढालों को आगे करके लव की तरफ़ लपके। उनके पीछे धनुष वाले और जिनके पीछे कुछ अश्वारोही थे। सैनिकों ने राजकुमारों के रथों को भी चारों तरफ़ से घेर लिया था। सैनिक अभी भी संदेह की स्थिति में थे कि हमला होगा किस ओर से, तभी कुश ने इशारा किया, कुश के जंगल के साथियों ने पेड़ के ऊपर से गोफन से पत्थरों की बरसात कर दी।

सैनिक परेशान थे। पत्थर सभी दिशाओं से आकर उन्हें घायल कर रहे थे। उनका पहला चक्र कुछ समय में ही धराशायी हो गया था। तभी लव के एक बाण ने अंगद के उत्तरीय के साथ-साथ अंगद को रथ के भुजदंड के साथ बिंध दिया था। वह असहाय खड़ा था। वही हाल चंद्रकेतु का भी हुआ। लव ने बहुत सफ़ाई से उसके सारे बंधन काटकर तन से अलग कर दिए थे। अश्वारोही सैनिकों के समूह ने अचानक वेग से लव के ऊपर आक्रमण कर दिया।

सारे धनुष से निकले बाण लव की तरफ़ थे और लव ने बिना एक पल गंवाए अपनी तरफ़ आ रहे सारे तीरों को रास्ते में ही काट दिया। उधर, कुश ने भी अब सामने आकर आक्रमण कर दिया। सैनिक अभी एक से परेशान थे, अब एक जैसे दिख रहे दो बालकों के बीच तो चक्की के पाट के बीच वाली स्थिति हो गई उनकी। यूं भी इस पहली टोली में कोई वीर, महावीर या सिद्धहस्त सैनिक था भी नहीं, लेकिन ये सैनिक क्लांत होकर असहाय-से अपनी मौत की प्रतीक्षा कर रहे थे। सभी के सारे शस्त्र जमीन पर पड़े थे। सुमंत अपने घोड़े के नीचे दबे पड़े थे। कुश के एक ही वार ने उनके घोड़े के प्राण ले लिए थे।

'अब क्या सोच रहे हो अयोध्या के वीर सैनिकों। युद्ध करो या पराजय स्वीकार करके वापस चले जाओ और अश्व को हमारे आखेट के लिए छोड़ जाओ।' लेकिन अभी युद्ध ख़त्म नहीं हुआ था। अचानक लव-कुश के पेड़ों पर बैठे साथियों ने सांकेतिक भाषा में बताया कि सैनिकों का एक और दल आ रहा है, सावधान!

जैसे ही इस दल ने मैदान में प्रवेश किया और अपने साथियों की दशा देखी। सामने दो कुमारों को वल्कल धारण किए धनुष-बाण से संधारित देखा तो उन्हें कुछ समझ नहीं आया।

50 अश्वारोही सैनिकों के दल का ये हाल, वह भी इतने कम समय में? वे कुछ ही पल की दूरी पर तैनात थे इनसे। इस दल का नेता था सुबाहु और उसके पीछे था शत्रुघाती। ये दोनों शत्रुघ्न के पुत्र थे, जो क्रमशः 50-50 के अश्वारोही सैनिक दस्ते का प्रतिनिधित्व कर रहे थे। जैसे ही पहले अश्वारोही दस्ते ने उस छोटे-से मैदान में प्रवेश किया, अगले ही पल लव ने अपने तीव्र बाण का प्रयोग किया। बहुत मारक क्षमता थी इस बाण की, जो घोड़े की छाती चीरता हुआ अंदर तक धंस गया था। घोड़ा आगे की तरफ़ वेग से धराशायी हो गया और सवार भी।

हमला इतनी तीव्रता से हुआ कि किसी भी सैनिक को कुछ सोचने-समझने का अवसर ही नहीं मिला। पेड़ों से पत्थरों की बरसात और सामने से तीरों की बारिश। सैनिक बीच में फंस गए थे। एक-एक कर वे निहत्थे होकर असहाय होते जा रहे थे। मात्र दो धनुर्धारी और कुछ गोफनधारी वनवासी बालकों ने अयोध्या की सुसज्जित सेना की अग्रिम पंक्ति को तहस-नहस कर डाला था। सभी सैनिक भयाक्रांत थे, दुश्मन कौन और आक्रमण कहां से हो रहा है, कुछ समझ नहीं आ रहा था। कुछ पल की लड़ाई के बाद अधिकांश ने यह सोचकर अस्त्र-शस्त्र डाल दिए थे कि पीछे तो मुख्य सेना आ ही रही है। सुबह पहुंच भी जाएगी।

अपने साथियों के साथ लव-कुश ने सारे हथियारों को अपने अधीन कर लिया। इन वन सैनिकों के अपने संचार माध्यम से थोड़ी ही देर में कुछ बैलगाड़ी और कुछ अन्य साथी वहां आ गए। सभी सैनिकों और राजकुमारों को बंदी बना लिया गया था। उन्हें पहाड़ियों के बीच एक छुपे स्थान पर ले जाया गया, जहां सभी के लिए भोजन और औषधि की व्यवस्था थी। अब वे सभी युद्धबंदी थे।

शिविर में आकर प्राप्त घोड़े को उन्होंने बांधा और देखा उसके माथे पर एक स्वर्ण-पत्र लटका हुआ है, जिस पर अयोध्या राजवंश की मुहर चिह्नित थी और लिखा था -

'यह अश्व अश्वमेध यज्ञ अयोध्या के रघुवंशी राजा राम ने छोड़ा है। इसे जो भी पकड़ने का दुस्साहस करेगा उसे अयोध्या राजवंश से टकराना पड़ेगा।'

'अच्छा! तो ये अश्व यज्ञ का है। यह तो और भी अच्छा हुआ। इस बहाने हमें अपना सामर्थ्य जांचने का अवसर मिल गया और हो सका तो अयोध्या के प्रतापी राजा से द्वंद्वयुद्ध का अवसर भी मिल जाएगा। तब उनसे हम पूछ भी लेंगे कि हे प्रतापी नरेश, तुमने अपनी पत्नी का त्याग क्यों किया था? पर अभी मिली सूचना के अनुसार राम की सेना हमसे तीन रात की दूरी पर है। तो उन्हें यहां तक आने में दो-तीन दिन लगेंगे।'

'ठीक है, फिर सभी को बुला लो और तैयार शुरू करो। हम परसों सूरज की पहली किरण के साथ ही हमला करेंगे। पर ध्यान रहे, ये हमारे दुश्मन नहीं हैं, जब तक बहुत ज़रूरी नहीं हो किसी की जान नहीं ली जाए।'

अब एक नए तरह के युद्ध की तैयारी शुरू हो गई थी। अयोध्या की सेना निष्कंटक चली आ रही थी, जिसका नेतृत्व खुद शत्रुघ्न कर रहे थे, जिनका सफ़ेद रथ, जिसके अश्व भी उच्च्व स्तर के और सफ़ेद थे। उनके पीछे थी हाथियों की फौज। 1,000 हाथी तो होंगे ही, फिर लगभग 5,000 अश्वारोही सैनिक दस्ता, वह भी धनुष से लैस। उस युग में वीरों ने, योद्धाओं ने घुड़सवारी के साथ-साथ धनुष चलाने की कला अच्छी तरह से विकसित कर ली थी। उनके पीछे थे 50,000 सैनिक। पूरी तरह सुसज्जित सेना, विधिवत सैनिक वेशभूषा से परिपूर्ण, घातक हथियारों जैसे भाले, शूल, त्रिशूल, तलवार, कृपाण, मुद्गर, बरछी और भी नाना प्रकार के अस्त्र थे उनके पास। और साथ थे शत्रुघ्न, जिन्होंने लवणासुर वध के उपरांत बहुत प्रसिद्धि पाई थी। उनसे कुछ ही पीछे थी भरत की चतुरंगिनी सेना, जिसमें थे कैकय देश के ख़ास क़िस्म के 11,000 घोड़ों से सुसज्जित अश्वारोही सैनिक। इस दल में हाथी सिर्फ़ सामान ढोने के लिए उपयोग हो रहे थे, ताकि सैनिकों की गति प्रभावित नहीं हो पाए और लगभग 50,000 पैदल सैनिक थे।

यह विशाल सेना दो बड़े महारथियों के साथ आ रही थी। इस बात से अनभिज्ञ कि प्रथम पंक्ति ने आत्मसर्पण कर दिया है और सब युद्धबंदी हैं।

उधर, सीता को या आश्रम में किसी को कोई ख़बर भी नहीं थी। उन्हें लगा आर्यकुमार आखेट के लिए गए हैं, दो-चार दिन में लौट आएगे। बहुधा

होता भी यही था। आखेट करते-करते वन में कितनी दूर निकल गए, यह पता ही नहीं चलता था।

धीरे-धीरे अयोध्या की विशाल सेना वायनाड के उस पथरीले प्रदेश में प्रवेश कर रही थी। शाम हो रही थी। सेना ने लव-कुश के आश्रम से कुछ पहले एक खुले भू-भाग पर डेरा जमा लिया था। सुबह आगे गई टोही टुकड़ी वापस आ गई थी, कुछ विचलित-सी थी और दोनों राजकुमारों से तत्काल मिलना चाह रही थी। सेना के तम्बू लग चुके थे। थके सैनिकों के लिए खाने का प्रबंध हो रहा था। भरत और शत्रुघ्न अपने राजसी तम्बू में कुछ चितांतुर बैठे थे। शत्रुघ्न दोनों हाथ पीछे बांधे व्यग्रता से टहल रहे थे।

आगे अश्व के साथ गए कुमारों और सैनिकों के दल की कोई ख़बर नहीं थी। आसपास सभी जगह छोटी-छोटी टोही टुकड़ियां वापस आ गई थीं। सिर्फ़ एक टुकड़ी, जो दक्षिण दिशा में गई थी, वह वापस तो आ गई थी, लेकिन संदेह और कुछ अशुभ सोचकर तम्बू के बाहर हाथ बांधे खड़े थे। सूचना दी गई कि तत्काल मिलना है। जैसे ही वे राजकुमार के तम्बू में दाख़िल हुए, भरत ने लपककर उन्हें अंदर बुलाया और पूछा - 'क्या सूचना लाए सैनिक?' अब उनका प्रधान आगे बढ़ा और सिर झुकाकर सबसे पहले उसने अभय मांगा। दोनों भाइयों को कुछ अनिष्ट होने की संभावना ने घेर लिया था। 'वीरकेतु, क्या ख़बर लाए हो? तत्काल बताओ।'

'राजन! ख़बर अच्छी नहीं है।'

'जैसी भी है, पूरी बात बताओ।'

'राजन! यहां से कुछ 20-25 योजन आगे एक संकरे-से रास्ते से गुज़रकर जब हम वहां पहुंचे तो वहां भीषण संग्राम के चिह्न मिले। सब तरफ़ टूटे बाण और तलवारें पड़ी थीं। दोनों कुमारों और सारथी सुमंत का रथ भी टूटा मिला।'

'फिर कुमार कहां पर हैं, क्या घायल हैं या...'

'पता नहीं राजन! उनके कुछ वस्त्र वहां ज़रूर मिले, किंतु उनका कुछ पता नहीं।'

'कौन हो सकता है, इस वन में हमारा शत्रु? भैया, यहां तो कोई बड़ा राजवंश भी नहीं है।'

'हो सकता है कुछ असुर या राक्षस बचे गए हों और इस वन में विचरण करते हों या कोई गंधर्व भी तो हो सकते हैं।'

शत्रु अनजान है और कुछ पता भी नहीं चल रहा। एक अज्ञात आशंका से दोनों भाइयों में भय व्याप्त हो गया। हमारे कुमारों का क्या हुआ, चारों भाई इतने तो असमर्थ नहीं थे कि किसी सेना को एक दिन भी नहीं रोक पाएं। या तो कोई मायावी लोग हैं या कोई दुष्ट।

अब कल सुबह ही पता चलेगा।

'सेनापति! सेना को सुबह शीघ्र कूच के लिए तैयार करो।'

'राजन! एक बात और, आगे का मार्ग पथरीला और घुमावदार है तथा बेहद संकरा भी, तो बेहतर होगा कि हम अश्वारोही सेना और पैदल दल के साथ ही चलें, हाथियों और रथों को पीछे ही रखें। जैसे-जैसे रास्ता बनता जाएगा, वैसे-वैसे हम उन्हें लेकर आगे बढ़ते जाएंगे।'

अभी भी एक अनजान भय दोनों भाइयों के चेहरे पर साफ़ दिख रहा था। आश्चर्य तो यह था कि टूटे रथ और कुछ अश्व के शवों के अलावा युद्ध स्थल पर किसी भी सैनिक या कुमारों के शव नहीं थे। क्या उन्हें ज़िंदा पकड़ लिया गया या फिर उनकी बलि दे दी गई? कुछ भी अनुमान लगाना व्यर्थ था।

सभी व्यग्रता से सुबह होने की प्रतीक्षा कर रहे थे। हां, भरत ने एक अश्व सवार को पीछे आ रहे लक्ष्मण और राम को सूचना देने के तौर पर भेज दिया था कि आगे रण हो रहा है, तो सावधान रहें और शीघ्रता से पहुंचें। अविलंब सूचना जारी कर दी गई थी।

शत्रु अनजान था। ना उसकी संख्या का पता था, ना ताक़त का। फिर भी युद्ध से तो अब पीछे जाया नहीं जा सकता। रघुकुल की मान-मर्यादा का प्रश्न था। अब कितने बलिदान होंगे, किसी को नहीं पता।

पर शत्रु भी कुछ कम सतर्क नहीं था। सारी सूचनाएं हर घड़ी की उन कंदराओं तक पहुंच रही थीं, जहां अस्थायी सैनिक शिविर था और युद्ध बंदियों को रखा गया था।

दरअसल, एक भयंकर भूल अयोध्या की सेना से हो चुकी थी। दुर्गम पहाड़ी क्षेत्र से पहले कबिनी नदी का एक सूखा भू-भाग था। बारिश के दिनों में नदी का प्रसार वहां तक हो जाता था, जिसे इस आश्रम ने बड़ी

कुशलता से नहरों में और छोटे-छोटे मिट्टी के बांधों से निर्देशित कर रखा था। संभवतः यह लव-कुश की सेना का एक प्रयोग भी था। उन्हें पता था आने वाली सेना विशाल एवं अनुशासित होगी और साथ में बहुत सारी रसद सामग्री भी होगी। तो उन्हें रुकने के लिए इससे उपयुक्त कोई स्थान दूसरा मिलने वाला नहीं था।

पूरे युद्धस्थल को बहुत ही सूझबूझ के साथ चुना गया था। और सेना पर नज़र रखने वाले वनवासी सैनिकों ने बताया कि सेना अब विश्राम में चली गई है। सेना में वैसे भी इस अनजान शत्रु के बारे में बहुत-सी बातें हो रही थीं।

उधर, सीता तक भी यह सूचना पहुंच गई थी कोई बड़ी सेना इस भू-भाग में आ रही है और अग्रिम मोर्चे पर दोनों भाइयों ने अपने वीर वनवासी सैनिकों के साथ घेराबंदी कर रखी है। मार्गदर्शन के लिए परशुराम के प्रिय शिष्य और कार्तिकेय थे, जो पृष्ठभूमि में नहीं थे, लेकिन उनका महत्त्व बहुत था।

राजकुमारों को रातभर नींद नहीं आई थी। बेचैनी से अपने शिविर के बाहर टहल रहे थे। मशालों का प्रकाश अब मध्यम हो रहा था। यह एक अर्द्धचंद्राकार स्थल, जो तीन तरफ़ से ऊंचे-ऊंचे पहाड़ों से घिरा हुआ था और सामने दो पहाड़ों के बीच के संकरे रास्ते से कल सेना को गुज़रना था।

लेकिन, युद्ध तो संभवतः परिस्थिति नहीं देखता। वह तो वीरों को देखता है। अचानक भरत को लगा कहीं पास से तेज पानी बहने की आवाज आ रही है। कोई बड़ा प्रपात होगा, जिसकी ध्वनि रात होने के कारण सुनाई पड़ रही है। पर यह क्या... सारे अनुमान ग़लत साबित हुए और अचानक पूरा सैनिक शिविर क्षेत्र पानी के तेज़ बहाव में आ गया था। मानो किसी ने नदी का रुख़ ही इधर कर दिया हो। सैनिक जब तक संभल पाते, पूरा क्षेत्र कमर तक पानी में डूब गया। सारे शिविर तहस-नहस हो गए। आयुधों से भरे छकड़े पानी में डूब गए। हाथियों ने घबराकर पहाड़ों की तरफ़ रुख़ कर लिया और अस्त्रबल डूब जाने से सभी अस्त्र दलदली क्षेत्र में फंस गए थे। शिविर पानी के तेज़ बहाव में बह गए। सैनिक असहाय-से खड़े एक-दूसरे को ढांढस दे रहे थे। हथियारों का पता भी नहीं चल रहा था। पानी के वेग ने उन्हें भूमि में दबा दिया था।

दरअसल, बहुत चतुराई से आश्रम वालों ने वर्षा से पूर्व ही कावेरी की धाराओं को बांध लिया था और कई छोटी-छोटी नहरों की चरणबद्ध श्रृंखलाएं थीं, जिन पर बहुत कुशलता से मिट्टी के बांध बना रखे थे, जो उस भू-भाग से निकलती थी और जिस क्षेत्र में कल अयोध्या के सैनिकों ने शिविर लगाए थे, उन्हें सपने में भी उम्मीद नहीं थी कि कुछ ऐसा भी हो सकता है। इन दोनों वीर बालकों की वनसेना ने सुबह होने से पूर्व उन बांधों को तोड़ दिया था और सारा पानी सैन्य शिविर को नष्ट करता हुआ बह गया था। परिणामस्वरूप वह पूरा क्षेत्र एक सपाट मैदान ना होकर अब दलदल में बदल गया और अयोध्या के राजकुमारों की चतुरंगिनी सेना इस भंवर में फंस गई। असहाय खड़े सैनिक अपनी विवशता पर रो रहे थे। सूरज की पहली किरण जैसे ही भू-भाग पर पड़ी, लव-कुश के चेहरे पर एक गहरी मुस्कान कौंध गई। उनका प्रथम चरण सफल हो गया था।

अब बारी थी शत्रु से दो-दो हाथ करने की।

उधर, दोनों भाई भरत और शत्रुघ्न अपने-अपने अस्त्र-शस्त्र संभालकर सावधान हो गए थे। सैनिक भी अपने आपको व्यवस्थित करने में लग गए।

तभी! वन में एक चेतावनी भरी आवाज़ ने सभी को चौंका दिया।

आवाज़ पहाड़ पर से आ रही थी। सामने एक ऊंची शिला पर दोनों भाई अपने धनुष लिए युद्ध को तत्पर दिख रहे थे।

कुश ने हाथ ऊपर उठाकर संबोधित किया - 'हे राजपुत्रों! रघुवंश के गौरव।'

'इस सुनिश्चित वन क्षेत्र में यूं सेना लेकर आने का आप लोगों का क्या तात्पर्य है? विस्तार से कहें। यह क्षेत्र आपके विशेष अधिकार क्षेत्र में भी नहीं आता तो फिर किसलिए हम वनवासियों को परेशान किया जा रहा है?'

शत्रुघ्न ने देखा तो एक पल के लिए लगा जैसे प्रभु राम सामने खड़े हों! वही मनभावन रूप, वही शारीरिक गठन, वही विश्वास। 'भैया, दोनों को देखकर आपको नहीं लगता कि इनसे हमारा कोई परिचय है?'

'नहीं।' भरत को अब क्रोध आ रहा था। 'तुम संभवतः यह जानते नहीं दुष्ट बालकों, तुम किससे बात कर रहे हो? मैं अयोध्या नरेश राम का भाई हूं और तुम्हारी इस धृष्टता के कारण तुम्हें मृत्युदंड भी दे सकता हूं।

अयोध्या के दोनों वीर राजकुमारों को हमारा चरण वंदन, लेकिन वीरों से बात करने का यह कोई मार्ग नहीं आर्य। हमने आपसे पूछा था कि आप इस तरह से इस सुरक्षित वन में, यहां पर युद्ध वर्जित है। इस स्थान पर इतनी बड़ी सेना लेकर आने का कारण तो बताइए।'

'अरे तुच्छ बालकों, हमारे मुंह नहीं लगो। और ये गाल बजाना बंद करो।'

'तो बिना कारण बताए आप यहां से तनिक भी आगे नहीं बढ़ पाएंगे राजपुरुषों। और रहा सवाल शूरवीरता का, तो पहले अपनी विशाल सेना की तरफ़ एक दृष्टि तो डालिए, क्या ये युद्ध लड़ भी पाएगी।'

'युद्ध!'

'तात्पर्य तुम हम रघुवंशियों को युद्ध के लिए ललकार रहे हो। संभवतः तुम्हें भान नहीं या तुम्हें किसी ने रघुवंश के बारे में ठीक से बताया नहीं।'

'यदि कारण भी नहीं बताना और यूं अस्त्र-शस्त्र लेकर वीर बनना रघुवंशियों को शोभा देता है तो और बात। अन्यथा बिना बताए तो हम आपको आगे जाने नहीं दे सकते।'

'तो क्या तुम सिर्फ़ दो लोग हमसे और हमारी इस विश्वविजेता सेना से युद्ध करने की ग़लती करोगे! बालकों, अभी भी समय है, अपने तीर-कमान रख दो और यूं हमें नहीं ललकारो। तुम्हारे लिए तो हमारी सेना का कोई भी वीर काफ़ी है।'

'सैनिकों! इन दोनों बालकों को पकड़कर लाओ, आज इन्हें दंड दिए बिना काम नहीं चलेगा।'

'राजन! बड़े वीर हो आप, कैसे क्षत्रिय हो, अपने युद्ध को इन निरपराध सैनिकों पर थोप रहे हो। क्या यही रघुकुल की रीत है?'

हे वीर राजन और उनकी सेना, सुनो -

'हम दोनों आप सभी को चेतावनी दे रहे हैं और बचकर जाने का अवसर भी। बिना बताए हमारे क्षेत्र में घुसने के अपराध में हम तुम्हें सीधे युद्ध के लिए ललकार रहे हैं। या तो अपने आने का तात्पर्य स्पष्ट कीजिए, नहीं तो भगवान शिव की सौगंध, तुम सभी का भी वही हाल करेंगे, जो कल किया था। बेचारे।'

'क्या किया तुम लोगों ने उनके साथ?' भरत ने बड़ी व्याकुलता से पूछा।

'क्या किया जा सकता है एक युद्ध के लिए तत्पर योद्धा के साथ!'

भरत ने अब थोड़ा संयम से काम लेने की सोची, क्योंकि उन्हें चिंता कुमारों की थी। एक अज्ञात भय भी था कि कहीं युद्ध में कुछ हो तो नहीं गया। दूसरा, अभी यह भी स्पष्ट नहीं था कि शत्रु आख़िर है कौन। क्या परशुराम के अनुयायी तो नहीं ये लोग, क्योंकि यह क्षेत्र तो उन्हीं का है। सामान्यतः आर्य यहां आने का दुस्साहस नहीं करते। उनकी मनःस्थिति तमाम शंका और कुशंका के बीच थी।

भरत ने कहा - 'हमें तुम लोगों से कोई बैर नहीं, ना ही हम व्यर्थ तुमसे युद्ध करना चाहते हैं। हम अपने यज्ञ के अश्व के पीछे थे, तुम्हें भी ज्ञात होगा कि यज्ञ के अश्व को रोकने का तात्पर्य युद्ध है।'

'तो फिर युद्ध कीजिए ना वीर राजन!'

'हमने ही आपके यज्ञ के अश्व को बांध लिया है। वह हमें पसंद आया और बिना सवार के था, इसलिए उसे हमने अपने लिए रख लिया। अब चाहे उसके लिए हमें युद्ध ही क्यों नहीं करना पड़े।'

फिर हंसकर लव ने कहा -

'भरत शिरोमणि! क्या हम दो भाइयों से युद्ध के लिए आप पूरी सेना के साथ लड़ेंगे! हम तो वैसे भी वनवासी ऋषि कुमार हैं और आप पूरी सेना के साथ। तो बताइए कि एक साथ युद्ध करना चाहेंगे या द्वंद्वयुद्ध करना पसंद करेंगे?'

क्रोध अब शत्रुघ्न के सिर तक चढ़ गया था।

उन्होंने धनुष को ऊपर करके प्रत्यंचा को ज़ोर से खींचकर छोड़ा, जिससे बहुत ज़ोर की ध्वनि हुई। पेड़ों पर बैठे पक्षी कलरव कर उड़ने लगे।

लेकिन, लव कहां कोई अवसर हाथ से जाने देना चाह रहे थे।

'हे वीर श्रेष्ठ! क्या सिर्फ़ पक्षियों को उड़ाने के लिए अयोध्या के वीर धनुष संधान करते हैं, क्या आपके तरकश में कोई बाण भी है?'

अब क्रोध से लाल हो रहे शत्रुघ्न ने बाण संधान किया, 'तो ठीक है। युद्ध ही सही। अब हम तुम्हारी आयु का लिहाज भी नहीं रखेंगे। दंड दिया

जाएगा अयोध्या के ध्वज को ललकारने का।' और उन्होंने लव को लक्ष्य कर धनुष से बाण छोड़ा।

पर यह क्या!

बाण धनुष से छूट भी नहीं पाया था कि कुश के अचूक निशाने ने उसे कमान सहित चीर डाला। शत्रुघ्न और भरत धनुर्धर के अचूक निशाने के कायल हो गए। 'तो फिर बातें मत करो और युद्ध करो।'

'वही तो कर रहे हैं, किंतु हमारे मुक़ाबले के लिए आपकी सेना में कोई धनुर्धारी नहीं है क्या, जो हमारे बाणों का प्रतिकार कर सके?'

अब भरत ने समय व्यर्थ नहीं गंवाते हुए बची सेना को एकत्रित करने की आज्ञा दी – 'जाओ और इन बालकों को जीवित पकड़कर लाओ।' तत्काल लगभग एक हज़ार धनुर्धारी सैनिकों ने धनुष पर बाण चढ़ाकर चेतावनी दी – 'अभी भी समय है, अपने हथियार डाल दो और राजा की शरण में आ जाओ।'

'हम वीर क्षत्रिय हैं। बिना युद्ध के हथियार नहीं डाल सकते। तुम सभी चाहो तो एक साथ युद्ध कर सकते हो।'

पीछे की पंक्ति ने शंख बजाकर युद्ध का श्रीगणेश किया। अयोध्या के सैनिक अग्रिम पंक्ति के सैनिकों ने अपनी बड़ी-बड़ी लकड़ी की ढालों से एक दीवार-सी बना ली, ताकि उधर से आने वाले बाणों से बचा जा सके। पीछे वाले धनुर्धारी सैनिकों ने कमान खींचकर बाण चला दिए। एक साथ इतने बाणों से मानो आसमान ही ढंक गया।

कुश और लव ने इतनी बड़ी सेना से लड़ने के लिए दिव्यास्त्रों का सहारा लेना उचित समझा।

पलभर में ही उन सब बाणों को सहस्र नामक बाण से काट डाला। दूसरे ही पल लव ने नाग अस्त्र प्रयोग में ले लिया। सैनिकों पर मानो हज़ारों सर्पों ने एक साथ हमला कर दिया। आसमान से बाणों की जगह सर्प बरस रहे थे। बड़े-बड़े काले नाग। सैनिकों में भगदड़ मच गई। उधर, भरत को भी दिव्यास्त्रों का ज्ञान था और शत्रुघ्न को भी। उन्होंने अपनी सेना को भयभीत और इस अस्त्र का प्रयोग देखा तो वे समझ गए युद्ध किसी समझदार और ज्ञानी धनुर्धारी से हो रहा है। उन्होंने तत्काल गरुड़ अस्त्र का प्रयोग कर सभी सर्पों को नष्ट कर दिया।

तब तक लव ने वायव्य अस्त्र का संधान किया और पूरे क्षेत्र में बड़े-बड़े बवंडर उठने लगे, जिनमें बचे-खुचे रथ, हाथी, घोड़े बिखर गए। सैनिक तो इस तरह के शस्त्रों के बारे में सुना ही करते थे, वे घबराकर पीछे हट गए।

'हां, अब ठीक है राजन।'

'हम भी दो हैं और आप भी दो, तो आमने-सामने का युद्ध ही विकल्प है।'

अब युद्ध दो भाइयों का दो बालक भाइयों से शुरू हो गया।

शत्रुघ्न और भरत यह देखकर आश्चर्यचकित थे कि वे दोनों भाई इतने सिद्धहस्त हैं। कब तरकश तक उनका हाथ जाता था और कब वे बाण छोड़ देते, यह समझ पाना कठिन था, पर ये दोनों भी गुरु विश्वामित्र के शिष्य थे। प्रत्युत्तर भी उतनी ही तीव्रता से दे रहे थे।

एक बाण ने भरत के सिर के मुकुट को उड़ा दिया था तो दूसरे ने शत्रुघ्न के धनुष को काट दिया था। धीरे-धीरे युद्ध गति पकड़ रहा था। सारी सेना असहाय खड़ी यह सब देख रही थी। उनके अस्त्र-शस्त्र तो लव के बाणों की आंधी में उड़ चुके थे।

वन में छुपे इनके अनुयायियों या यूं कहिए परशुराम के अनुयायियों ने वन में भटक गए रथों, अश्वों और हाथियों पर क़ब्ज़ा करना शुरू कर दिया था। ये अनुयायी रक्षित और पोषित जनजाति थी, जो अपने विकराल रूप और चपलता के लिए जानी जाती थी।

अयोध्या की सेना चारों तरफ़ से घिर गई थी। अभी तो उन्हें इन दोनों भाइयों से ही फुरसत नहीं मिल पा रही थी। शत्रुघ्न अभी भी युद्ध कर रहे थे, पर लव भी कहां मानने वाले थे। उन्होंने एक साथ तीन बाण छोड़े, जिनमें से एक ने उनका रथ, दूसरे ने उनका धनुष और तीसरे ने उनकी पताका काट डाली थी। शत्रुघ्न अब धरती पर आ गए थे, लेकिन धरती पर रहकर युद्ध का अभ्यास संभवतः उन्हें कम ही था, इसलिए थोड़े अनमने-से हो गए थे।

यद्यपि अभी उन्होंने मैदान नहीं छोड़ा था। शीघ्रता से उठकर अब उन्होंने वह विकराल धनुष उठाया, जो उन्हें लवणासुर वध के उपरांत राम ने भेंट किया था। धातु और बांस के मिश्रण से बना बड़ा नायाब धनुष था कोदंड प्रकार का। उसे उठाकर पलभर में दोनों भाइयों को बाणों से ढंक

दिया। पर दोनों भाइयों ने उन्हें भी बड़ी सरलता से काट दिया था। तब शत्रुघ्न ने शक्ति हाथ में लेकर उसका प्रहार किया, पर यह क्या! शक्ति भी रास्ते में ही बेदम होकर दिशाभ्रमित हो गई। महादेव के कवच को उस शक्ति ने दूर से ही नमन किया और भूमिगत हो गई।

तभी पलक झपकते ही लव ने एक शुचिछिद्र बाण का प्रक्षेप किया, जो सफ़ाई से शत्रुघ्न के कमान पर चढ़े बाण को बीच में से चीरता और प्रत्यंचा को काटता हुआ धरती में धंस गया। यह देखकर शत्रुघ्न भी उनके बाण चलाने की कुशलता देखकर कह उठे - 'अनुपम हो तुम! शत-शत नमन तुम्हें और तुम्हारे गुरु दोनों को।'

अब युद्ध में कुछ बचा नहीं था। सैनिक चारों तरफ़ से घिर चुके थे और अयोध्या के दोनों कुमार उन दोनों भाइयों के निशाने पर थे। ज़रा-सी चूक और बाण आरपार हो सकता था। सेना ने आत्मसमर्पण कर दिया। इतनी विशाल सेना दोपहर होते-होते उन दोनों भाइयों के सामने घुटने टेक चुकी थी।

पूरी सेना मंत्रमुग्ध-सी उन भाइयों के युद्धकौशल और विष्णु की तरह बाण संधान करने की कला से अभिभूत थी। उन्होंने ऐसा प्रचंड योद्धा देखा नहीं था। उन्हें लगा अब सिर्फ़ राम ही हैं, जो इनसे पार पा सकते हैं।

सच में यदि यह युद्ध स्वयं परशुराम ने भी देखा होता तो वे इन बालकों के प्रचंड और अपराजित हस्तकौशल को देखकर अभिभूत हो जाते।

पूरा मलयखंड इन दोनों की जय-जयकार कर रहा था।

युद्धबंदियों को मलयखंड के उन चंदन के पेड़ों से सुगंधित वन की उन सात प्रमुख पहाड़ी चोटियों के बीच स्थित गुप्त शिविर तक लाया जाता था।

कोठरीनुमा कुछ कक्ष में लक्ष्मण व शत्रुघ्न के चारों पुत्र और एक बड़े-से प्रांगण में सैनिकों के लिए अस्थायी शिविर बना दिए गए थे।

चूंकि पूरा जंगल घना भी था और विभिन्न प्रकार के सर्पों से भी भरा पड़ा था। समुद्र तल से लगा हुआ भारत का यह पश्चिमी क्षेत्र चंदन के पेड़ों से आच्छादित है। दूसरे, जंगली जानवर भी बहुतायत में हैं। थोड़ा-सा ऊपर जाएं तो यह क्षेत्र किष्किंधा से जुड़ता है, जहां बाघों और हाथियों की बहुतायत है। इसीलिए सामान्य वर्ग उधर जाने का साहस नहीं कर पाता।

यह पूरा क्षेत्र, जो परशुराम ने अपने तप के प्रभाव से बनाया था, यहां पहले से रह रही वनजाति और ब्राह्मणों को दान दे दिया था। बाद में कुछ और जातियां जुड़ गईं। जब अनुसूया और सीता ने महिलाओं की जाग्रति का प्रसार किया, तब समस्त भारत से उन स्त्रियों को शरण दी गई, जो युद्ध में विधवा हो गई थीं और जीवन जीने के लिए उन्हें किसी न किसी का आश्रित रहना पड़ता और फिर उनके उत्पीड़न का शिकार भी होना ही पड़ता। तो यहां कई केंद्र बनाए गए थे, जो इन महिलाओं, बच्चों को स्वावलंबन की शिक्षा देता था। एक नया समाज, जो मातृशक्ति के लिए जाना जाने लगा था।

यहां समाज में महिलाओं का स्थान इतना ऊपर था कि उनका वंश उनके ही नाम से जाना जाता था। यह नई जाति थी वायु, पवन। मलय की भूमि होने से यहां रहने वाले मलयाली हो गए। मलय के पुत्र हो गए। यह नई जनजाति का गठन था, जो पवित्र थी। समाज के उन क़ानूनों को मान्यता देती थी, जो खुद परशुराम ने बनाए थे।

इन मलयवीरों ने ही इस युद्ध में लव-कुश का साथ दिया था, क्योंकि उनकी अपार श्रद्धा सीता मैया के प्रति थी। लोग उन्हें देवी का अवतार मानते थे। सही मायने में विष्णु के अवतार की हक़दार तो वे थीं, जिन्होंने जनचेतना जगाई। लोगों में जीवन का संचार पैदा किया। एक नए और सशक्त प्रदेश का निर्माण किया, जो किसी पर भी जीवन यापन के लिए निर्भर नहीं था। संभवतः इसीलिए लोग इस धरती को भगवान का घर कहने लगे थे। खुद भगवान की अपनी भूमि, अपने लोग। हर जगह प्रसन्नता और उल्लास था। वर्षा की अधिकता थी। खेतों में मसालों और दूसरी औषधियों का भंडार था। प्रकृति ने यहां हर वह वस्तु दी थी, जो एक मानव को चाहिए।

तो मलय की धरती पर मलय पुत्रों के अधिकार में अयोध्या की आधी से ज़्यादा सेना थी। अब यह सूचना सीता तक पहुंची कि नीचे घाटी में घनघोर युद्ध छिड़ गया है। हज़ारों की संख्या में सैनिक आ रहे हैं, लेकिन सिर्फ़ दो वीर बालकों ने ना सिर्फ़ उन्हें अपने कौशल से पराजित किया, बल्कि बिना किसी व्यक्तिगत क्षति के उन्हें अपने अधीन भी कर लिया था। स्वयं देवता और गंधर्व इस बात के गवाह थे।

सीता ने तत्काल शिविर जाकर पूरी स्थिति पता करने की सोची। जब वे शिविर में पहुंचीं तो वहां की हालत देखकर उन्हें लगा इतने सारे

योद्धाओं को अपने शरणागत कर लिया गया था। अब सीता को स्मरण हुआ भगवान शिव का आना और एक बड़े युद्ध के लिए सबको तैयार करने का मुख्य कारण यह था। वह इस संभावित युद्ध की बात कर रहे थे। तो क्या लव-कुश ने पूरी अयोध्या की सेना को अकेले ही परास्त कर दिया था!

सीता को सहसा विश्वास नहीं हुआ, क्योंकि राम और लक्ष्मण का पराक्रम उनसे अधिक कौन जान सकता था।

सीता ने युद्धबंदियों से मिलना चाहा। तत्काल एक मलय सैनिक सीता को उन कक्षों की तरफ़ ले गया, जहां कुमार बंद थे।

तभी दोनों भाई भी वहां आ गए। 'देखा मां! पूरी अयोध्या की सेना को आज हमने आपके सामने विवश कर दिया।'

सीता ने ठीक से पूरा शिविर घूमा, अपने हाथों से बना खाना अपने पुत्रों और राजबंदियों को भी खिलाया।

चूंकि इनमें से किसी ने भी सीता को इस दशा में नहीं देखा था। सीता जबसे अयोध्या से निकली थीं, उन्होंने फिर कभी केश विन्यास नहीं किया था। वे एक स्वतंत्र और स्वावलंबी स्त्री थीं पर बेहद सख़्त भी थीं।

अयोध्या के राजमहल में सीता पूरी तरह से तैयार ही रहती थीं। पूरे 16 श्रंगार में। युवराज की पत्नी जो थीं और युवराज भी वह, जिसे अयोध्या की जनता सबसे अधिक चाहती थी। तो सिर्फ़ राम के अलावा कोई भी सीता को पहचान नहीं सकता था। चूंकि सीता के पास वह लेप था, जो सती अनुसूया ने उन्हें दिया था, जिसके नित-दिन उपयोग से सीता अभी भी वैसी ही थीं, जैसी प्रथम राम के साथ वन में निकली थीं।

उनका सौंदर्य जैसे उनकी युवावस्था में रुक गया था।

वही तेज, वही सारगर्भित भाषा की मिठास और ज्ञान तो अब कई गुना बढ़ गया था।

जब वह अपने पुत्रों और सैनिकों के साथ भोजन कर रही थीं तो दूर बैठे सारे राजवंशी सीता से इतने प्रभावित हो रहे थे कि उन्हें लग रहा था जगदंबा माता स्वयं धरती पर उतर आई हों। पर जब उन्होंने भोजन किया तो भरत को अनायास सीता का ख़याल आया। उन्होंने अपनी बात शत्रुघ्न से कही -

'खाना खाकर मुझे तो लगा जैसे सीता मैया खुद जैसा खाना हमें अयोध्या में खिलाती थीं, वही स्वाद, वही मिठास और वही स्नेह। आज भाभी होतीं तो?'

पता नहीं क्यों बार-बार दोनों राजकुमार सीता की ओर अजीब-से आकर्षण से खिंचे चले जा रहे थे। मानो उनकी मां स्वयं उनके बीच आ गई हों। शत्रुघ्न ने कहा - 'हम आपकी अम्मा देवी से फिर मिलना चाहेंगे।'

'अवश्य, मैं उनसे निवेदन कर देता हूं।'

सैनिक ने उनकी बात सीता को बताई।

सीता ने उन्हें बुलाया। सभी को, चारों राजकुमारों और शत्रुघ्न व भरत को भी। अपने समीप बैठाकर नारियल का ताज़ा पानी उन्हें दिया।

'कुमार! आप लोग लंबा सफ़र तय करके आए हैं, पर यहां निश्चिंत रहें। यहां आपको कोई भय नहीं, ये मेरे पुत्र वीर और साहसी अवश्य हैं, पर असभ्य कदापि नहीं। मेरे पुत्रों ने आपके यज्ञ के अश्व को बांध तो लिया, यह बिना जाने कि इसका परिणाम युद्ध होगा और वह भी प्रतापी रघुवंशी राजाओं से।'

'तो हे पुत्र! तुम लोग तो राजा हो, प्रतापी हो, इन बालकों से जो अपराध हो गया है, उसके लिए क्षमा करें इन्हें। नादान बालक समझकर इन्हें क्षमा करें। ये आप लोगों से कोई अभद्रता नहीं करेंगे। चूंकि ये भी सूर्यवंशी क्षत्रिय हैं, तो जो इन्होंने ठान लिया है, उसके लिए तो मैं भी इनसे कुछ नहीं कह सकती। यह उनका अधिकार है, कर्त्तव्य है, संभवतः अभी आपकी बहुत सारी सेना और आती होगी। तो उनके स्वागत की तैयारी करने के लिए मुझे जाना पड़ेगा।'

'माता! क्या हम पहले मिल चुके हैं, क्योंकि हमें लगता है हमारा आपसे कोई रिश्ता ज़रूर है।'

'धरती पर प्रत्येक मानव का एक-दूसरे से रिश्ता तो है, मानवता का तो है ही।' फिर सीता उन्हें उलझन में छोड़कर अपने पुत्रों के पास चली गईं और ये कुमार अभी भी ठगे-से बैठे, सीता के वचनों को याद करते रहे।

मलयवासियों ने बहुत अच्छी व्यवस्था कर रखी थी। खाने-पीने, सोने, औषधि आदि का भरपूर इंतज़ाम था। बस, चारों तरफ़ पहरा काफ़ी कड़ा था। साथ ही सभी को हिदायत भी थी, शिविर से बाहर जाने की कोशिश

भी मत करना। चारों तरफ़ सर्प बिखरे पड़े हैं और बहुत घातक विष से भरे हुए हैं। अयोध्या के सैनिकों ने इतना घना वन पहले कभी देखा नहीं था और सर्प भी इतने विशाल! तो किसी ने भी हिम्मत नहीं की कि शिविर की सीमारेखा से बाहर देखा भी जाए।

जानवरों के लिए जंगल में एक अलग व्यवस्था थी। पास के एक सूखे तालाब को उनके लिए सुरक्षित कर दिया गया था। उन्हें संभालने वाले सैनिकों को उनके साथ कर दिया गया था।

अयोध्या के सैनिक तो मानो जदयथा अम्मा और कुश व लव के गुणगान करने लगे। युद्ध में हारने के बाद तो उन्हें लगा था कि हमें बंदी बना लिया जाएगा। लेकिन, यहां तो सब इतने स्नेह से मिल रहे थे। स्वयं दोनों कुमार अपने हाथों से खाना खिला रहे थे। लव ज़रूर बीच-बीच में जाकर अपने नए अश्व से मिलकर आ रहे थे। एक संबंध बन गया था दोनों के बीच। अश्व ने भी अपने उत्तम सवार को पहचान लिया था।

अश्व के साथ लव को देख सीता लव के समीप पहुंचीं और कुश को भी बुलाया। 'देखो, तुम लोगों ने जो अश्व को बांध लिया है, वह साधारण अश्व नहीं है। यह अयोध्या के बड़े प्रतापी राजा का है, जिनके एक यज्ञ के समय तुम *रामायण* का पाठ करने गए थे। यह महाकाव्य अयोध्या के प्रतापी सम्राट राम के बारे है और उसका प्रसार तुमने यहां तक किया और अभी भी करते हो। वो महान पराक्रमी राजा राम, जो तुम्हारे इष्टदेव भी हैं, उनके यज्ञ का अश्व तुमने बांध रखा है।'

'तो क्या मां, आप मुझे डरा रही हैं कि जिन सम्राट राम ने महापराक्रमी विश्व विजेता रावण का वध किया था, अगर वे आएं तो यह अश्व हम उन्हें सौंप दें। आप यह क्या कह रही हैं माता? पर आप तो खुद यही कहती हैं कि हम सूर्यवंशी क्षत्रिय अगर किसी को शरण दे दें तो मरते दम तक पीछे नहीं हटते। तो फिर मां, आप हमें रण छोड़ देने की बात क्यों कह रही हैं?'

'नहीं पुत्र, मैं यह नहीं कह रही। चूंकि तुमने उनके भाइयों को बंदी बना लिया है तो संभवतः वह उन्हें मुक्त कराने को आते ही होंगे। हो सकता है तुम्हारा सामना यम समान लक्ष्मण से हो या संभवतः खुद प्रभु राम आएं। तो पुत्रों! निवेदन है कि इन दोनों भद्र पुरुषों से सम्मानजनक भाषा में ही

बात करना और जितना आदर तुम उस ग्रंथ को देते हो, उससे अधिक उन्हें देना। बाक़ी भगवान शिव का आशीर्वाद तुम्हारे साथ है। परंतु, मैं नहीं चाहती यह युद्ध, जो संभावित है, उसमें तुम विजय पाओ।'

सीता ने कहा - 'कभी-कभी पराजित होकर भी विजयी होने की तरह गौरव पाया जा सकता है। वे मर्यादा पुरुषोत्तम हैं तो उनकी मर्यादा का ख़याल रखना। अश्व पर तुम्हारा अधिकार है और यह तुमसे कोई नहीं छीन सकता। अश्व के लिए अब तुम्हें स्वयं शिव से भी युद्ध करना पड़े तो पीछे मत हटना, किंतु मेरी बात याद रखना, मर्यादा का कहीं उल्लंघन ना होने पाए, ना तो तुम दोनों से, ना तुम्हारे किसी सैनिक से। अब तुम आगामी युद्ध की तैयारी करो। अभी युद्ध के बादल छंटे नहीं हैं, और जब उन्हें पता चलेगा कि तुमने उनके भाई-बांधवों को क़ैद कर लिया है तो संभावित युद्ध भयंकर भी होगा। यह उनकी और मेरी प्रतिष्ठा का सवाल भी है।'

'माता! यह युद्ध तो हमने आरंभ किया, फिर आपकी प्रतिष्ठा?'

'तुम स्वयं समझ जाओगे पुत्र, जब रण में उतरोगे। युद्ध केवल युद्ध होता है, अपना विवेक व संयम साथ रखना। भगवान रुद्र तुम्हारी रक्षा करेंगे। हां, एक ख़ास बात, जब तक आवश्यक नहीं हो, दिव्यास्त्रों के उपयोग की अपनी ओर से पहल मत करना। उन दिव्यास्त्रों से अनिष्ट ही होता है। तो प्रयास करना, अपने सामर्थ्य से युद्ध करना, ना कि इन अस्त्रों से।'

सीता ने अब स्वयं व्यूह की रचना की। कौन किधर रहेगा, सेना के किस भाग को कहां रोका जाए, किस तरह शेष सेना को इन दोनों महारथियों से अलग किया जाए, कितनी दूरी तक उन्हें आने दिया जाए, ऐसी बहुत-सी युद्ध संबंधी योजनाओं पर सीता ने लव-कुश और मलय के सैनिकों के साथ गहन चर्चा की।

पूरी संभावित योजना को मूर्तरूप देकर सीता ने उन्हें आगाह भी किया, 'अब तुम्हें उस धनुष और तरकश की ज़रूरत पड़ेगी, जो तुम्हें कैलाश की यात्रा पर भगवान शंकर ने प्रदान किए थे। केवल एक बार के प्रयोग के लिए, जिनका उपयोग सिर्फ़ एक युद्ध के लिए ही हो सकता था। फिर वे वापस शिव के पास चले जाएंगे।'

'यदि भविष्य में पुनः हासिल करना हो तो दोबारा रुद्र से निवेदन करना पड़ेगा। ये कुछ विशेष परिस्थिति के लिए ही हैं। जो कवच है, वह

भी वापस जाएगा पुत्र, तो यह मान लो आगामी दिनों में होने वाला युद्ध तुम्हारे जीवन का सर्वश्रेष्ठ युद्ध होगा।' कहकर सीता अपने विश्राम के लिए चली गईं।

सेना अपनी तैयारी में जुट गई। चूंकि मलय सैनिक प्रशिक्षित नहीं थे, ना उन्हें युद्ध के नियमों का बहुत ज्ञान था। ना उनमें से किसी ने भी कोई जीवंत युद्ध में कभी भाग लिया था। पर सैनिकों ने आने के सारे रास्तों में बड़ी-बड़ी खाइयां बनाना प्रारंभ कर दी थीं, ताकि उनके रथों, हाथियों और घोड़ों को रोका जा सके।

पैदल सैनिकों के लिए समुद्र तट से मछुआरों के कई तरह के जाल बुलाए गए, जो पेड़ों के ऊपर गुप्त तरीक़े से लगाए गए थे। सैनिक नीचे बांधे रस्सी के सिरों से जैसे ही उलझेंगे, ये जाल अपने आप आकर उन्हें ढंक लेंगे और तत्काल मलय सैनिक पास की कंदराओं से निकलकर लकड़ी की मज़बूत भालेनुमा रचनाओं से उन्हें बांध देंगे। फिर आगे नदियों से जुड़े बांधों को तोड़कर सैनिकों को उसमें फांसकर रोका जाएगा। कई प्रकार की सूखी चंदन की लकड़ियों को काटकर रास्ते के दोनों तरफ़ इस तरह से जमाया जाने लगा कि आवश्यकता पड़ने पर उन्हें जलाकर सब तरफ़ धुआं कर-करके भ्रमित कर दिया जाए।

ऐसी कई तैयारी, जो अनोखे युद्ध के लिए थी, जहां एक सुगठित और सुसज्जित सेना का सामना वनवासियों के साथ हुआ। वह अपने स्थल पर बिना किसी रक्तपात के युद्ध जीतने का प्रयास भर था। आगे जो होने वाला था, वह भारत का ऐतिहासिक युद्ध होने वाला था, जो दोनों साधारण बालकों और एक सुसज्जित सेना के बीच होने जा रहा था।

पूरा मलय क्षेत्र और कई भूभाग इस युद्ध का आंखों देखा हाल जानने के लिए उत्सुक थे। इनके निवासी एकत्रित होना शुरू हो गए थे। जिन आराध्य देव की वे उपासना करते थे उन्हें साक्षात् देखने का अवसर कोई भी चूकना नहीं चाहता था। कई देवता भी उस वन में अपने-अपने विमान सहित पधार गए थे।

उधर, राम और लक्ष्मण का विजयी रथ मय सेना के चला आ रहा था। दंडकवन के मुहाने तक आते-आते जिन भी राजाओं ने इन विजयी वीरों का आधिपत्य स्वीकार कर लिया था, जब उनके नगरों से यह सेना गुज़री

तो जन-जन ने उनकी श्रुति गाई। नाना प्रकार से उनका स्वागत किया जा रहा था। सभी प्रदेशों के राजपथ इनके स्वागत में की गई पुष्पवर्षा से ढंक गए थे। साथ चल रही सेना अपने वीर और मर्यादा पुरुषोत्तम राम के चरणों में नतमस्तक थी। उनकी एक झलक पाने को दूर-दूर के ग्रामों से, नगरों से जनसमुदाय जुटकर उनका स्वागत कर रहे थे।

इस विजय यात्रा का बहुत बड़ा योगदान महर्षि वाल्मीकि और उनके शिष्यों को भी जाता था, जिन्होंने *रामायण* का पाठ कर-करके उन्हें एक प्रतिष्ठित व्यक्ति से, एक सम्राट से मर्यादा पुरुषोत्तम राम बना दिया था।

इनके शौर्य की प्रशंसा पूरे जगत में थी। राम ने उस युग में भगवान विष्णु-सी ख्याति पा ली थी। अभी तक आगे गई सेना के पराक्रम की ख़बरें बड़ी उत्साहवर्धक थीं। ज़्यादातर राज्यों ने राम की प्रभुता स्वीकार कर ली थी। कहीं से भी कोई बड़े संग्राम की ख़बर नहीं थी। एक लंबी और बड़ी यात्रा के कारण सेना अब थकने लगी थी।

सो राम ने सेना के विश्राम की आज्ञा दी। हालांकि लक्ष्मण चाहते थे वे शीघ्रातिशीघ्र अपने आगे भाइयों के पास पहुंच जाएं।

किष्किंधा की सेना भी उन्हें यहीं दंडकवन में मिलने वाली थी। हनुमान भी बहुत बेसब्री से राम का इंतज़ार कर रहे थे और मन ही मन बड़े प्रसन्न भी थे कि अयोध्या की सेना ठीक उसी दिशा में बढ़ रही थी, जिधर वे माता सीता से उनके दोनों पुत्रों के साथ मिलकर आए थे। जब सीता ने उन्हें अपना मुख्य उद्देश्य बताया तो वे भी सीता के सामने उनकी दूरदर्शिता के कायल हो गए थे। लेकिन, उन्हें सीता ने कुछ भी बताने के लिए मना कर दिया था। कहा था कि समय आने पर वे खुद उन्हें बताएंगी। कोई और ना बताए कि उनके दो वीर पुत्र हैं और वे भी महान पराक्रमी हैं। राम के पुत्र कहलाने के योग्य। उनके जैसे ही प्रतापी और न्यायप्रिय।

धीरे-धीरे अयोध्या की सेना ने दंडक वन के उस हिस्से में प्रवेश किया, जो सर्वथा उचित और वंदनीय था। इसके दो कारण थे, एक तो थे महर्षि श्रृंग ऋषि का तपस्थल था। दूसरा यह कि राम की बड़ी बहन शांता का घर भी था।

तो सेना धीरे-धीरे उस शांत क्षेत्र में प्रवेश कर आश्रम तक पहुंच गई। ऋषि को परेशानी नहीं हो, इसलिए राम ने अपनी सेना को दूर ही विश्राम

करने को कहा और खुद राजसी वस्त्र त्यागकर वल्कल धारण कर नंगे पैर ही ऋषि आश्रम में अपने अनुज लक्ष्मण के साथ पहुंचे। साथ में नाना प्रकार के उपहार थे, जो बड़ी बहन और ऋषि श्रेष्ठ के लिए थे।

वहां पहुंचकर राम ने पूजनीय ऋषि की विधिवत वंदना की।

बहन ने स्नेहशील अपने दोनों दिग्विजय भाइयों की आरती उतारी, फिर उन्हें योग्य आसन देकर अपने समीप बैठाया।

दोनों को ऐसे स्नेह कर रही थीं, मानो वे बालक हों। बहन की आंखों से आंसुओं की धारा बंद नहीं हो रही थी।

भोजन इत्यादि के बाद शांता ने उन्हें अपने पास ही सुलाया। बात-बात में उन्हें बताया भी कि वे दो शूरवीर पुत्रों के पिता भी हैं। पुत्र और सीता कहां हैं, यह उन्होंने नहीं बताया। कहा कि नियति अतिशीघ्र ही उन्हें उनसे मिलाएगी।

सुबह जब राम उठकर भगवान शिव की आराधना में लीन थे तो हनुमान मय दल-बल के पधार गए। राम के सिवाय उन्हें कोई नज़र नहीं आता था। वे अपलक राम को निहारते रहते थे। संभवतः ही दुनिया में कोई सेवक होगा, जो हनुमान जैसा हो। अनुज समान प्रिय थे हनुमान उन्हें। हनुमान ने उनसे उनके साथ चलने की आज्ञा मांगी।

राम बिना हनुमान और हनुमान बिना राम... कल्पना भी नहीं की जा सकती। हनुमान तो संकट के समय राम का साया बन जाते थे। जो भी संकट हो, पहले उसे हनुमान से निपटना आवश्यक था। तभी वह राम तक पहुंच सकता था।

हनुमान के दल के आने से राम की शक्ति कई गुना बढ़ गई थी, क्योंकि अब जो रास्ता उन्हें तय करना था, वह बिना हनुमान के साथ बड़ा विकट हो जाता। हनुमान और उनके दल को उस वन का चप्पा-चप्पा याद था। पर राम ने सुबह सबसे पहले अपने अनुज लक्ष्मण को बुलाने का आदेश दिया। फिर कहा कि आगे के सफ़र से पहले सर्वप्रथम यहां विराजित भगवान गणेश से विजय आशीर्वाद अवश्य ले लो।

यह नागवंशियों के क्षेत्र में पड़ता था, जहां एक समय परशुराम और गणेश भगवान के बीच भीषण युद्ध हुआ था, जिसमें परशुराम के फरसे के

प्रहार से उनका एक दांत टूट गया था। पार्वती के युद्धविराम के आह्वान से शिव के दो भक्तों के बीच युद्ध यहीं रोकना पड़ा। तब से उस अंधकारयुक्त जगह पर नागवंशी लोग अपने प्राकृतिक रूप में ही रहते आ रहे थे। वे बहुत ऊंचे पर्वतीय क्षेत्र में निवास करते थे, जिन्होंने सभ्य समाज को आज तक नहीं देखा था। उन्होंने ही अपने आराध्य देव गणेशजी को शिखर पर विराजित किया था। गणेशजी शिव का अनुसरण करते हैं। यह भूमि नागों द्वारा रक्षित भूमि थी।

मान्यताओं के आधार पर यह जगह छत्तीसगढ़ के दंतेवाड़ा के पास ढोलकिया में स्थित है, जहां अभी भी नागवंशी प्रजाति घने पर्वत वन की तलहटी में निवास करती है। उस दुर्गम जगह अभी भी जाना संभव नहीं है। हालांकि भगवान गणेश के एकदंती रूप में पर्वत पर विराजित मूर्ति के दर्शन लाभ लिए जा सकते हैं। युग बदले तो बहुत सारी भौगोलिक रचनाएं भी बदल गईं। पर्वत सम्राट हिमालय का क़द भी कभी विंध्याचल की पर्वत श्रंखलाओं जितना ऊंचा ही था। कालांतर में हिमालय की ऊंचाई बढ़ती गई और शिव तथा दुर्गम व पहुंच से दूर होते गए।

जो भी हो, यह विषय यहां दिशा बदलने का नहीं है। यहां से एक गुप्त रास्ता पाताललोक को भी जाता है, जिससे समुद्र देव कभी-कभी गणेश की श्रुति करने स्वयं आते हैं।

राम ने कहा - 'तो हे अनुज! तुम सर्वप्रथम वहां जाकर उनसे आशीर्वाद लो, तब तक मैं ऋषि की सेवा करता हूं। उनके तप से जागने का समय भी हो चला है।'

लक्ष्मण ने राम से आज्ञा लेकर उस पवित्र जगह के दर्शन किए और वहां पर नागों के राजा ने आकर लक्ष्मण का आदर-सत्कार किया। लक्ष्मण उन नागवंशियों से भी पूर्व जन्म में संबंध रखते थे। शेषनाग के अवतार के रूप में लक्ष्मण को मान्यता थी। तो नागवंशियों के साथ उस पर्वत शिखर पर जाकर लक्ष्मण ने आराध्य देव गणेश की श्रुति गाई। खुद भगवान गणेश ने प्रकट होकर उन्हें आशीर्वाद दिया और अपनी पदवी अतिशीघ्र ग्रहण करने का अपना मंतव्य भी सुनाया।

प्रसन्न मन से लक्ष्मण ने वहां से आज्ञा ली और तीव्रता से आश्रम की ओर चल दिए, ताकि विलंब नहीं हो।

आश्रम में ऋषि पधार चुके थे। अब सिर्फ़ लक्ष्मण का ही इंतज़ार हो रहा था। उनके आते ही सर्वप्रथम ऋषि की वंदना कर आगे के विजयपथ के लिए विनती कर दोनों भाइयों ने विदा ली।

सेना पहले से ही तैयार थी। अब पूरी सेना ने अश्व की दिशा में प्रयाण शुरू किया। आगे का रास्ता दुर्गम भी था और नगर इत्यादि भी बहुत कम थे। नदियों की अधिकता थी।

पूरी सेना शीघ्र ही अत्रि ऋषि के आश्रम पहुंची। सैनिक वहां से होते हुए उस दिशा में बढ़े, जिधर अश्व गया था। पूरे रास्ते में सूचनाओं का एक तंत्र बिछा हुआ था। आगे जाने वाली सेना अपने पीछे कुछ सैनिकों को छोड़ जाती थी, जो वन में अग्नि से धुआं पैदा करके आने वाली सेना के मार्ग दिखाते थे। इस तरह सेना अब उस क्षेत्र में प्रवेश कर रही थी, जो कबिनी नदी का क्षेत्र था। यह बहुत घने वन से घिरा था। यहां चंदन के पेड़ बहुतायत में थे और सर्प भी। पहाड़ी रास्ता होने से थोड़ा धीरे-धीरे चलना पड़ रहा था।

राम ने तब सबको बुलाकर कहा - 'हम अब पूजनीय परशुराम की धरती पर प्रवेश कर रहे हैं। अतः सभी को सूचित कर दो कि रास्ते में पड़ने वाले किसी भी ग्राम, नगर के किसी भी नागरिक को कोई कष्ट नहीं हो।'

जब सेना ने एक स्थान पर पड़ाव डाला तो तो संध्या को भरत के भेजे दल ने आकर उनसे भेंट की।

उन्हें विचलित देखकर राम ने अपने पास बुलाया।

'क्या बात है सैनिक, तुम लोग इतने घबराए हुए क्यों हो। आगे सब कुशल तो है ना?'

'नहीं महाराज! आगे की स्थिति जानने से पूर्व मुझे अभय दें।'

'आगे कहो।'

लक्ष्मण ने अधीर होकर कहा - 'आगे कुछ भी अच्छा नहीं है, हमारी आगे की सेना बुरी तरह परास्त हो गई है और छिन्न-भिन्न भी हो गई है।'

'हुआ क्या, थोड़ा विस्तार से बताओ सैनिक।' राम ने अपने स्वर की अधीरता को दबाते हुए कहा।

सैनिकों की आंखों में वह भयानक दृश्य घूम गया, जो उन्होंने देखा था। कैसे एक विशाल सेना घड़ी भर में ही बिखर गई थी।

सैनिकों ने विस्तार से पूरी बात बताई। लक्ष्मण बड़े ध्यान से सुन रहे थे। क्षत्रियों के जीवन में ऐसे किस्से आम हैं।

'हमें अभी तक यह नहीं पता कि दुश्मन कौन है और किस राजा का साहस, जिसने रघुवंशियों की सेना का अनादर किया।'

'भैया! मुझे आज्ञा दीजिए, मैं जाकर उस दुष्ट का अभी दलन करता हूं।'

'लक्ष्मण! यह समय धीरज का है। शत्रु निःसंदेह हमसे अधिक शक्तिशाली और संपन्न जान पड़ता है।'

पर लक्ष्मण का क्रोध अब चरम पर था। लक्ष्मण के दोनों पुत्र और दोनों भाई की सेना पराजित हो चुकी थी। तो क्या ये सब जीवित होंगे? यह सवाल उन्हें और व्याकुल कर रहा था।

दूसरे दिन की प्रतीक्षा भी लक्ष्मण से नहीं हो रही थी। आगे की स्थिति को भांपते हुए लक्ष्मण ने चुनिंदा अश्वारोहियों और पैदल सैनिकों के साथ कूच करने का निर्णय लिया और राम से आगे जाकर युद्ध करने की अनुमति मांग ली। हनुमान पूरा वाकया देखकर मंद-मंद मुस्करा रहे थे और बड़े मनोयोग से राम के चरण दबा रहे थे। राम से हनुमान की मुस्कराहट छिपी नहीं थी।

'क्या बात है पवनपुत्र? तुम मन ही मन ख़ुश हो रहे हो, जबकि स्थिति बड़ी चिंतनीय दिख रही है।'

'प्रभु! मैं तो आपका सेवक हूं। मैं तो भ्राता के उतावलेपन को देखकर मुस्करा रहा था। उन्हें युद्ध से कितना लगाव है, युद्ध की बात भर से उनकी भुजाएं फड़क उठती हैं।'

'वास्तव में होगा वही, जो ईश्वर ने सोच रखा है। हम तो निमित्त मात्र हैं। हमें भी कल प्रातः लक्ष्मण के साथ ही कूच कर देना चाहिए।'

'जैसी आपकी आज्ञा, प्रभु!'

'किंतु मेरे विचार से हमें एक दिन के अंतर से निकलना चाहिए। आगे लक्ष्मण सब संभाल ही लेंगे। लक्ष्मण से बड़ा वीर तो कोई है नहीं अभी इस

आर्यावर्त में। जिन्होंने खुद अपने हाथों से इंद्रजीत जैसे महारथी और विकट योद्धा को परास्त किया हो, उनके सामने किसका साहस?'

'फिर जैसी आप आज्ञा दें, प्रभु। आप कहें तो किष्किंधा से भी सेना बुलवा ली जाए।'

राम समझ गए थे वीर हनुमान के मन में ऐसा कुछ है, जो वह बताना नहीं चाहते, लेकिन आश्वस्त भी हैं कि आगे कोई बड़ा घातक संकट नहीं है। अन्यथा जितना युद्ध से प्रेम लक्ष्मण को है, उससे अधिक वीर हनुमान को है। और जो अष्ट सिद्धि और नौ निधि का ज्ञाता हो, उसे क्या बताया जाए। यह सोचकर राम विश्राम को चले गए।

परंतु, अयोध्या की जाने वाली सेना और जो बची सेना थी, वह बड़े असमंजस की स्थिति में थी। आगे वाली सेना की दुर्गति का समाचार उन्हें मिल गया था। इतने सारे वीरों का परास्त होना चिंता का विषय तो था ही।

राम ने जाते-जाते लक्ष्मण से कहा था - 'जितना संभव हो, दिव्यास्त्रों का प्रयोग नहीं करना। नहीं तो इस क्षेत्र के अपने प्राकृतिक सौंदर्य और वनवासी प्रजातियों दोनों के लिए घातक सिद्ध होगा।'

लक्ष्मण भी सोच रहे थे - 'शत्रु आख़िर है कौन? कौन ऐसा वीर है, जो रघुवंश का पराक्रम सुनकर भी उससे युद्ध चाहता है।'

'क्या रावण का कोई वंशज तो नहीं, जो उस समय बच गया हो, या कहीं पाताललोक से तो कोई प्रकट नहीं हुआ?'

लक्ष्मण की सेना उनका अनुसरण कर रही थी। इस सेना में ज़्यादातर अश्वारोही सैनिक बहुत उत्तम दर्जे के धनुर्धारी और कृपाण आदि चलाने में सिद्धहस्त थे। घोड़ों पर सवारी करते हुए और बाण संधान करने की कला इस युग में बहुत विकसित हो चुकी थी।

कुछ आयुधों को रथों पर भी लादा गया था, जो विशाल थे और भारी भी। जिन्हें चलाने के लिए विशेष दल की आवश्यकता पड़ती थी।

बाक़ी एक बड़ी सेना राम के साथ रह गई थी, जो कि इनके पीछे-पीछे ही कूच कर गई थी। परंतु, उस सेना में पैदल सैनिक, आयुध, हाथी, घोड़े, बैलगाड़ी और रसद का सामान था, सो उनकी गति थोड़ी मंथर थी और रास्ता पर्वतीय होने के साथ वन युक्त भी था। राम के रथ के साथ-साथ हनुमान भी एक अश्व पर सवार थे। उन्होंने एक बड़ी-सी गदा संभाल

रखी थी, जिसके वज़न का अनुमान हनुमान के पुष्ट और मज़बूत कंधों की मांसपेशियों के दाब से ही स्पष्ट हो रहा था। यह विशाल गदा एक छाया की तरह हर क्षण उनके साथ रहती थी।

अयोध्या की यह पूरी विशाल सेना अब पीछे-पीछे चली जा रही थी। उस निर्णायक युद्ध के लिए, जो समूचे आर्यावर्त के इतिहास को ही बदल देने वाला था।

उधर, लव-कुश तक लक्ष्मण और राम की सेना की प्रत्येक गतिविधि की सूचना उनके मलय निवासी सैनिकों द्वारा पहुंचाई जा रही थी। ये लोग एक सामान्य नागरिक की तरह ही दिखते थे।

लक्ष्मण के लिए इस बार हालात थोड़े अलग थे। उन्होंने रास्ते में वन में समय-समय पर गूंज रही तरह-तरह की पक्षियों और जानवरों की भाषा का विश्लेषण कर लिया। अपने वनवासी जीवन में उन्होंने भी इस भाषा का उपयोग सीख लिया था। तो उन्होंने बड़े मनोयोग से पूरे वार्तालाप को सुना और समझ भी गए कि शत्रु की निगाहें उनकी सेना को देख रही हैं, जो उनके पल-पल की जानकारी आगे भेज रहे हैं। अब लक्ष्मण उस नदी के तलछट तक पहुंच गए थे, जहां उन्हें कई टूटे रथों के पहिए, ज़मीन में धंसे हुए मिलने शुरू हुए। सैनिक शिविरों के फटे हुए कपड़े, अस्त्र-शस्त्र सभी कुछ तो था। ऐसा लग रहा था, मानो सबको धरती निगल गई हो, क्योंकि किसी भी सैनिक का शव या हताहत होने के कोई प्रमाण नहीं थे।

लक्ष्मण अब सावधानी से आगे बढ़ रहे थे। उनके अश्वों की चाल मध्यम हो गई थी। सबसे आगे लक्ष्मण ही थे। उनके रथ को चार उत्तम अश्व खींच रहे थे। यह रथ भैया भरत ने गंधर्वों पर विजय और कैकय प्रदेश को पुनः अधिकार में लेने की उनकी खुशी में उन्हें उपहारस्वरूप दिया था। इसमें गंधर्व देश के उच्च्च क़िस्म के चार एकदम सफ़ेद अश्व जुते थे और राम के रथ में आठ अश्व थे। लक्ष्मण भूमि का परीक्षण भी बड़ी सूक्ष्मता से कर रहे थे। ज़मीन देखकर ऐसा लग रहा था, जैसे पानी का एक तेज़ बहाव आया हो और इन सबको बहा ले गया हो।

तो क्या यह दुश्मन की एक चाल थी!

तभी लक्ष्मण की निगाह दूर, बहुत ऊपर पेड़ पर फंसे जाल पर पड़ी। अच्छा, तो आक्रमण ऊपर और नीचे दोनों ओर से हुआ है। उन्होंने अपनी

सेना को सावधान किया और कई छोटी-छोटी टुकड़ियों में बांट दिया। 500 अश्व सैनिकों की टुकड़ियां, जो अब पंक्ति में ना चलकर एक सर्प की भांति स्थान बदलकर चल रही थीं। सैनिकों के कंधे से धनुष उतरकर हाथों में आ गए थे। वे एक हाथ से अश्व को साध रहे थे, दूसरे हाथ में धनुष व पीठ पर चमड़े की बनी हलकी, लेकिन मज़बूत ढालें टंगी थीं, ताकि अचानक पीछे से भी आक्रमण हो तो ज़्यादा क्षति नहीं पहुंचे। कुछ सैनिकों ने अपनी तलवारें म्यान से खींच ली थीं। कुछ परशु कंधे पर रखकर चल रहे थे। एक टुकड़ी परिधि और शूल-त्रिशूल लिए हुए थी।

अब सभी बेहद चौकन्ने थे। वन और घना होता जा रहा था व रास्ता संकरा। लेकिन, जंगल में एक विशेष महक थी, जो संभवतः चंदन की रही होगी।

लक्ष्मण ने फिर जंगल से होकर आती आवाज़ से समझ लिया कि अब वे शत्रु के निकट पहुंच रहे हैं। अब सैनिक दल एक छोटे-से मैदान में पहुंचा तो लक्ष्मण ने सभी को सावधान किया कि हम अब शत्रु के इलाक़े में हैं। अब युद्ध या किसी भी दिशा से भी बाणवर्षा हो सकती है। सैनिकों ने एक अर्द्धचंद्राकार आकृति बनाकर बढ़ना शुरू कर दिया था। सभी चौकन्ने थे और घने वन का सघन विश्लेषण कर रहे थे। थोड़ा और आगे बढ़े तो देखा, उस स्थान पर संघर्ष के ताज़ा निशान थे, कई अस्त्र-शस्त्र ज़मीन में गड़े थे। आगे लक्ष्मण की निगाह एक पेड़ पर पड़ी, जिसमें बाण आधे से ज़्यादा धंसा था। लक्ष्मण ने निरीक्षण किया और सामने उन पहाड़ों की तरफ़ देखा।

यानी शत्रु सेना किसी रथ या घोड़ों पर सवार नहीं है। वनवासियों की तरह पैदल है। लक्ष्मण ने एक टोली को आगे बढ़कर रास्ते के ऊपर जाने के लिए कहा। एक छोटा दस्ता आगे बढ़ा और उस रास्ते पर आगे बढ़ते हुए जैसे ही दोनों पहाड़ों के बीच पहुंचा, अचानक सभी सवारों के चीख़ने की आवाज़ आई। सारे सैनिक तीव्र गति से उनके पीछे भागे।

आगे का दृश्य बड़ा भयानक था। यहां एक ओर छोटा चौरस मैदान था, जिसमें हर तरफ़ अयोध्या के सैनिकों के अस्त्र-शस्त्र बिखरे पड़े थे। मानो बड़ा भयंकर युद्ध हुआ हो। किंतु आश्चर्य यह कि कहीं भी कोई शव नहीं था, बाणों के झुंड के झुंड पड़े थे। पताका कटी पड़ी थी, रथों के अवशेष थे, किंतु कोई घायल या रुधिर कहीं दिखाई नहीं दे रहा था।

लक्ष्मण को भी बहुत आश्चर्य था, यह कैसा युद्ध हुआ था! क्या रातोंरात सब अदृश्य हो गए। कहीं कोई मायावी शक्ति तो नहीं?

तभी लक्ष्मण के कान वन से आती एक ध्वनि पर अटक गए। बांस के धनुषों के खींचने से उत्पन्न स्वर, जैसे कोई धनुष पर बाण संधान किए जा रहे हों, पर एक नहीं, बहुत सारे।

लक्ष्मण ने तत्काल सैनिकों को चारों तरफ़ से सावधान रहने के लिए कहा -

'सावधान! शत्रु बाण संधान कर रहे हैं।' पर लक्ष्मण यह अच्छी तरह से जानते थे कि बांस के धनुष की एक मर्यादा होती है। वे एक निश्चित दूरी तक ही घातक वार कर सकते हैं। और इस मैदान में जब तक कोई सामने नहीं आता, वार व्यर्थ ही जाने वाला था।

फिर भी अयोध्या के सैनिक सावधान हो गए। सभी ने अपनी-अपनी ढालें अपने सामने बचाव की मुद्रा में पकड़ रखी थीं और सैनिक एक गोल घेरा बनाकर खड़े हो गए थे, ताकि हमला किसी भी दिशा से हो तो जवाब दिया जा सके।

तभी बहुत ज़ोर-ज़ोर से आवाज़ें आने लगीं, मानो बहुत सारे पत्थर पहाड़ी से नीचे आ रहे हों।

और हुआ भी यही। लक्ष्मण के जितने सैनिक इस मैदान में आ सकते थे, आ गए थे। बहुत सारे पीछे वाले मैदान में थे। बचे हुए और पीछे वाले नदी के तलछट वाले स्थान पर थे।

अचानक पहाड़ से आते पत्थर और पेड़ों के तनों ने दोनों मैदानों के बीच की संकरी गली को पूरी तरह से ढंक लिया था। अयोध्या के सैनिक अवाक् से इस पहले हमले से घबराकर लक्ष्मण की तरफ़ देख रहे थे। लक्ष्मण भी पसोपेश में थे। शत्रु का आभास वन में हो रहा था, किंतु घने पेड़ों और झाड़ियों के कारण कुछ भी दिख नहीं रहा था। बीच में फंसे सैनिक ज़ोर-ज़ोर से चिल्लाकर बता रहे थे, हम यहां फंस गए हैं। अज्ञात शत्रु का भय इतना था कि कई सैनिक तो अस्त्र-शस्त्र भी नहीं पकड़ पा रहे थे। पिछले दिनों सेना की हार के समाचार ने सैनिकों का मनोबल पहले ही तोड़ दिया था।

पर लक्ष्मण!

लक्ष्मण ने धनुष उठाया और पूरे वन को चेताया -

'कौन शत्रु है, सामने आकर युद्ध करो, अन्यथा मैं तत्काल इस वन को जला डालूंगा। मेरा मार्ग रोकने का दुस्साहस करने वाले कपटी, तू कौन है? मैं राम का अनुज, तुम सभी को चुनौती देता हूं, साहस हो और तुम में से कोई वीर है वो सामने आकर युद्ध करे। अन्यथा भगवान शिव की सौगंध, मैं सारे वन का नाश कर दूंगा।'

कहकर लक्ष्मण ने दो बाण चलाए। एक ने अवरुद्ध मार्ग के पत्थरों से टकराकर एक ज़ोर का विस्फोट किया और एक पल में सारी बड़ी-बड़ी शिलाएं तेज़ विस्फोट से धूल बन गईं। रास्ते खुल गए।

सैनिकों ने चैन की सांस ली। पर लक्ष्मण का पारा अब चढ़ गया था। मारे क्रोध के उनकी नाक तक लाल हो गई थी। बांहों की नसों में उबाल आ गया।

दूसरा एक भयंकर अग्निबाण जैसे ही उन्होंने धनुष पर चढ़ाया, बाण की आग से आसपास का जंगल जलने लगा, जानवर व्याकुल होकर भागने लगे। लक्ष्मण बाण छोड़ने ही वाले थे, तभी अचानक सामने पहाड़ पर शोर-सा हुआ। लक्ष्मण का ध्यान सामने वाली चट्टान पर गया तो एक बार उनकी आंखें धोखा खा गईं। अयोध्या के सभी सैनिकों का भी यही हाल था।

वही रूप, वही शरीर का अनुपात! हालांकि दोनों अभी अपने बाल स्वरूप में थे। बिलकुल वैसे ही, जैसे विश्वामित्रजी के साथ जब दोनों भाई वन आए थे। वैसा ही वल्कल धारण किए हुए थे, जैसा वनवास के समय राम और लक्ष्मण धारण करते थे। और धनुष पकड़ने का अंदाज़ भी ठीक वही।

एक पल को अवाक् लक्ष्मण ने अपना धनुष नीचे किया, किंतु अपनी तीखी निगाह दोनों कुमारों पर ही साध रखी थी।

'तुम दोनों कौन हो? और इस बियावान वन में हमारा मार्ग किसलिए रोक रहे हो? वैसे भी मैं सौमित्र, राम का अनुज लक्ष्मण, अयोध्या का राजकुमार तुम बालकों और विशेषकर ऋषि कुमारों से तो युद्ध करेगा नहीं, अतः अपना परिचय दो।'

'मैं लव हूं और ये मेरा भाई कुश है। हम इस मलयालय के वनरक्षक हैं। यह एक सुरक्षित वन क्षेत्र है। इसमें किसी भी तरह के सैनिक अभियान का आदेश नहीं है। कुछ दिन पूर्व एक सुंदर अश्व हमारे क्षेत्र में विचरण

कर रहा था, जिस पर कोई सवार नहीं था। हमें वह पसंद आ गया। अश्व स्वयं चलकर हमारे पास आया आर्यकुमार। हमने उसे बलपूर्वक नहीं पकड़ा।'

'फिर पीछे-पीछे चार कुमार हमारी आयु के, मय दल-बल के आ गए और हमसे हठ करके, सैनिकों का भय दिखाकर अश्व मांगने लगे। तब हमें पता चला कि यह किसी यज्ञ का अश्व है, जो अयोध्या के राजा राम ने छोड़ा था। नियमानुसार जो भी उस अश्व को रखना चाहे, उसे अयोध्या की सेना से युद्ध करना अनिवार्य है।'

'फिर क्या हुआ?' लक्ष्मण ने पूछा। वह भी अपने पुत्रों के बारे में जानना चाहते थे। 'क्या किया तुम दोनों ने उनके साथ?'

अब कुश ने हाथ ऊपर करके कहा -

'हम भी क्षत्रिय आर्यकुमार हैं और युद्धकला का हमने भी अभ्यास किया है। एक क्षत्रिय होने के नाते यदि कोई हमसे युद्ध करना चाहेगा तो हमें युद्ध तो करना पड़ेगा ना राजवीर। अब आप आर्य पुत्र और अयोध्या के राजकुमार, महान पराक्रमी योद्धा। संभवतः आप पूजनीय राजा राम के अनुज हैं। अब या तो हमसे युद्ध कर अपना अश्व वापस ले लें या हमें उपहारस्वरूप देकर अपने युद्धबंदियों को लेकर अयोध्या वापस चले जाएं। हम आश्वस्त करते हैं आपको सुरक्षित जाने देंगे। परंतु, अश्व नहीं लौटाएंगे।

'हमें विवश नहीं करो बालकों। संभवतः अभी तुम्हें मेरे बारे में पता नहीं है। फिर युद्ध बराबरी वालों से किया जाता है, तुम लोगों ने तो ठीक से युद्ध के वस्त्र भी धारण नहीं किए हैं। हो सकता है किसी कारण से तुमने कुछ छल करके मेरे वीर बालकों और भाइयों को पकड़ लिया हो। मुझसे याचना मत करो, तुम दोनों मेरे बाणों के वेग को भी नहीं संभाल पाओगे।'

'व्यर्थ के गाल बजाने तुम राजकुमारों को बहुत आते हैं। तभी तो अयोध्या की अधिसेना ने हमारे सामने आत्मसमर्पण कर दिया है। और हां वीर, हमें भी युद्ध के लिए मत ललकारो। हमें पराजय का स्वाद नहीं पता। यदि आप एक वीर हो तो युद्ध का आनंद भी तभी आएगा, जब योद्धा बराबरी के हों।'

अब अयोध्या के अश्वदल के नायक ने आगे बढ़कर कहा - 'अबोध बालकों! संभवतः तुम्हें पता नहीं, किससे बात कर रहे हो? यदि अपने प्राण की रक्षा चाहते हो तो अस्त्र-शस्त्र रखकर क्षमा मांग लो, तुम्हारे प्राणों की

रक्षा हो जाएगी। वैसे तो तुम बालकों से युद्ध करने के लिए मैं ही पर्याप्त हूं।'

कहकर अश्वदल नायक ने अपना धनुष कंधे से उतारा और बाण चढ़ाकर जैसे ही दोनों की तरफ़ देखकर प्रत्यंचा खींची...

'मूर्ख सैनिक!' लव ने क्रोध में कहा। लक्ष्मण ने देखा कि बिजली की गति से लव ने धनुष अपने पुष्ट कंधे से उतारा और पलभर के अंतर से बाण संधान कर चला भी दिया, जो तीव्र गति से लक्ष्मण के कानों के पास से होता हुआ पीछे धनुष संधान किए अश्वदल नायक के बाण और धनुष को काटता हुआ धरती में तीन चौथाई तक धंस गया।

'तो फिर युद्ध आप करेंगे या आपकी सारी सेना भी लड़ेगी?'

'तुमसे युद्ध करने के लिए तो मैं ही काफ़ी हूं।'

लक्ष्मण ने सेना को अस्त्र-शस्त्र नीचे करने का इशारा किया। अयोध्या के सभी सैनिकों ने तत्काल अपने अस्त्र नीचे कर लिए।

तभी पर्वत श्रंखलाओं के ऊपर हज़ारों धनुष चारों तरफ़ से दिखने लगे। लक्ष्मण ने देखा उन्हें चारों तरफ़ से वन में छुपे सैनिकों ने घेर रखा था। ये सैनिक कम आदिवासी अधिक दिख रहे थे। उनके निशाने पर अयोध्या के सैनिक थे। थोड़ी भी चूक बहुत बड़ी हानि कर सकती थी।

'अच्छा, तो तुम अकेले नहीं हो, तुम्हारे साथ तुम्हारी वनवासी सेना भी है।' लक्ष्मण ने ध्यान से उनके बांस से बने धनुषों को देखते हुए कहा।

हालांकि इतने सैनिकों का भय उन्हें कदापि नहीं था, लेकिन सैनिक अवश्य सहम गए थे - अपने आपको चारों तरफ़ से घिरा देखकर। युद्ध आसान नहीं होने वाला था।

'ठीक है, यदि तुम्हें मेरी आज्ञा भी नहीं माननी तो फिर युद्ध के लिए तैयार हो जाओ।'

लव ने फिर अपना धनुष ऊपर करके अपने सैनिकों को संबोधित किया - 'कोई भी तब तक अस्त्र-शस्त्र का उपयोग नहीं करेगा, जब तक प्रतिद्वंद्वी सैनिक अस्त्र-शस्त्र नहीं उठाएं। फिर प्रतीक्षा किस बात की राजन! युद्ध आपने मांगा है तो आरंभ भी आप ही कीजिए।'

लक्ष्मण का सारा ध्यान अब उन दोनों पर ही केंद्रित था। ध्यान से उनका निरीक्षण करने पर पाया कि जो धनुष वे धारण किए हैं, वह साधारण

नहीं। एक मिश्रित धातु, सींग और लचीली बांहों के आकार का धनुष, जो लगभग दोनों की ऊंचाई जितना लंबा था। पीठ और कमर पर कसे तीरों के तरकश और कमर पर बंधी कृष्णजय ने बरबस ही उनका ध्यान खींच लिया था।

लक्ष्मण ने सोचा कि ये अभ्यस्त योद्धा हैं। उनके बाण चलाने की प्रावीणता वह देख ही चुके थे। चूक की कोई गुंज़ाइश ही नहीं थी, लेकिन दोनों की कम आयु बारंबार लक्ष्मण को युद्ध से रोक रही थी, क्योंकि युद्ध एक बार आरंभ हुआ तो परिणाम तक ही जाएगा। यह बात लक्ष्मण भलीभांति जानते थे, लेकिन अब पीछे हटना भी असंभव था और ये दोनों भी युद्ध के लिए तत्पर थे।

'तो एक बार और चेतावनी दे रहा हूं - व्यर्थ समय नष्ट नहीं करो बालकों और युद्ध का विचार त्यागकर मेरी शरण में आ जाओ। मैं तुम्हें अभयदान देता हूं। बिना दंड के जाने दूंगा।'

'अरे, आप तो डर गए। हमने सुना था आपने युद्ध में इंद्रजीत को भी हरा दिया था। रावण जैसे महारथी भी आपके युद्धकौशल का लोहा मान गए थे। पर हमें नहीं पता था कि आप सिर्फ़ बातों के धनी हैं। युद्ध कीजिए, हम आपको युद्ध के लिए आमंत्रित करते हैं।' कहकर कुश ने धनुष से बाण छोड़ दिया।

पर लक्ष्मण सतर्क थे। तत्काल उन्होंने आसानी से अपनी ओर आते बाण को रास्ते में ही काट दिया। तब तक लव ने भी बाण संधान कर दिया था, जिन्हें भी उतनी ही आसानी से लक्ष्मण ने रास्ते में ही काट दिया।

युद्ध अब प्रारंभ हो चुका था।

अयोध्या की पूरी सेना, देवता, गंधर्व, नाग, मलयवीर सब इस ऐतिहासिक युद्ध के साक्षी थे। ऐसा युद्ध, जो एक ही वंश की दो पीढ़ियों के बीच था।

घनघोर योद्धा और अस्त्र-शस्त्र के ज्ञाता तीन वीरों के बीच था यह युद्ध, जो संभवतः उस भविष्य का परिचालक भी था, जो अयोध्या के इतिहास में अपना एक स्थान पाने वाला था।

लक्ष्मण एक परिपक्व योद्धा थे, जिन्हें कई युद्धों का अनुभव था और दिव्यास्त्रों का संचालन भी बख़ूबी आता था। एक बड़ी सेना को भी अकेले रोक सकने का उनमें सामर्थ्य था।

एक तरफ़ अपनी मध्य आयु का एक बलवान और पुष्ट शरीर का योद्धा था। उसके कंधे तक झूलते घुंघराले काले बाल, सुंदर किरीट, जिसके सम्मुख एक विकराल नाग ने मुंह में एक चमकदार मणि पकड़ रखी थी और सूर्य के प्रकाश में उसमें से चमकीली किरणों का जाल-सा निकल रहा था। दोनों कानों में स्वर्ण कुंडल सूर्य के समान चमक रहे थे।

उसकी पुष्ट छाती पर एक सुंदर माणिक पत्थरों की माला थी, जो सूर्य के प्रकाश में दहकते-से लग रहे थे। एक मोटा जनेऊ, जो कंधे से होता हुआ तलवार की मूठ को चूम रहा था, जिस पर धातु का एक सुंदर कवच पहन रखा था। हाथों में कोहनी तक चमड़े के हाथदस्ते पहन रखे थे। कमर पर कई तरह के नग युक्त चमड़े का एक पट्टा था जिस पर सोने की बहुत सुंदर पच्चीकारी की हुई थी। पट्टे से जुड़ी हुई एक बड़ी-सी चौड़ी कृपाण लटक रही थी। उसके दस्ते पर हाथीदांत का सुंदर काम किया हुआ था। पैरों में घुटनों तक चमड़े के जूते थे।

खुद लक्ष्मण दिखने में बहुत सुंदर और सुगठित शरीर के स्वामी थे। कोई भी उन्हें देखे तो बरबस उनकी ओर खिंचा चला आए। क्रोधी और वाचाल तो वह बचपन से ही थे।

इधर, युद्ध बस प्रारंभ होने को था। उधर, राम की सेना पंचवटी में प्रवेश कर रही थी। समय पूर्व आश्रम में सूचना दी जा चुकी थी कि अयोध्या के राजा राम अश्वमेध यज्ञ के अश्व के पीछे-पीछे इस क्षेत्र तक आ गए हैं। अतः आप गुरु लोगों का आशीर्वाद लेना चाहते हैं।

'स्वागत है राम का!' आश्रम से जवाब मिला।

संध्या के समय जब थोड़ा धुंधलका था, गाय घंटियां बजाती वापस आश्रम की ओर चली जा रही थीं, आश्रम की कुटियाओं में दीपक की रोशनी हो रही थी। राम ने अपना रथ आश्रम के द्वार पर ही त्याग दिया और पैदल आ रहे थे। उनके साथ पार्श्व में हनुमान और अयोध्या सेना के प्रधान सेनापति दुष्यंत थे। सभी ने अपने-अपने अस्त्र-शस्त्र बाहर शिविर में ही छोड़ दिए थे, यहां तक कि तमाम राजसी वस्त्र भी उतार दिए। साधारण-सी एक सूती कपड़े की धोती और उसी का उत्तरीय बना रखा था। हाथों में पूजा की थाली थी।

राम अपने कुछ चुने हुए साथियों के साथ आश्रम में प्रवेश करके सीधे आश्रम के बीचोंबीच बने वट के एक सघन झुंड की तरफ़ बढ़े। उन्हें ज्ञात था कि संध्या आरती का समय है, सभी गुरुजन और बटुक यहां पर ही एकत्र होते हैं। राम का अनुमान एकदम सही था। संध्या आरती में थोड़ा समय था, लेकिन पार्श्व में छोटे बच्चे एक स्वर में *रामायण* का पाठ कर रहे थे।

'अच्छा, तो ऋषि वाल्मीकि द्वारा रचित *रामायण* का पाठ यहां हो रहा है।' राम और उनके साथियों के लिए यह बड़ा सुखद अनुभव था। इस काव्य रचना का उद्देश्य भी यही था। इसमें राम को एक आदर्श पुरुष, आदर्श राजा और प्रजा का प्रिय राजा बताया गया था। साथ ही उनके द्वारा किए गए सामाजिक कार्यों का लेखा-जोखा था।

पंचवटी की प्रमुखता में इन पांच पेड़ों का एक झुरमुट था। कहा जाता है -

पंचाना वटानां समाहार इति पंचवटी।

अश्वत्थ

आमलक

वट

बिल्व

अशोक।

इन पेड़ों की अधिकता और साथ-साथ कई झुंड के रूप में होने से बड़ा मनोहारी हो जाता था यह गोदावरी का तट। अगस्त्य और अत्रि मुनि का आश्रम यहां पर है, जहां अपने वनवास के समय राम, सीता और लक्ष्मण ने बहुत-सा समय व्यतीत किया था। यहीं सीता को माता अनुसूया ने नीति शास्त्र का ज्ञान दिया था और अत्रि मुनि की पत्नी ने सीता को व्यवहारिक ज्ञान के बहुत-से गूढ़ रहस्यों से अवगत कराया था।

राम ने आसन पर विराजित महर्षि की चरण वंदना कर हार-फूल माला से उनकी श्रुति की और माताओं की भी चरण वंदना की। गुरु ने राम को समीप बैठने का इशारा किया। राम गुरु-चरणों में ही बैठ गए।

इतने प्रतापी राजा को यूं धूल में बैठता देखकर राम के साथ आए लोगों की आंखों में उनके लिए और स्नेह व प्रेम दिख रहा था। मानो कह

रहे हों देखा, राजा यदि दिल से उदार और प्रेमी नहीं होगा तो वह एक आदर्श शासक नहीं हो सकता। और राम में तो सारे गुण पहले से ही थे।

समय के साथ और विनम्र व सरल हो गए थे राम।

आश्रम में ऋषि ने अनुसूया, लोपमुद्रा और जदयथा अम्मा का उल्लेख करते हुए राम को बताया कि कैसे महर्षि परशुराम ने हैहय वंश का नाश कर यह भूमि ब्राह्मणों को दान दे दी थी। यहां विष्णु के कई मंदिर उन्होंने स्थापित कराए, जिनमें अकूत धन-संपत्ति थी। इन तीनों देवियों ने मिलकर स्त्रियों के सम्मान के लिए बहुत काम किया। उन्हें आत्मनिर्भर बनाया, उनके बच्चों को उचित शिक्षा की व्यवस्था की। उनके लिए खेती की ज़मीन, ज़मीन पर काम के पांच फलदार वृक्ष, एक छोटा तालाब, एक या दो गायें रखने की व्यवस्था की। इतना स्वनिर्भर बना दिया पूरे स्थान को। इतनी सारी सुविधाएं एक ही स्थान पर। यहां के निवासियों को कहीं जाने की आवश्यकता भी नहीं।

सही मायने में भगवान का घर था। किसी प्रकार का भय नहीं। यहां सबसे अच्छी बात यह थी कि पूरा समाज, जो मलय पर्वत के साये तले था तो मलयाली, मलय पुत्रों की भूमि कहलाई।

परिष्कृत भाषा का उपयोग होता था यहां।

'माता! आपसे मिला हूं, लोपमुद्रा से भी मिला हूं, ये तीसरी जदयथा अम्मा कौन हैं? उनकी इतनी प्रशंसा आप लोगों ने की तो मैं भी मिलना चाहूंगा उनसे।' राम ने माता अनुसूया से विनती की।

माता ने कहा - 'पुत्र, शीघ्र ही तुम्हारी यह इच्छा भी पूरी हो जाएगी। वैसे जदयथा को स्थानीय लोग देवी की तरह मानते हैं। भगवान समझा है उन्हें। उनके दो प्रतापी पुत्र भी हैं, जिनके कारण यह पूरा स्थान भयमुक्त रहता है। दोनों पुत्र भी नर-नारायण ही हैं साक्षात। बहुत मान्यता है यहां पर।'

हनुमान धीरे-धीरे मुस्करा रहे थे, एक आदर का भाव उनकी आंखों में साफ़ दिख रहा था।

राम उस पंचवटी के सघन झुंड में अंदर चले गए। वहां शांत बैठकर सोच रहे थे कि एक मानव का जीवन कितना चुनौती भरा होता है, एक आदर्श व्यक्ति को कितना तप, कितना त्याग करना पड़ता है।

एक राजा के लिए उसका अपना निजी परिवार से भी बढ़कर उसकी प्रजा ही उसका परिवार होता है। उनके सुख-दुःख ही राजा के सुख-दुःख होते हैं। किसका साथ आपके जीवन में कितना लंबा है, यह महत्त्वपूर्ण नहीं, किसी का पलभर का साथ भी सात जन्मों के साथ से ज़्यादा प्रगाढ़ होता है।

इस झुरमुट में अनायास ही सीता की यादों ने राम को घेर लिया था। ऐसा आभास हो रहा था कि सीता आसपास कहीं न कहीं तो हैं। इतने वर्षों में राज्य के कार्यों में राम इतना व्यस्त रहे, लेकिन संभवतः ही कोई दिन जाता हो, जब वे अपनी सिया को याद नहीं करते हों। देखा जाए तो इन विगत वर्षों में राम ने अपने परिवार के लिए कोई प्रयत्न ही नहीं किए। क्या सच है।

राम के मन में एक हूक-सी उठी। इतने वर्षों बाद राम स्वयं अपने साथ थे, नितांत एकांत।

आश्रम के शांत वातावरण ने राम के हृदय में यादों का रेला जगा दिया था। स्वाभिमानी सीता की गर्वभरी बातें अभी भी उनके सामने ताज़ा थीं। लंका पर विजय के बाद राम सीता और लक्ष्मण सहित अयोध्या आए थे। आते ही उन्होंने सबसे पहले दशरथ के बाक़ी रह गए क्रियाकर्म किए।

महाप्रकांड परम ज्ञानी महावीर रावण के वध के बाद राम को लगता था ब्रह्म हत्या के बोझ से भी मुक्त हो लिया जाए। तो रावण के लिए भी उन्होंने पिंडदान किया। उसके पूरे कुल के उद्धार के लिए यत्न किए, ज्ञानी पंडितों को बुलाकर निराकरण किया, तब जाकर अयोध्या की राजगद्दी संभाली।

कहने को राजगद्दी बहुत छोटी-सी है, लेकिन दायित्व बहुत ज़्यादा थे। कई तरह के नए निर्माण, सैनिक सामर्थ्य भी बढ़ाना, नागरिकों को अच्छी सुविधा देना भी एक प्राथमिकता थी। अब चूंकि राज्य का प्रसार कई गुना बढ़ गया था, रावण के बाद उसके आधिपत्य में जितने भी राज्य थे, वे भी शामिल हो गए थे।

राम की बढ़ती व्यस्तता के बीच एक दिन जब सिर्फ़ राम और सीता अपने महल के उद्यान में बैठे थे, सीता ने कहा -

'आपने अपने पिता के अपमान का, एक स्त्री के अपमान का, मेरे अपमान का उचित प्रतिशोध लिया लंका नरेश रावण से। उसके अहंकार

का क़द इतना बढ़ गया था कि उसके स्वयं के ज्ञान का क़द ही बौना हो गया था।'

'संसार में उसके कारण जो भय व्याप्त था, वह आपने समाप्त करके समाज में एकरूपता ला दी। आपके राज्य का विस्तार समूचे जम्बूद्वीप में हो गया है। आपके कुल का पराक्रम और कीर्ति अपने नए आयाम रच रही है। ऐसे में आपका जो सपना था, स्वराज का, प्रजा ही सर्वोपरि, एक आदर्श देश, समाज के नए नियमों का पालन कराना, उन नियमों को सत्यापित करना, जो एक आदर्श देश के लिए आवश्यक है, इन सबमें आप व्यस्त हो जाने वाले हैं। आपका अपने स्वयं के परिवार से मोह ही कम नहीं होगा, परिवार का दायित्व आपके ऊपर रहेगा तो आप अपनी प्रजा की देखभाल कैसे कर पाएंगे?'

'एक आदर्श रामराज की स्थापना के लिए आपको त्याग करना पड़ेगा और मोह तथा वैराग्य एक साथ नहीं हो सकता।'

'मेरे भी समाज के प्रति कुछ कर्त्तव्य हैं, जो अधूरे रह गए थे पिता के समय। फिर वनवास में आप दोनों की देखभाल में नहीं कर पाई, तो अब सोचती हूं, इससे पहले कि ममता के धागे मुझे बांध लें, मैं एक बार फिर धरती से जुड़ना चाहती हूं। सामाजिक कर्त्तव्य भी निभाना है। आपके सपने को भी जीवंत करना है। बहुत दुविधा में हूं स्वामी! आप ही कहें, क्या करूं? मैं भी नहीं चाहती आर्यावर्त में स्त्रियों की विशेष तौर पर रानियों और राजसी महिलाओं की तरह सुख भोगकर मृत्युलोक को जाऊं। मेरा अपना व्यक्तित्व, मेरा अपना सब आपमें विलीन होता जा रहा है। मुझे मेरे पिता जनक ने धरती से प्राप्त किया था, धरती का और प्रकृति का और पिता के ऋण का मोल मैं कैसे चुकाऊं? मेरे मन की व्यथा आपसे बेहतर और कोई नहीं समझ सकता। मेरे कारण कभी आप अपने कर्त्तव्यों से विमुख नहीं हो जाएं, यह भय भी सता रहा है स्वामी।'

समाज के लोकाचार की दृष्टि से एक राजन को क्या करना चाहिए, यह अब राम के निर्णय पर निर्भर था।

'क्या मैं स्वार्थी हो जाऊं? क्या मेरे लिए मेरी प्रजा से अधिक मेरा अपना परिवार होगा? क्या देश के लिए, अपनी प्रजा के लिए जो आदर्श स्थापित करना थे, उनका मोल क्या? क्या एक राजा का जीवन अपने निजी स्वार्थ

तक ही निहित है? क्या एक आदर्श समाज के लिए, वेदों को स्थापित करने का संकल्प पूरा होगा, जो स्वयं राम ने भगवान शिव के समक्ष लिया था। एक वचन भगवान शिव के प्रिय शिष्य रावण की मृत्यु तक जाता था। उसका राज़ खोलने के एवज में भगवान शिव के सामने संकल्प लिया था। रावण जैसा महान विद्वान अपने स्वार्थवश अपने रास्ते से भटक गया था और अभिमान में अपना वह प्रण भूल गया था जिसे उसने कभी शिव के सामने किया था। एक अखंड राज्य की स्थापना का लक्ष्य, जहां सामाजिक नियम समान हों, प्रजा भयमुक्त हो और सामाजिक उत्थान के कार्य निरंतर होते रहें। लेकिन, धन और सामर्थ्य में रावण यह भूल गया कि भगवान ने संसार सभी के लिए बनाया है। किसी पर किसी का बलात् विचार नहीं थोपा जाए, बलात् धर्म का पालन नहीं कराया जाए। नियम राजा और प्रजा पर समान रूप से लागू हों।'

'समय ने उसे वह मौक़ा दिया था, किंतु उसके विवेक ने निर्णय कुछ और ले लिया। परिणामस्वरूप स्वयं शिव ने उसकी मृत्यु का भेद राम से साझा कर दिया। रावण भी यही चाहता था कि कोई ऐसा शूरवीर हो, जो उसके प्रतिपादित सिद्धांतों का पूर्णतः पालन कर सके। सामर्थ्यवान, वीर्यवान तथा तेजस्वी हो। और राम में उसे ये सारे लक्षण दिख गए थे।'

मृत्यु तो सिर्फ़ एक जीवन चक्र का परिपालन है।

तो अब विचार स्थिर हो गए थे राम के मन में। एक तरफ़ सीता के अकाट्य वचन थे, दूसरी तरफ़ शिव को दिया वचन था।

राम ने सीता को अंक में भरकर कहा - 'प्रिय सीते! तुम संभवतः मेरे जीवन की वह निधि हो, जिसे मैं अपने से अलग करने का सोच भी नहीं सकता। सिर्फ़ मृत्यु ही हमें दूर कर सकती है। तुम मुझे मेरे प्राणों से भी प्रिय हो।'

'हां, याद है स्वामी!' सीता ने अपनी आंखें झुकाए हुए राम के सीने से लगकर कहा। 'एक पत्नी का कर्त्तव्य है कि वह अपने पति को उसके जीवन के अधूरेपन को दूर करे। यदि वह कम सामर्थ्य वाला हो तो उसकी कमियों को, अधूरेपन को समाप्त करने का प्रयास करे।'

राम ने सीता से कहा -

'प्रिय! तुम्हारे प्रश्नों ने मेरा मन उद्वेलित कर दिया है। निर्णय मैं जल्द ही लूंगा। ये निर्णय जल्दबाजी में नहीं लिए जा सकते।'

कुछ दिन यूं ही निकल गए, राम कुछ बेखुद से होकर सीता के कथन और उसकी गहराई को नापते रहे। निर्णय एक पति को लेना था या एक सम्राट को। यह द्वंद्व दिन-रात राम के मन में था।

फिर एक दिन राम ने सीता को बुलाया। दोनों फिर अपनी वाटिका में भ्रमण को निकले। नितांत उनके अपने पल, एक निष्ठावान पति और एक सती पत्नी के अपने निजी पल।

'सीते! मैं तुम्हारे निर्णय से संतुष्ट नहीं हूं। एक राजा और एक पति के तौर पर मैं इस पर कोई निर्णय नहीं ले सकता।'

'तो फिर आप यह तय करें कि आप पहले एक पति हैं या एक राजा?'

सीता ने प्रश्नवाचक निगाहों से राम से कहा।

'मैं प्रजा के लिए राजा और तुम्हारे लिए एक पति हूं।'

'नहीं राजन!'

यह मेरी अस्मिता और सम्मान की बात है। मुझे यह सिद्ध करने का अवसर दिया जाना चाहिए। एक तो मेरा अपना स्वाभिमान, दूसरा मेरा सतीत्व और तीसरा मेरा प्रकृति के लिए कर्त्तव्य। मैं राजा राम की पत्नी, जनक की पुत्री अपने स्वाभिमान के लिए यह कठोर निर्णय लेने के लिए बाध्य हूं कि मुझे मेरा व्यक्तित्व समाज में स्थापित करने के लिए आप किसी तरह की बाध्यता नहीं रखेंगे। और मैं वचन देती हूं कि अपने जीवन पर्यंत आपके सम्मान को कोई ठेस लगे, ऐसा कोई कार्य नहीं करूंगी। मैं स्वयं सक्षम हूं अपनी रक्षा के लिए, आपकी मर्यादा के लिए और अपने वंश की मर्यादा के लिए। अब आपसे तभी मिलूंगी जब आप अपने आदर्श समाज में मुझे ससम्मान अपने बीच जगह देंगे, ताकि आपके जीवन मूल्यों को कोई ठेस नहीं पहुंचे। अब समय सोचने का ख़त्म हो गया है राजन। मुझे आज्ञा दें। मेरी निष्ठा और मेरा मन सदा ही सिर्फ़ आपका रहेगा। आपके द्वारा स्थापित जीवन मूल्यों का मैं पूरी कर्मठता से पालन करूंगी, पर मुझे आप मुक्त करें, ताकि शेष जीवन आप एक श्रेष्ठ राजा की तरह जी सकें। आपको मेरे इस निर्णय के कारण कभी भी नीचा नहीं देखना पड़ेगा।'

जीवन के मूल्यों पर एक आदर्श राजा के मूल्यों की पहली और कठिन परीक्षा थी यह। राम और सीता दोनों ही आर्यावर्त समाज को एक आदर्श समाज बनाना चाहते थे।

ठीक है, भारी मन से राम ने सीता के तर्कों को स्वीकृति दे दी थी। निर्णय सीता का था। जब यह निर्णय दोनों ने अपने कुल को सुनाया, माताओं को बताया तो सभी सन्न रह गए। 'इतना कठोर निर्णय लेने की क्या आवश्यकता है बेटी?'

माताओं ने सीता को समझाने का अथक प्रयास किया। लक्ष्मण तो कदाचित विरोध पर ही आ गए। राम के निर्णय से सहमत नहीं थे वह। एक माता को कैसे खो सकते थे, पर राजाज्ञा के समक्ष सब विवश थे। एक पति भी उतना ही विवश था जितने अन्य लोग।

इस बात का परिणाम क्या होने वाला था, इसकी कल्पना किसी ने नहीं की थी। राम का मन वापस उसी जगह पर आकर अधिक उद्वेलित हो गया था। जाने-अनजाने सीता की वह छवि कभी भी उनकी आंखों से दूर नहीं हो पाती थी, पर सीता का अपऩा स्वाभिमान, उनका अपना अहम।

आज जब उन्होंने जदयथा के बारे में सुना, तभी से उन्हें सीता की बहुत याद आ रही थी। वे भी तो यही चाहती थीं, ऐसा ही तो बनना चाह रही थीं। समाज के लिए, स्त्रियों के लिए ऐसा ही तो करना चाह रही थीं वह। 'मैं उनसे अवश्य मिलूंगा, मिलना भी चाहिए। ऐसी देवीतुल्य से कौन नहीं मिलना चाहेगा? लगता है कोई बहुत बड़ी संत हैं।'

राम ने यह निश्चय कर लिया था। अश्व!

अरे! अश्व की याद आते ही राम वापस राम हो गए, सीता की याद फिर धुंधली पड़ने लगी। अपने भाइयों की चिंता फिर से हृदय में शूल-सी चुभने लगी।

कई दिवस बीत गए, कोई कुशलक्षेम का समाचार नहीं मिला।

राम सीधे अगस्त्य ऋषि से मिलने पहुंच गए।

'आओ, राजा राम!'

राम भी ऋषि के मुख से राजा संबोधन सुनकर थोड़ा चकित हो गए।

'महर्षि! कुछ भूल हो गई मुझसे, जो आप मुझे आर्यपुत्र की जगह राजा शब्द का प्रयोग कर रहे हैं।'

'बैठो राम।'

महर्षि ने स्नेह से हाथ पकड़कर राम को अपने पास आसन पर बैठा लिया। 'तुम्हारे मन में जो झंझावात चल रहा है उसे मत दबाओ पुत्र। यह

तुम्हारे जीवन का ही हिस्सा है। जिस उद्देश्य से तुम्हारा अवतरण हुआ है, वह तुम पूरी निष्ठा से पूर्ण कर रहे हो। मृत्युलोक में सुख और दुःख का निरंतर प्रवाह बना रहता है। यह प्रकृति का नियम है। तुमने मानव जन्म लिया है। अपने-अपने कर्म और उनका प्रतिफल भी तुम्हें ही भुगतना है।'

'ना कोई इससे तुम्हें वंचित कर सकता है, ना तुम्हें इससे उबार सकता है। हम केवल तुम्हें सही राह ही दिखा सकते हैं। ईश्वर ने तुम्हें विवेक दिया है तो निर्णय तुम्हें स्वयं करना है।'

'परिणाम चाहे जो हो, यह तुम्हारे जीवन का ध्येय था कि इस समूचे आर्यावर्त को, संपूर्ण जम्बूद्वीप को तुम एक सूत्र में बांध सको, उन्हें एक नया मानक समाज दे सका। समाज में समय-समय के साथ जो कुरीतियां उभर आती हैं, उन्हें नष्ट कर नए नियम बनाओ और मानव जाति तथा समाज का कल्याण कर सको।'

'तुम्हें सामर्थ्यवान बनाया भगवान ने। एक रामराज्य, जिसका सपना भरतवंशियों ने, इक्ष्वाकु वंश ने, तुम्हारे पिता ने देखा था, उसे स्थापित करो। सारा जगत तुम्हारे सपने को पूरा करने के लिए तुम्हारे साथ खड़ा है।'

'मान्यवर! मुझे अभी चिंता अपने भाइयों की हो रही है, कोई समाचार नहीं मिला अभी तक। दुविधा की स्थिति में है मन। आगे दूर तक कोई शत्रु देश भी नहीं, फिर क्या कारण है जो अभी तक मेरे भाइयों की सेना का कोई समाचार नहीं? आशा करता हूं सब कुशल होगा। भरत, शत्रुघ्न और अब लक्ष्मण जैसे शूरवीर आगे जा चुके हैं। अब आप ही रास्ता दिखाइए।'

'देखो पुत्र! होनी को कोई नहीं टाल सकता और तुम्हारा कुछ अमंगल होने वाला नहीं, फिर चिंता की बात क्या है पुत्र।'

राम के साथ पूरे दल की भी मनःस्थिति लगभग एक जैसी थी।

राम ने ऋषि से कहा - 'आप मुझे आशीर्वाद दें और ज्ञानदर्शन भी दें।'

'राम! तुम्हारा भविष्य तुम्हारी बाट जोह रहा है। तुम्हारे जीवन में कुछ महत्त्वपूर्ण घटने वाला है। सब मंगल हो।'

'एक दुविधा और है, यदि आप आज्ञा दें तो?'

'हां, अवश्य ही पुत्र, बताओ।'

'मैंने आप लोगों के मुख से जदयथा अम्मा एवं उनके उल्लेखित कार्यों के बारे में सुना। मुझे अवसर मिला तो मैं उनसे अवश्य ही मिलना चाहूंगा।'

'तुम्हारी यह इच्छा भी अवश्य पूरी होगी राम। किंतु जदयथा तो प्रकृति का दूसरा नाम है, इसे देख सकते, महसूस कर सकते हैं, किंतु साथ नहीं ले जा सकते। मेरे कथन को गहराई से सोचना। अश्वमेध यज्ञ तुम्हारे जीवन में कुछ ऐसा फल अवश्य देगा, जिसकी आवश्यकता तुम्हें सर्वाधिक है। अब विश्राम का समय हो गया है पुत्र, जाकर आराम करो।'

पर राम की आंखों ने संभवतः आज नींद को चुनौती दे रखी थी। हनुमानजी पास बैठकर उनके चरण दबा रहे थे। राम पल-पल करवटें बदल रहे थें इतना विचलित तो वे लक्ष्मण को जब शक्ति लगी थी, तब भी नहीं देखे गए थे। अवश्य ही कुछ गहरा विचार प्रभु को सता रहा है।

'प्रभु! यदि कुछ मन को हलका करना है तो मुझसे कह सकते हैं।'

बड़े ही विनम्र स्वरों में हनुमान ने निवेदन किया।

'हनुमान! मुझे आगे का रास्ता नहीं दिख रहा, मन बड़ा अशांत है। सीता की स्मृति और उनसे जुड़ा अपराधबोध कचोट रहा है। उनके जाने के बाद मैंने उनकी सुध भी नहीं ली। किस हाल में होंगी, कहां होंगी? मेरे व्यस्त जीवन में मैंने उन्हें खो दिया भक्त। अब बताओ, इस धरा पर उन जैसी तपस्विनी कोई मिल सकती है भला? दूसरा, सभी पराक्रमी भाई एक-एक कर युद्ध के लिए गए, किंतु कोई सूचना उनकी कुशलता की नहीं मिली। अब तुम ही अपने गुप्तचरों को भेजो। वे तो इस स्थान से भलीभांति परिचित हैं।'

'प्रभु! आप निश्चिंत होकर सो जाइए। भरत और लक्ष्मण के होते कोई शत्रु तो आंख दिखा ही नहीं सकता। अवश्य ही कुछ ऐसा हुआ है, जो सभी लोग उस कार्य में लग गए। आप विश्राम कीजिए, मैं भोर होने तक उनकी सारी सूचनाएं आपको बता दूंगा।'

राम को हनुमान पर बेहद स्नेह और भरोसा था। असत्य वाक्य कभी हनुमान ना सुन सकते हैं, ना कह सकते हैं। लेकिन, फिर भी रात बहुत लंबी और बेचैनी भरी थी सभी के लिए।

सुबह सूर्य भगवान के उदय होने के साथ ही गुप्तचर समाचार लेकर राम के समक्ष था। सभी लोग राम के आसपास इकट्ठे हो गए थे।

जैसा गुप्तचर ने बताया, आगे गोदावरी से निकलकर दक्षिण में कबिनी नदी के तट पर एक स्थान है, बेहद घने वन में मलयालय की पर्वत श्रंखला में, सारी सेना जैसे ही उस वन क्षेत्र में प्रवेश करती है, रहस्यमय तरीक़े से विलोपित हो जाती है।

युद्ध तो हुआ है और भीषण भी, पर किसी के हताहत होने का कोई समाचार नहीं है। जो नष्ट हुआ वह भौतिक था या जानवर थे। किसी कुमार या सैनिक का कोई पता नहीं है।

'राजन! हमें क्षमा करें, रास्ता बहुत संकरा है और शत्रु ने व्यूह रचना में सभी को परास्त करके उन्हें बंदी बना लिया है।'

मतलब साफ़ था शत्रु घात लगाकर हमला कर रहा है। उनकी सही संख्या व उनके राजा के बारे में कुछ ज्ञात नहीं था।

अब कोई रास्ता भी नहीं था। तीन चौथाई सैन्यशक्ति अयोध्या के काम आ चुकी थी। अब सबसे घातक सैनिक शक्ति ही थी राम के साथ, जिसमें अयोध्या के वरिष्ठ सैनिक अधिकारी सैनिक सलाहकार थे और साथ थे हनुमान, जिन पर लेशमात्र भी असर नहीं दिख रहा था। उन्हें अपनी और अपने प्रभु की सामर्थ्य का ठीक-ठीक अनुमान था, लेकिन यह तय हो गया था कि यह लड़ाई अब निर्णायक ही होने वाली है। आश्रम से चलते-चलते ऋषियों ने राम को चारों वेदों की एक-एक प्रति, जो ताड़ के पत्रों पर लिखी गई थी, भेंट की। ऋषि श्रेष्ठ ने बड़े स्नेह से कहा -

'राम! ये हमारी तरफ़ से अयोध्या के राजकुल के लिए भेंट है, तुम इन ग्रंथों का संरक्षण करने में समर्थ हो तो भविष्य में इनके प्रसार का दायित्व भी तुम्हारे मज़बूत कंधों पर रहेगा। कैसे तुम इन नियमों का पालन और इसमें वर्णित नियमों का पालन कराकर जनकल्याण करा सकते हो। यह ऋषियों की धरोहर है, जो एक नागरिक संहिता भी है, विज्ञान भी, स्वास्थ्य संबंधी नियमावली भी और सांस्कृतिक धरोहर भी है। योग्य पात्रों का चयन कर इसे स्थापित कराओ, ऐसा सप्त ऋषियों और महादेव का वचन भी है। ईश्वर तुम्हें सामर्थ्य प्रदान करें।'

ऐसा कहकर ये अमूल्य निधि राम को भेंट की।

राम ने चारों प्रतियों को श्रद्धापूर्वक नेत्रों से लगाया, फिर माथे से लगाकर उनका नमन किया। तदुपरांत उन वेद प्रतिलिपियों को संभालकर

अपने रथ में रख लिया और सभी ऋषि माताओं ने एक प्रति स्त्री संहिता की भी, जो उन्होंने राजवंश की रानियों और विशेषकर सीता के लिए दी।

'यह हमारी तरफ़ से। कहिए कि वे लोग भी सुनिश्चित करें कि स्त्री की मर्यादा और उनके सम्मान के लिए समाज में स्थापित करें, ताकि स्त्री यदि शिक्षित होगी तो समाज भी शिक्षित होगा और यदि समाज शिक्षित होगा तो आने वाला कल भी शिक्षित और वेदों का पालन करने वाला होगा। जाओ राम, यह हमारा आशीर्वाद है, तुम्हें और तुम्हारे स्वराज को।'

इस तरह इन अमूल्य निधियों के साथ राम ने सभी से विदा ली और अपने आरोहण के लिए चल पड़े। अभी रास्ता लंबा और कठिन होते जाने वाला था, तो अतिशीघ्र उन्हें अपनी सेना तक पहुंचना भी था।

सभी तरह के विचार किए गए - कहीं कोई दुष्ट राक्षस या कोई मायावी तो नहीं, क्योंकि कोई राजवंश वहां था नहीं। आगे किष्किंधा था, जो मित्र देश है। सब तरह के विचार और समझ के साथ राम की सेना उस दिशा में पारायण कर गई, जिस ओर लक्ष्मण गए थे। जिस रास्ते से लक्ष्मण गए थे, वहां सेना अपने पीछे कुछ विशिष्ट चिह्न छोड़ जाती थी, जिससे पीछे आने वाली सेना को उनकी दिशा का ज्ञान हो सके। ये चिह्न पेड़ों पर भाले और शूल की सहायता से कुछ ऊंचाई पर बनाए जाते थे ताकि जंगली जानवर उन्हें नष्ट नहीं करने पाएं।

उन्हीं चिह्नों के पीछे-पीछे सेना चल पड़ी। राम की सेना चतुरंगिनी सेना थी, जिसमें हाथियों के दस्ते थे। वे आगे-आगे चलते हुए रास्ता भी साफ़ कर रहे थे और संभावित ख़तरों को ऊपर से जांच भी सकते थे। उनके साथ कुछ पैदल सैनिकों का दस्ता भी रहता था, जो धरती पर निगरानी कर रहे थे। उसके ठीक पीछे अश्व सैनिक थे, जिनमें ख़ास क़िस्म के युद्ध के लिए तैयार अश्व थे। इनके कई दस्ते कैकय जैसे ठंडे प्रदेश से बुलाए गए थे। ये अश्व उच्च नस्ल के होने के साथ संकरी जगहों पर युद्ध के लिए थे। इनके साथ भी बड़ी-बड़ी लकड़ी और धातुओं की ढालों के साथ सैनिक थे, जो आवश्यकता पड़ने पर इन्हें सहायता दे सकते थे। ये धनुष, तलवारों, बरछी, भालों, चक्र और तोमर से सुसज्जित थे।

इनके पीछे था रथ का दस्ता था। यह अपने आपमें अनोखा था। भांति-भांति के उन्नत रथ, जो मुख्यतः अच्छी लकड़ी के बने हलके थे और

जिन पर धातु का कवच चढ़ा था। सभी रथों में मुख्य भुजदंड के ऊपर लाल चमकदार रंग से अयोध्या राजवंश का चिह्न बने थे, जो लहरा रहे थे। कुछ रथों में दो-दो अश्व जुते थे तो किसी में चार। राम का रथ थोड़ा विशिष्ट था। यह कौशल प्रदेश से लाई गई हलकी, किंतु मज़बूत लकड़ी का बना था, जिस पर कई तरह की धातुओं का सुंदर कार्य किया हुआ था। एक विशाल पताका ख़ास अलकापुरी से आए महीने रेशमी वस्त्र से बनी थी। उस पर सोने के महीन तारों से सूरज की आकृति बनी थी। पूर्ण विकसित सूर्य, जो अयोध्या का राजसी चिह्न भी था।

राम के रथ में नाना प्रकार के आयुध भरे हुए थे। उनका ख़ास धनुष, जो महर्षि परशुराम ने उन्हें भेंट किया था। यह ख़ास तरह का शिव धनुष था, जिसकी प्रत्यंचा की ध्वनि कोसों दूर से भी सुनी जा सकती थी और इसे धारण व उपयोग करने के लिए विशेष कौशल की आवश्यकता होती थी, जो साधारण सैनिक या अधिकारी को चलाना तो दूर उसकी प्रत्यंचा भी नहीं चढ़ा सकते थे। इसकी विशेष ध्वनि शत्रु के लिए घातक और सेना को प्रोत्साहित करने के काम आती थी। इसी धनुष से शिवप्रिय ज्ञानी राक्षसराज से श्रीराम ने युद्ध कर विजय पाई थी। राम अपने आपमें एक अद्भुत व कुशल योद्धा थे, जो अपने समय में बेजोड़ थे। ऐसा कहा जाता था कि ऐसा युद्ध तो सिर्फ़ विष्णु ही कर सकते थे। सामान्य तो सोच भी नहीं सकते।

एक ख़ास तरह का तूणीर राम के मजबूत कंधों पर बंधा था, जो राम-रावण के युद्ध के समय इंद्र ने भेंट किया था। यह अक्षय तूणीर था, जिसमें विशिष्ट अस्त्र भरे हुए थे। नाना प्रकार के शस्त्र थे, जो अपने समय के सबसे घातक बाणों से सुसज्जित थे। उसमें ब्रह्मास्त्र, नारायण शस्त्र और भी कई तरह के दिव्यास्त्र थे।

इस अभियान के प्रारंभ में राम ने शिव से विनती करके उन्हें नए दिव्यास्त्र के लिए अनुरोध किया था। भगवान शिव ने तब उन्हें अपना एक शस्त्र प्रदान करते हुए कहा था -

'राम! तुम्हारे पास मेरे सारे दिव्यास्त्र पहले से ही हैं, इसलिए केवल यह अस्त्र तुम्हें मैं भेंट देता हूं। इसका उपयोग तुम कुछ विशेष अवसर पर ही कर सकते हो। यह सूर्य का अस्त्र है, जो चलाए जाने पर सौ सूर्य के बराबर प्रकाश उत्पन्न करेगा, परंतु यह अत्यंत घातक है, प्रकृति के लिए।

अतः इसका उपयोग तभी करना, जब बहुत अधिक आवश्यक हो और कोई मायावी युद्ध हो रहा हो। अन्यथा परिणाम तुम्हारे विरुद्ध भी हो सकता है।'

यह विशिष्ट अस्त्र गहरे लाल रंग का था, जिसका फलक एक सुनहरी चमकदार धातु का था और पीछे एक विलष्ठ के श्वेत पंखों से सुशोभित था।

पर राम का स्वयं का अभ्यास और युद्ध का अनुभव इतना अधिक था कि उस समय ऐसा कोई शूरवीर नहीं, जो सीधे द्वंद्वयुद्ध में राम को परास्त कर सके।

देवताओं में भी वह सामर्थ्य नहीं था, जो श्री राम के बाणों का जवाब दे सकें। समूचे विश्व में राम से बड़ा धनुर्धारी नहीं था।

यह बात स्वयं परशुराम ने भी स्थापित की थी कि उनके समकक्ष यदि कोई था तो वह थे राम और केवल राम। अयोध्या व आर्यावर्त के निष्ठावान योग्य श्रेष्ठ राजा राम, जो एक सम्राट के तौर पर भी विख्यात हो चुके थे। बस, इस अश्वमेध यज्ञ के बाद उसकी घोषणा भर होनी थी।

परंतु अभी समर शेष था। अभी तो समर शेषनाग के प्रतिनिधि सौमित्र और राम के दोनों पुत्रों के बीच मलयालय की पर्वत श्रंखलाओं के बीच चल रहा था, जिसका निर्णय अयोध्या और राम दोनों के लिए ही ख़ास था।

और जो इस युद्ध को देख रहे थे, उनके लिए भी ख़ास था। जो शायद कौशल का युद्ध था, ना कि घातक और भयानक था। बिना जनहानि के लड़ा जाने वाला अनोखा युद्ध। यह दो सिद्धहस्त बालक और एक महान शक्तिशाली योद्धा के बीच जारी था। और चिंता का विषय भी था तो सीता के लिए, जिन्हें जितना भरोसा अपने पुत्रों पर था, उतना ही भरोसा सौमित्र पर भी था। विजयश्री का आशीर्वाद भी किसी एक को नहीं दिया जा सकता। आख़िर यह अयोध्या के भविष्य का प्रश्न था।

उधर, रण अपने चरम पर था। पल-पल की जानकारी सीता तक पहुंच रही थी। कोलाहल और धनुष संधान की आवाज़ सीता के अभ्यस्त कानों में पड़ रही थी।

दूसरी तरफ़ लक्ष्मण भी दोनों भाइयों के युद्ध कौशल और कुशलता से बाणों के प्रयोगों से चकित थे और मन ही मन उनकी प्रशंसा भी कर रहे थे।

लव और कुश की बाण प्रक्षेपास्त्र की तीव्रता देखते ही बन रही थी। किस क्षण वे बाण निकालते, कब धारण करते और कब प्रक्षेपित कर रहे थे यह समझना किसी योग्य धनुर्धारी के लिए ही संभव था। सामान्य व्यक्ति को तो जब बाण आघात करता, तभी समझ आ रहा था। लक्ष्मण अपने आप में महान धनुर्धारी थे। उनके बाण के वेग से दोनों भाई भी चकित और उत्साहित थे कि चलो, कोई तो उनकी टक्कर का योद्धा मिला, जो उतनी ही प्रवीणता से उत्तर भी दे रहा था।

तभी एक ग़लती लक्ष्मण की सेना के अश्वारोही दस्ते ने की।

युद्ध के बीच उन्हें लगा कि लक्ष्मण का प्रभाव थोड़ा कमज़ोर पड़ रहा है, दो के मुक़ाबले सिर्फ़ एक! उनके प्रधान ने अपनी टोली को आदेश दिया कि दोनों पर बाणवर्षा कर युद्ध समाप्त किया जाए। पर संभवतः वे भूल गए थे कि उनका पाला किन्हीं साधारण बालकों या कमज़ोर वीर से नहीं था।

लव ने तत्काल अपनी तरफ़ आते उन सभी बाणों को काट डाला। इससे उत्तेजित होकर उस टुकड़ी के प्रधान ने क्रोध में बालकों को अपशब्द कहने शुरू कर दिए, जो नियमों के विरुद्ध भी था और लक्ष्मण की आज्ञा का स्पष्ट उल्लंघन भी।

लक्ष्मण ने उसी क्षण क्रोध से ऊंचे स्वर में चेतावनी देते हुए कहा - 'जब तक मैं जीवित हूं, ऐसी धृष्टता कोई नहीं करे, सामने सिर्फ़ दो योद्धा हैं और वह भी बालक। अतः कोई भी युद्ध के बीच नहीं आए।'

उधर, लव का क्रोध भी चढ़ गया था, युद्ध के बीच अचानक हुए इस हस्तक्षेप से। जब तक लक्ष्मण पलटकर अपने नायक को कुछ बोल पाते, लव के बाणों ने उस सैनिक का मुंह बाणों से ऐसा भरा कि बिना आहत हुए उसका मुंह बंद हो गया। बाक़ी सैनिक इतना सिद्धहस्त बाण प्रक्षेपण देख चकित रह गए। लेकिन, जब ये सैनिक अपने-अपने कमानों को चढ़ा रहे थे, तब लव और कुश के साथियों ने, जो वन में अदृश्य छिपे थे, बाणवर्षा कर उस टुकड़ी के सभी अस्त्रों की बलि ले ली। सिर्फ़ यह बताने के लिए कि तुम इन बालक वीरों को अकेला नहीं जानो।

यह ऐसी घटना थी, जो पलभर में घटित हो गई। सारे सैनिक अब अपने अश्वों से हाथ धो बैठे थे और भयभीत भी थे छुपे शत्रुओं से। लक्ष्मण

ने जब सैनिक का मुंह तीरों से भरा देखा तो उन्होंने प्रशंसा करते हुए कहा -

'बालकों! मैं तुम्हारे हस्त लाघव से अतिप्रसन्न हुआ। तुम जैसे धनुर्धारी तो मैंने बहुत कम देखे हैं और वह भी इस उम्र में। मैं तुम्हें और तुम्हारे गुरु को प्रणाम करता हूं।' हालांकि उन्हें क्रोध अब भी था इस बात पर कि शत्रु अभी भी वन में छिपा है और कभी भी अनजाने में घातक वार कर सकता है। यह जानकर कि मेरी सेना भी थोड़ी हतोत्साहित हो रही है, लक्ष्मण ने अग्निबाण संधान किया, ताकि इस वन को नष्ट करके छिपे शत्रु की सही-सही जानकारी पाई जा सके।

जैसे ही क्रोध से लक्ष्मण ने बाण चढ़ाया, वैसे ही वायु थम गई। बाण की तपन से ही सारा वातावरण झुलसने लगा था, जबकि अभी बाण धनुष पर ही था। लक्ष्मण ने उसे आकाश की तरफ़ चला दिया। बाण चलते ही ज़ोर की ध्वनि हुई, मानो पर्वत टूट रहे हों। भीषण गर्जना के साथ बाण आकाश की तरफ़ उड़ चला और चारों तरफ़ से अग्निवर्षा होने लगी, जो वन को झुलसा रही थी।

लव-कुश के साथी घबराकर उस वन से बाहर आने लगे। पेड़ इत्यादि तेज़ गर्मी और उल्कापिंडों की बारिश से झुलसने लगे। तब कुश ने तत्काल एक बाण चलाया, चारों ओर अंधेरा छा गया, घनघोर मेघ उमड़ पड़े और मूसलधार वर्षा होने लगी, जिसने लक्ष्मण के अग्निबाण को शांत कर दिया और वन को नष्ट होने से भी बचा लिया।

'अब आपने दिव्यास्त्र का प्रयोग कर ही लिया तो ठीक है, हम भी इस बंधन से मुक्त हो गए।' कहकर लव ने वायव्य अस्त्र का ध्यान किया और छोड़ दिया। जैसे ही लव के धनुष से यह बाण निकला, वैसे ही मानो भूचाल आ गया। ज़ोर-ज़ोर से हवा किसी अंधड़ की तरह चलने लगी। हवा का वेग इतना अधिक था कि अयोध्या के सैनिकों को अपने साजो-सामान के साथ कई मील पीछे धकेल दिया। बस, लक्ष्मण का रथ टस से मस नहीं हुआ। अब जिस पर स्वयं शेषनाग के अंश अवतार आरूढ़ हों, उसका भला यह हवा क्या बिगाड़ सकती थी? जिसके सिर पर पृथ्वी का बोझ उठाने का सामर्थ्य हो उसे साधारण वायु से क्या?

'हे वीर पुरुष! यदि इस तरह दिव्यास्त्रों का प्रयोग आप करते रहेंगे तो वन में बंदी बनाए आपके भाई, पुत्र, सखा और सैनिक भी इस आग में

जल जाएंगे। अतः बाणों के उपयोग से पहले यह देख लो, वे कहीं आप ही का नुक़सान तो नहीं कर रहे।'

'वाचाल बालक! तुम कुछ ज़्यादा ही बोल रहे हो। मैं तुम्हारी अल्पायु के कारण तुम पर कठोर प्रहार नहीं कर रहा हूं। इसका मतलब यह तो नहीं कि मैं सामर्थ्य नहीं रखता।'

'तो फिर बोल क्यों रहे हैं? युद्ध करते रहिए। इस तरह तो हमें लगेगा कि जैसे युद्ध का अभ्यास कर रहे हों।'

'मूर्ख बालक! मेरे क्रोध की अग्नि को मत भड़काओ।'

'तो फिर देखो।'

लक्ष्मण ने बाणों की वर्षा से दोनों भाइयों को ढंक दिया। पर कुश ने बहुत सरलता से आने वाले बाणों को काट डाला, लेकिन इन बाणों का वेग इतना अधिक था कि जिस चट्टान पर दोनों खड़े होकर युद्ध कर रहे थे, वह चकनाचूर हो गई थी। दोनों ने तत्काल दूसरी चट्टान पर अपना डेरा जमा लिया था। अब दोनों भाइयों ने एक साथ खड़े नहीं होकर थोड़ा दूर-दूर चट्टान को अपना स्थान बनाया, ताकि लक्ष्मण पर जब वे वार करें तो उन्हें समझने में समय लगे कि बाण किधर से आया।

और यह प्रयास सफल भी रहा। लव ने वीर आसन लगा रखा था और उनसे दाहिनी तरफ़ कुश खड़े होकर युद्ध कर रहे थे।

अब लक्ष्मण के लिए लक्ष्य साधना थोड़ा मुश्किल हो गया था और इन दोनों के लिए आसान। इस अवसर का लाभ उठाकर कुश ने ताबड़तोड़ लक्ष्मण पर बाणवृष्टि कर दी। दोनों तरफ़ से सटीक बाणवृष्टि होने से लक्ष्मण विचलित हो गए थे।

दोनों भाइयों ने मिलकर उनके रथ के पहिए काट डाले, पताका का खंभा भी नष्ट कर दिया, चारों घोड़ों को मार डाला। विवश हो लक्ष्मण को अपना रथ त्यागना पड़ा।

'अभी भी समय है अयोध्या के वीर! अस्त्र-शस्त्र डाल दो, अन्यथा फिर मत कहना कि महापराक्रमी लक्ष्मण दो बालकों से युद्ध हार गया।'

पर लक्ष्मण ने इस बार किंचित भी धैर्य नहीं खोया। रथ से उतरते ही उन्होंने लव के धनुष की प्रत्यंचा को काट दिया। कुश के तरकश की तनियों को काटकर तरकश को कंधे से नीचे गिरा दिया।

और यह सब पलक झपकते हो गया।

अब बारी लक्ष्मण के हंसने की थी।

'देखा बालकों! ये प्राणघातक भी हो सकते थे। अभी भी समय है, हमारा अश्व हमें सौंप दो और हमारे सैनिकों को छोड़ दो। मैं भैया राम से कहकर तुम्हें मृत्युदंड से बचा लूंगा।'

लव ने हंसते हुए कहा - 'पहले हमें परास्त तो कर लो। अभी तो कुश ने केवल आपके रथ को ही नष्ट किया है। आपसे अभी मेरा सामना तो हुआ ही नहीं।'

लक्ष्मण नीचे थे और ये दोनों एक ऊंचाई पर और अलग-अलग शिलाओं पर थे। लव वैसे भी वीर आसन से तीरंदाजी कर रहे थे, जिससे लक्ष्मण को थोड़ा निशाना लेने में परेशानी हो रही थी। बीच में बहुत सारे पेड़ थे, जिस कारण लक्ष्य साधना कठिन था। ऊपर से दोनों का धनुर्विद्या में कोई मुक़ाबला भी नहीं था। खुद लक्ष्मण ने कई मौक़ों पर कहा था कि तुम्हारा निशाना अचूक और गति बहुत अधिक है। धन्य है तुम और तुम्हारे गुरु।

लव ने फिर लक्ष्मण के धनुष को काट दिया था। तब लक्ष्मण ने बड़ा-सा त्रिशूल उसकी तरफ़ फेंका, जिससे कुश ने एक तरफ़ कूदकर अपने आपको बचा लिया था। लेकिन, बचते-बचते भी त्रिशूल के एक फलक ने कुश के बाएं कंधे के ऊपर की मांसपेशियों को काट दिया था।

कुश के कंधे से रुधिर की धारा बह निकली, जो छाती से होकर कमर तक आ रही थी। यह देखकर लव क्रोध से भर उठे। अगले ही पल लक्ष्मण का स्वर्ण किरीट भूमि पर पड़ा था। लक्ष्मण जब तक अपना स्थान बदल पाते, लव के बाणों ने उनकी पीठ पर बंधे भारी-भरकम तूणीर को काटकर ज़मीन पर गिरा दिया था। दो तीव्र बाणों ने लक्ष्मण के जूतों को ज़मीन में मथ दिया, वे हिल भी नहीं सकते थे। लव अभी भी रुके नहीं, भाई के बहते रुधिर ने उन्हें काफ़ी उत्तेजित कर दिया था। यदि माता ने प्राणघातक हमला करने से मना नहीं किया होता तो संभवतः लक्ष्मण के लिए बड़ी विकट वाली स्थिति हो जाती।

अब लक्ष्मण लव के सामने खड़े थे, विवश।

धनुष नष्ट हो चुका था, तरकश और तलवार ज़मीन पर पड़े थे, पीठ पर बंधी ढाल भी कब की गिर चुकी थी। मृत्यु सामने थी और लव का क्रोध अपने चरम पर। प्राणघातक बाण का संधान हो चुका था, प्रत्यंचा कान तक खिंची थी और लक्ष्य पर आंखें किसी बाज जैसी टिकी थीं।

पर तभी कुश ने संभालते हुए कहा -

'भाई, माता को हमने वचन दिया था।'

'हां, तो क्या हमने अभी तक कोई प्राणघातक हमला किया, जो इन्होंने आपको ऐसे घायल कर दिया?'

'मुझे कुछ नहीं हुआ लव, बहुत मामूली खरोंच भर है।'

पर युद्ध तो युद्ध ही होता है। सामने रण में शत्रु निहत्था था, बाण कमान पर चढ़ा था, अयोध्या के सैनिकों की सांसें रुक गई थीं। युद्ध का अंत सभी को दिख रहा था। लव ने बाण लक्ष्मण पर नहीं छोड़ते हुए पास वाले पेड़ पर छोड़ दिया। वह इतने वेग से छूटा था कि कब कमान से छूटा और कब पेड़ के तने के आरपार निकलकर भूमि में समा गया, किसी को कुछ समझ नहीं आया।

लक्ष्मण ने भी देखा कुशल हाथों और क्रोध में चलाया बाण, जो जानबूझकर दिशा बदलकर छोड़ा गया। अन्यथा वह उनके कंठ को फोड़ता हुआ भी निकल सकता था।

पर लव ने कहा - 'वीर, यह आपका सौभाग्य है। हम अपनी माता के वचनों से बंधे नहीं होते तो आज तुम्हें वीरगति प्राप्त हो चुकी होती। अब आप निःशस्त्र हैं और आपका रथ भी नष्ट हो गया है। शाम हो चुकी है, वीर होने के नाते हम आपको निहत्था देखकर वार नहीं कर सकते। कल सुबह हम यहीं आपकी प्रतीक्षा करेंगे।'

शाम होते ही युद्ध समाप्ति की घोषणा हुई तो अयोध्या के सैनिकों के प्राण में प्राण आए। उन्हें लगा था कि बस, अब उन्होंने लक्ष्मण को खो दिया। स्थिति भी कुछ ऐसी ही थी।

लक्ष्मण का मन बहुत आहत हो गया था। बार-बार उन्हें वह अंतिम क्षण याद आ जाता था, जब ठीक सामने धनुष पर चढ़ा बाण कान तक

खिंचा हुआ और लक्ष्य को भेदने वाली लव की आंखें...

किसी भी वीर पुरुष और वह भी एक महान महारथी के लिए बड़ा अपमान भरा समय था, जब एक कम उम्र योद्धा ने लगभग विजय तक पहुंचा अवसर केवल इसलिए छोड़ दिया कि उन्होंने अपनी माता को वचन दिया था। फिर निहत्थे पर वार तो कोई वीर नहीं करता।

इस अपमान और पराजय ने लक्ष्मण की नींद ही हर ली थी। अयोध्या के सैनिक भी ऐसा भीषण और सिद्धहस्त युद्ध पहली बार देख रहे थे, जब दो बालकों की उम्र के योद्धाओं ने अयोध्या की सुसज्जित सेना को पराजय के समीप ला दिया था। सभी सैनिकों और उनके सेनापतियों का मनोबल मानो रसातल में चला गया।

लक्ष्मण का शरीर अभी भी क्रोध से कांप रहा था। उन्हें लग रहा था कैसे भी रात्रि समाप्त हो और युद्ध प्रारंभ हो, ताकि वे अपना प्रतिशोध ले सकें।

हालांकि आज के युद्ध में लक्ष्मण का मन बार-बार दोनों की आयु देखकर भटक जाता था। उनके पुत्रों से थोड़े ही तो बड़े होंगे ये, कैसे अपने पुत्र समान विरोधी पर लक्ष्मण सरीखा योद्धा प्राणघातक प्रहार कर सकता है, जबकि अभी तक दोनों को अपराधी सिद्ध कर सके, ऐसा कुछ हुआ भी नहीं था। वैसे भी यदि ये दोनों बालयोद्धा चाहते तो उनका वध कर सकते थे और ये सक्षम भी थे, फिर क्या बात है, जो इन बहादुर बालकों ने इस युद्ध को अभ्यास का एक मैदान बना डाला था।

उधर, लव-कुश के शिविर में सीता ने कुश के कंधे का उपचार कर दिया था। उन्हें चिकित्सा विज्ञान का गहन अनुभव था।

आख़िर जनक शिरोध्वज के राज्य की सैनिक और व्यवहारिक व्यवस्था सीता के हाथ में थी। वे बिना मुकुट की राजा ही थीं, जो अपनी भूमि की रक्षा करने में सक्षम थी। शायद इसीलिए उन्हें विष्णु की उपाधि मिली थी कि वे विष्णु के समान अपनी प्रजा की देखभाल करती थीं।

उपचार के बाद सीता ने कहा - 'पुत्र! यह तो सुबह तक ठीक हो जाएगा, किंतु मैंने पहले ही कहा था, वह योद्धा थोड़ा कुशल और शक्तिशाली है।'

'मां! यदि आपने हमसे वचन नहीं लिया होता तो आज हम उन्हें वीरगति दे सकते थे। एक तरह से हमने विजय प्राप्त होने वाले क्षणों में युद्ध टाल दिया।'

'अच्छा किया, एक सूर्यवंशी योद्धा कभी भी निहत्थे योद्धा पर वार नहीं करता और तुमने से सिद्ध भी कर दिया।'

'किंतु मां! यह बात अवश्य थी कि हम दो भाई थे और वह अकेले। हमें यहां का पूरा भूगोल पता है, फिर भी वह दिनभर बिना थके हमसे युद्ध करते रहे और उल्लेखनीय बात यह थी मां कि उन्होंने भी हम पर कोई घातक वार नहीं किए।'

'हां, संभवतः तुम्हारी आयु अवस्था को देखते हुए। किंतु तुम यह नहीं भूलो कि वे युद्ध करने आए हैं। इसके आज नहीं तो कल घातक युद्ध में परिवर्तित होते क्या समय लगेगा। तो कल तुम लोग अपने वे अमोघ कवच अवश्य धारण कर लेना, जो तुम्हें कैलाश यात्रा में मिले थे।'

'ठीक है मां।'

'अभी तुम्हें एक निर्णायक युद्ध के लिए भी तैयारी करनी पड़ेगी, क्योंकि इन भाइयों के पीछे-पीछे राजा राम भी वन में पधार चुके हैं। दिवस-दो दिवस में वे भी यहां होंगे। तब तुम्हारे शौर्य का सही परीक्षण होगा।'

'ठीक है मां! हमारे बचपन से हमारे नायक रहे श्रीराम, जो अयोध्या के राजा हैं और जिन्होंने युद्ध में रावण को परास्त किया! ये तो और भी अच्छा है, ऐसा सुअवसर कब मिलेगा?'

'पर युद्ध तो युद्ध ही है। या तो कोई पराजय मान ले या प्राण त्याग दे, तभी युद्ध समाप्त हो सकता है।'

'दूसरा दिन आरंभ हुआ। इन तीनों के अलावा सभी युद्ध से विमुख होकर देख रहे थे। अयोध्या के सैनिक बात कर रहे थे, काश! ये वीर हमारी सेना में होते तो हमारी ताक़त में और कई गुना अधिक वृद्धि हो गई होती। इतने पराक्रमी हैं दोनों भाई, लेकिन फिर भी घमंड नहीं है इनकी बातों में। कितने आदर से लक्ष्मण से बातें करते हैं, जबकि लक्ष्मण कभी-कभी आवेशित हो जाते थे।

पर दूसरा दिन भी बिना किसी हार-जीत के निकल गया। लव-कुश को भी लगा सच में जितना कहा जाता है लक्ष्मण के बारे में उससे कहीं अधिक हैं ये।

राम तक संदेश पहुंच गया था कि युद्ध अभी चल रहा है। तो वे भी सोच रहे थे कि शीघ्र पहुंचकर लक्ष्मण की सहायता करें। वहीं लव-कुश सोच रहे थे, कैसे भी उन्हें पराजित कर राम की प्रतीक्षा करें। तीसरा दिन निकलने को था। सीता ने दोनों भाइयों की आरती उतारी, अयोध्या के बंदी सैनिक भी युद्ध का परिणाम जानने को उत्सुक थे। ख़ासकर भरत और शत्रुघ्न। यह बात उन्हें विदित थी कि अभी युद्ध लक्ष्मण के साथ चल रहा है, जिसका परिणाम आज दो दिन बाद भी नहीं निकला था।

ये कैसे महान वीर बालक हैं, जिन्होंने लक्ष्मण सरीखे योद्धा को दो दिन से हतोत्साहित कर रखा था! वहां उपस्थित सभी बंदी सीता और लव-कुश से बहुत प्रभावित थे और मन ही मन कामना कर रहे थे कि ये दोनों वीर बालक भी अयोध्या की सेना का गौरव बनें।

आज सीता ने दोनों को स्वयं अपने हाथों से तैयार किया था। उनके तरकश को अपने हाथों से सजाया था। सुबह तिलक करके उनके कृपाण उन्हें सौंपते हुए कहा -

'आज थोड़ा मन लगाकर युद्ध करना, हंसी-ठिठोली मत करते रहना। आज तुम्हें विजयी होकर ही आना है।'

दोनों ने माता की चरण वंदना की और अपने अस्त्र-शस्त्र उठाकर चल दिए युद्ध क्षेत्र की ओर। दोनों का उत्साह देख भरत सोच रहे थे, ये दोनों वीर भाई युद्ध के लिए जा रहे हैं या आखेट खेलने। युद्ध के नाम पर कितने उत्साहित हैं दोनों। और उनसे भी अधिक उनकी माता, जो स्वयं एक विकट योद्धा के सामने अपने बालकों को युद्ध के लिए भेज रही थी, जैसे हिरण के शिकार के लिए भेज रही हो। यद्यपि युद्ध के परिणाम की चिंता सभी को थी।

अब युद्ध का तीसरा दिन था।

लक्ष्मण ने आज ख़ास लाल रंग के वस्त्र धारण किए थे। सुर्ख लाल रंग के वस्त्रों में उनका गोरा रंग जैसे दहक रहा था। उसी रंग की कलगी भी उनके किरीट की शोभा बढ़ा रही थी। नीचे रेशमी धोती थी। लक्ष्मण का सौंदर्य ऐसा लग रहा था, मानो किसी विशेष अवसर के लिए तैयार हुए हों।

उधर, दोनों भाई भी भगवान शिव के द्वारा दिए गए कवच और धनुष धारण किए हुए थे। लक्ष्मण ने देखा दोनों भाइयों के माथे पर एक बड़ा-सा तिलक लगा है और दोनों ने वैजयंती माला धारण कर रखी है। दोनों एक-दूसरे की प्रतिकृति थे। उन्हें युद्ध करते देख लक्ष्मण को बार-बार अपने बचपन के दिन याद आ रहे थे। भैया राम जैसा एक योद्धा-सा शरीर था दोनों का। युद्ध के अभ्यास से शरीर का अंग-अंग निखर आया था।

विशाल चौड़ी छाती, शेर समान पतली कमर और कच्छप जैसी पीठ थी। भुजाओं में ऐसा खिंचाव था, मानो बहुत सारी रस्सियों को बटकर बांध दिया हो। सघन जंघाएं, जिन पर घुटने तक मज़बूत चमड़े के जूते। बाएं बाजू में कोहनी से कलाई तक धातु और चमड़े का दस्त बंधा था, ताकि प्रत्यंचा से कलाई घायल नहीं हो जाए। वहीं दाएं हाथ के अंगूठे में एक अंगूठीनुमा चपटा छल्ला भी पहन रखा था और लक्ष्मण ने भी पहना हुआ था। कोई भी सिद्धहस्त धनुर्धारी यह सब अवश्य ही धारण करता था।

आज जैसे ही योद्धा का आमना-सामना हुआ, लव ने चुटकी ली -

'श्रद्धेय प्रणाम! आज तो आपके वस्त्र आपके क्रोध को और बढ़ा देंगे।'

'तुम युद्ध पर ध्यान दो बालकों! मैं अभी तक यह सोचकर युद्ध कर रहा था कि तुम बालक हो, इसलिए घातक वार नहीं कर रहा था। अब मुझे यह युद्ध आज समाप्त ही करना पड़ेगा। लो संभालो।'

उधर, राम की सेना को वेग से आता देख मलय सैनिकों ने रास्ते में पड़ने वाले मिट्टी के बांध तोड़ दिए। उन्होंने रास्ते में जगह-जगह गहरे गड्ढे कर दिए थे, ताकि उन रास्तों से सेना नहीं निकल पाए या लक्ष्मण की सहायता के लिए युद्धस्थल तक पहुंचने में विलंब हो जाए। राम की सेना ने देखा कि पूरा रास्ता बड़ी-बड़ी शिलाओं से अटा पड़ा था। जगह-जगह गहरे गड्ढे खुदे थे और रास्ते में घुमावदार बनाई गई नहरों में कबिनी का पानी छोड़ दिया गया था।

इस रास्ते से लक्ष्मण तक पहुंचना लगभग असंभव-सा था या समय लग जाता। किंतु युद्ध तो चल रहा था और सहायता के लिए पहुंचना भी आवश्यक था।

राम ने हनुमान की तरफ़ देखा।

'प्रभु! इस रास्ते से तो केवल पैदल ही जाया जा सकता है और उसमें समय बहुत लगेगा। आयुध नहीं ले जा सकेंगे। आप निश्चिंत रहें, हम दूसरे पहाड़ी रास्ते से चलते हैं। एक दिन अधिक लगेगा, किंतु सुरक्षित और चौड़ा मार्ग है।' दुश्मन कहां स्थित है, यह हनुमान ने अनुमान लगा लिया था। तो बिना विलंब किए हनुमान ने राम की सेना को दूसरे रास्ते से ले जाना उचित समझा।

सीता के त्वरित निर्णय से अयोध्या की सेना और लक्ष्मण को जो सहायता मिल सकती थी, वह टल गई। अब कम से कम पूरा एक दिन था। लक्ष्मण इन सबसे बेख़बर पूर्ण श्रद्धा से युद्ध कर रहे थे। दोनों तरफ़ बाणों का अनुपम प्रयोग हो रहा था। निशाने सभी के अचूक थे। पर ज़्यादातर बाण रास्ते में ही नष्ट हो रहे थे। कभी-कभार ग़लती से कोई बाण कभी चला भी जाता तो अपने लक्ष्य से भटक चुका होता था।

सूरज अपने दिन के तीसरे पहर को पार कर रहा था। स्वयं सूर्य भगवान को भी यह युद्ध देखने में इतना आनंद आ रहा था, जैसे देव-असुर संग्राम देख रहे हों। पर यहां तो धनुर्विद्या का चरम प्रदर्शन था। अचानक लव ने कुश को कुछ इशारा किया, जिसके बाद तत्काल एक लक्ष्मण की दाहिनी तरफ़ तो दूसरा बाईं तरफ़ हो गया। अब उन्हें लक्ष्मण पर लक्ष्य साधने में आसानी होने वाली थी और लक्ष्मण के लिए यह मुश्किल था कि दो अनुभवी धनुर्धारियों के साथ दो अलग-अलग दिशा में रहकर युद्ध कर सकें।

तो लक्ष्मण ने भी अपना स्थान बदलकर थोड़ा पीछे हटना उचित समझा, ताकि दोनों भाई उनकी आंखों के सामने रहें। लेकिन, इस बात का लाभ दोनों भाइयों ने उठा लिया। एक बार फिर उन्होंने लक्ष्मण के अस्त्र-शस्त्र नष्ट कर दिए थे। धनुष की डोरी काट दी, तूणीर के बंधन काट दिए, जिससे कंधे पर बंधा तरकश कमर पर आ गया और उनकी तलवार का पट्टा भी काट दिया।

लक्ष्मण को दूसरी बार शस्त्रविहीन देख अयोध्या के सैनिक भयभीत होकर शोर मचाने लगे। अब किसी भी क्षण लक्ष्मण पर प्राणघाती वार हो सकता था।

लव ने एक अचूक बाण धनुष पर चढ़ाया। यह देख लक्ष्मण ने तत्काल तोमर का प्रहार लव पर किया। वार इतना तीव्र और सटीक था कि लव जिस चट्टान पर खड़े थे, वह टुकड़े-टुकड़े होकर भंग हो गई और लव भूमि पर

गिर पड़े। धनुष उनके हाथ से निकल गया। लक्ष्मण यहीं नहीं रुके, उन्होंने अपने भाले के घातक प्रहार से कुश पर आघात किया, किंतु कुश ने भगवान शिव का कवच पहन रखा था, इसलिए चोट प्राणघातक तो नहीं हुई, अलबत्ता एक पल को कुश को मूर्छा आ गई।

अब यही समय था जब इन पर नियंत्रण किया जा सकता था। तो फिर लक्ष्मण ने तत्काल ऋषि शक्ति को दाहिने हाथ में सिर से ऊपर उठाया और मंत्रों की सहायता से उसे प्रज्ज्वलित करके जैसे ही दोनों भाइयों की तरफ़ फेंकने को उद्धत हुए, सभी सांस रोककर अगले पल की प्रतीक्षा कर रहे थे। अब दोनों का बच पाना असंभव ही था। दोनों भाई शस्त्रविहीन थे और लक्ष्मण ने शक्ति चलाने की तैयारी कर ली थी।

अगला घातक प्रहार होने ही वाला था। शक्ति बहुत विकराल थी, तीन हाथ लंबी यह शक्ति विशेष धातु से बनी थी, जो स्वयं जगदंबा माता ने लक्ष्मण को भेंट की थी। इससे बचने का कोई उपाय भी नहीं था। अब मरना तय था।

इधर लक्ष्मण ने क्रोध से शक्ति फेंकी, जो तेज़ गर्जना से दोनों भाइयों की तरफ़ बढ़ चली। उसके मुहाने पर बने दो सर्प जैसी आकृतियों के मुंह से बड़े वेग से आग निकलने लगी। एक विस्फोट के साथ यह शक्ति खुद ही दो भागों में विभक्त होकर दोनों भाइयों की तरफ़ चल दी। इस अस्त्र का कोई तोड़ नहीं था। ना तो इन दोनों बालकों के पास, ना धरती के किसी अन्य वीर के पास।

सिर्फ़ मां जगदंबा ही इसे साध सकती थीं।

तभी सामने पेड़ों के पीछे से एक अश्वारोही प्रकट हुआ, जिसके मुंह में अश्व की लगाम थी और बाएं हाथ में धनुष, जिस पर एक अमोघ बाण चढ़ा हुआ था। यह अश्वारोही इतनी तीव्र गति से मैदान में आया और पलभर में अपने बाणों से शक्ति की दिशा बदल दी कि कोई कुछ समझ ही नहीं पाया।

शक्ति अब लव-कुश की तरफ़ नहीं जाकर आसमान में चली गई थी। अश्वारोही कोई और नहीं, स्वयं सीता थीं, जो छिपकर युद्ध देख रही थीं। जब उन्होंने अपने पुत्रों को निःशस्त्र देखा और उन निःशस्त्र बालकों पर लक्ष्मण जैसे वीर ने शक्ति से प्रहार किया तो एक मां को उस जगदंबा मां की शक्ति के बीच आना ज़रूरी हो गया था।

यह घटना इतनी तीव्रता से घटी कि एक बार तो लक्ष्मण को विश्वास ही नहीं हुआ कि मेरे द्वारा छोड़ी गई अमोघ शक्ति की दिशा कोई बदल सकता है। स्वयं जगदंबा मां या शिव बस ये दो ही संसार में यह शस्त्र रोक सकते थे।

'आर्यपुत्र! यह क्या अनर्थ कर रहे थे। आप जैसा वीर पुरुष और शस्त्रविहीन बालकों पर इस तरह से शक्ति का प्रयोग!' सीता ठीक लक्ष्मण के सामने थोड़ी दूर अश्व से उतरीं, तभी आकाश मार्ग से शक्ति वापस युक्त होकर सीता के सामने धरती में समा गई।

यह चमत्कार सभी ने देखा। सभी अचरज कर रहे थे कि यह विशिष्ट कौन आ गया अचानक युद्ध के बीच।

उधर, लव ने इस पल का लाभ उठा लिया और लक्ष्मण की तरफ़ एक पाश उछाल दिया। लक्ष्मण अवाक्-से सीता को देखे जा रहे थे, यह क्या हुआ माता! आप यहां? लक्ष्मण की आंखों के सामने वह क्षण घूम गया, जब सीता माता को विरोध करने के बाद भी भैया एवं माता की हठ के कारण वाल्मीकि के आश्रम के पास छोड़ा था।

सीता तो अभी तक वैसी ही थीं। उम्र का कोई प्रभाव उन पर लेशमात्र भी नहीं हुआ था। सती अनुसूया का दिया वह दिव्य अस्त्र वह धारण किए थीं। केश भी वैसे ही खुले थे, जैसे अयोध्या के महल से निकलते समय। उन्होंने अपना अंतिम आभूषण चूड़ामणि भी उतारकर राम के हाथ में रख दी थी।

'मुझे स्वतंत्र करने के लिए आभारी रहूंगी स्वामी।' वही सती-सा तेज अभी भी उनके चेहरे पर दमक रहा था।

'तो फिर क्या ये दोनों...' लक्ष्मण ने सीता से सिर्फ़ इशारे से पूछा।

सीता ने बहुत आदर से सिर हिलाकर स्वीकृति दी -

'हां, सत्य है आर्य पुत्र। ये आप ही के वंशज हैं।'

तो लक्ष्मण की आंखों में विशेष चमक कौंध गई। उन्होंने तत्काल अपने अस्त्र सीता के चरणों में रख दिए। अब कैसा युद्ध!

पर तब तक कुश के द्वारा चलाया गया पाश पूरी तरह से खुलकर लक्ष्मण के ऊपर था। लक्ष्मण ने देखा और उस पाश में बंध जाने दिया

अपने आप को। दोनों भाइयों ने देखा कि लक्ष्मण अब पूरी तरह से पाश में बंध चुके हैं, हिल-डुल भी सकते थे। वहीं अयोध्या की सेना इस अप्रत्याशित पराजय से घबरा गई। साथ ही सभी सोचने लगे कि ये कौन देवी हैं, जिन्हें देखकर युद्धरत लक्ष्मण ने अपने अस्त्र-शस्त्र इनके चरणों में रख दिए और पाश में बंध गए।

चाहते तो आसानी से इस पाश को काट सकते थे, पर लक्ष्मण तो मानो अभिभूत थे। उनकी आंखों से अनवरत आंसू बह रहे थे। अपने सेनापति को इस तरह विवश देखकर लक्ष्मण के साथ आई अयोध्या की पूरी सेना ने अपने अस्त्र-शस्त्र डाल दिए।

जो देवता इस प्राणघातक युद्ध को देख रहे थे, वे भी बिना क्षति के युद्ध को देखकर हर्षित हो उठे और पुष्पवर्षा करने लगे।

जंगल में छुपे सैकड़ों वनवासी भी इस विजय पर झुंड के झुंड निकलकर आने लगे, जिन्हें देखकर अयोध्या की सेना भी सोचने लगी कि कितने सारे छिपे सैनिक थे आसपास। अधिकांश वनवासी मलय पुत्र परंपरागत शस्त्र नहीं लेकर डंडे और बांस के बने धनुष धारण किए हुए थे।

सीता ने आगे बढ़कर लक्ष्मण के पाश को अपनी कृपाण से काटकर उन्हें बंधनमुक्त कर दिया।

लक्ष्मण की आंखों से अभी भी आंसू झर रहे थे। मानो उनका स्वार्थ सिद्ध हो गया हो। एक विचित्र-सी प्रसन्नता उनके चेहरे पर स्पष्ट दिख रही थी। वहीं दोनों भाई इस घटना से अचंभित थे। माता का ऐसा व्यवहार उन्होंने पहले कभी नहीं देखा था, किंतु मां की आज्ञा के समक्ष वे कोई प्रश्न नहीं उठा सकते थे।

अब सभी को लेकर ये सब शिविर को ओर चल दिए, जहां पहले से ही बहुत सारे युद्धबंदी उपस्थित थे।

भरत ने देखा, लक्ष्मण सिर झुकाए बिना अस्त्र-शस्त्र के चले आ रहे हैं, तो वह युद्ध के परिणाम को जान गए थे। भरत ने आगे बढ़कर लक्ष्मण को अंक में भर लिया।

परिणाम अयोध्या के विरुद्ध था, फिर भी लक्ष्मण पूरी तरह शांत दिख रहे थे। तीन दिन सतत चले युद्ध ने उन्हें थका दिया था। पर सीता ने धीरे-से लक्ष्मण से कहा - 'अभी चुप ही रहें, यह राज़ वे स्वयं ना बताएं तब तक प्रकट नहीं करना।'

पूरे शिविर में विगत दिनों हुए युद्ध को लेकर तमाम चर्चाएं हो रही थीं, जिसमें अयोध्या की, इन दोनों भाइयों की वीरता और उनके सामर्थ्य की चर्चा भरी पड़ी थी। सभी तरफ़ उनकी ही बातें हो रही थीं। युद्धबंदी होने पर भी भय किसी के चेहरे पर नहीं था।

अब निर्णायक युद्ध की सभी प्रतीक्षा कर रहे थे। उनकी अंतिम आशा श्री राम थे कि वे शीघ्र आएं और हमें बंधनमुक्त कराएं।

अब जो इन भाइयों से युद्ध करने का सामर्थ्य था, वह सिर्फ़ राम में ही था।

उधर, राम के शिविर में राम थोड़ा लंबा चक्कर लगाकर युद्धस्थल की तरफ़ बढ़ रहे थे। क्या हो रहा है आगे रण में, इसलिए हनुमानजी को कार्य सौंपा गया कि जाकर पता करें विरोधी पक्ष में क्या चल रहा है।

एक दूत की भांति हनुमानजी को इस क्षेत्र के बारे में जानकारी होने के कारण उन्हें भेजने का निश्चय किया गया।

राम ने हनुमान को बुलाया - 'हनुमान! तुम मेरे सबसे विश्वसनीय साथी हो, तो यह दायित्व भी तुम पर है कि वहां जाओ और वास्तविक स्थिति पता करो।'

'जैसी प्रभु की इच्छा।' यह कहकर हनुमान तत्काल निकल पड़े।

वायु मार्ग से जाकर उन्होंने उस स्थान का निरीक्षण किया और फिर एक साधु का वेश धरकर उस पर्वत के बीच अस्थायी सैनिक शिविर में पहुंच गए।

मलय पुत्रों ने एक अजनबी साधु को यूं विचरण करते देख उनके पास जाकर पूछा - 'महात्मा! आप कौन हैं और इस सुरक्षित वन में किस उद्देश्य से विचरण कर रहे हैं, कृपया बताएं। चूंकि यह युद्ध क्षेत्र है, इसलिए किसी अनजान को आज्ञा नहीं कि वह बिना अनुमति यहां विचरण करे।'

'तो फिर मुझे अपने स्वामी के पास ले चलो। मैं तो वन में जा रहा था, यहां हलचल देखकर इधर आ गया कि कदाचित कुछ भोजन इत्यादि की व्यवस्था हो जाए। कुछ दिन से खाने को नहीं मिला।' यह देखकर लव के अनुचर उन्हें पकड़कर लव-कुश के पास ले गए।

'यह किसे पकड़ लाए मरदुल?'

लव ने जब देखा कि कुछ अनुचर किसी साधु को पकड़कर ला रहे हैं तो पूछा।

'महाराज! ये हमारे शिविर के पास विचरण कर रहे थे। पूछने पर पता चला कि यह अकारण ही यहां आए हैं। शायद उन्हें कुछ भोजन मिल जाए।'

'अच्छा।' लव ने साधु का निरीक्षण करते हुए पूछा - 'तुम तो बड़े बलिष्ठ दिख रहे हो। आमतौर पर साधु जैसे नहीं हो। कहीं शत्रु सेना के गुप्तचर तो नहीं!' तभी वहां सीता भी पधारीं और जैसे ही हनुमान को साधुवेश में देखा, तत्काल पहचान गईं।

'अरे! तुम लोगों को एक साधु और गुप्तचर में भेद समझ नहीं आता। इनके हाथ बंधनमुक्त कर दो और पीने के लिए जल दो।'

तत्काल दो लोगों ने आगे बढ़कर साधुरूपी हनुमानजी की बांहें बंधनमुक्त कर दीं। हनुमानजी समझ गए थे कि माता ने उन्हें पहचान लिया है।

सीता ने आज्ञा दी - 'आप यात्रा की थकान मिटा लीजिए, जल ग्रहण कीजिए महात्माजी! तब तक मैं आपके लिए भोजन की व्यवस्था करती हूं।'

'यह सौभाग्य! आज माता के हाथों से भोजन करने को मिलेगा। इससे बढ़कर और क्या सौभाग्य हो सकता है।'

हनुमानजी ने पूरे शिविर का निरीक्षण किया। देखा पूरा कुटुंब आराम से एक बड़े पेड़ के नीचे बैठकर भोजन कर रहा है।

वे सीधे उनके पास पहुंचे -

'राजन! आप लोग तो किसी देश के राजा दिख रहे हैं। क्या बात है जो यूं धरती पर बैठकर भोजन कर रहे हैं?'

सभी ने उनकी तरफ़ देखा और किसी ने ध्यान नहीं दिया कि यह साधु कौन है, किंतु लक्ष्मण ने पहचान लिया। ये तो रामभक्त हनुमान ही हैं, जो शत्रु के शिविर में निर्भीक विचरण कर सकते हैं। इसका तात्पर्य भैया राम भी कहीं आसपास ही हैं। लक्ष्मण ने तत्काल आगे बढ़कर उनका स्वागत किया - 'महात्मा! आप यहां कब आए? यहां तो सब कुशल है।' फिर धीरे से बोले - 'आनंद है, आप भी आनंद लीजिए। इस तरह का भोजन तो

आपको राजप्रासाद में भी पाने का सौभाग्य नहीं मिलेगा। वह भी स्वयं साक्षात् लक्ष्मीजी ही आपको खिला रही हों!'

हनुमान समझ गए कि लक्ष्मण जान चुके हैं वे कौन हैं।

माता सीता के हाथ से बना भोजन कर हनुमान बहुत प्रसन्न हुए और संतुष्ट होकर कहा -

'मां अन्नपूर्णा! जब आप यहां स्वयं हैं तो कोई कमी होने से रही। दूसरा यह कि कल का दिन संभवतः इतिहास की अनोखी घटना का साक्षी बनेगा। माता! आप और आपके पुत्र इस धरती पर बहुत यश पाएंगे और अपने कुल का नाम ऊंचा करेंगे।'

'साधु-महात्मा, आप दो विशिष्ट अवसरों पर मुझे मिले।' सीता ने धीरे से कहा, जो सिर्फ़ लक्ष्मण और हनुमान को ही सुनाई दिया।

'पहली बार मेरे जीवन में आशा की किरण बनकर आए, तब भी स्वामी के आने का समाचार लाए थे। अब इतने वर्ष बाद फिर मिले हैं, तब भी स्वामी के आगमन का समाचार लाए हैं। आप धन्य हैं पुत्र!'

'तो फिर मुझे आज्ञा दीजिए।' यह कहकर हनुमान ने विदा ली। जाने से पहले दोनों भाइयों को आशीष दिया - 'तुम्हारी कीर्ति और पराक्रम को समूचा भारतवर्ष वर्षों याद रखेगा।' इसके बाद उन्होंने लव-कुश का माथा चूमा और उनके ललाट पर सिंदूर लगाया, जिससे सारा वातावरण सुगंधित हो उठा था। तभी हनुमान ने अपना वास्तविक रूप लेते हुए कहा - 'बालकों! मैं तुम्हारी सहृदयता से बहुत प्रसन्न हुआ, मैं प्रभु राम का दूत हनुमान हूं।'

'अच्छा! तो आप ही हैं महान पराक्रमी वीर हनुमान।' लव ने उन्हें थोड़े आश्चर्य से देखा। 'जब आप दूत हैं तो फिर वेश बदलकर आने की क्या आवश्यकता थी?'

'मैं राजाज्ञा के अधीन हूं पुत्र। मैंने जो यहां देखा और समझा, वह मैं अपने आराध्य प्रभु राम को बता दूंगा। फिर उनकी जैसी आज्ञा होगी।'

'किंतु हम अश्व उन्हें नहीं लौटाएंगे वीर हनुमान। इसके लिए तो उन्हें हमसे द्वंद्व ही करना पड़ेगा।'

'मेरा आशीर्वाद तुम्हारे साथ है। जैसी प्रभु की इच्छा होगी वही होगा।' कहकर हनुमान चले गए, किंतु अपनी इस छोटी-सी भेंट में वे सभी को प्रभावित कर गए।

सीता ने भी प्रेम से दोनों को अपने अंक में भर लिया। यह एक सुखद अनुभूति थी, अपने स्वामी को देखने और उनसे भेंट का सोच-सोचकर सीता का मन प्रफुल्लित हो उठा था। दोनों भाई भी माता के व्यवहार में अचानक आए परिवर्तन से आश्चर्यचकित थे। उन्होंने भी माता को इतने वर्षों में कभी इतना प्रफुल्लित नहीं देखा था। मानो उनका शरीर पंख की तरह हलका हो गया था। वे पूरे शिविर में यूं विचरण कर रही थीं जैसे कोई किशोरी हों।

लक्ष्मण इस क्षण और अपनी भाभी मां की ख़ुशी देखकर अतिप्रसन्न थे। उन्हें इस तरह प्रसन्न देखकर उनके भाइयों और पुत्रों ने उनकी प्रसन्नता का कारण पूछा।

'लक्ष्मण! यहां हम वीर अपनी पराजय पर दुःखी हैं, हमारी सारी सेना इन दो महारथी बालकों के सामने नतमस्तक है। और तुम खुद भी आज पराजित होकर आए हो। पर तुम्हारे व्यवहार से तो ऐसा लग रहा है, मानो आज का युद्ध तुमने ही जीत लिया हो। तुमने सचमुच बहुत वीरता और पराक्रम से यह युद्ध किया, परंतु अंत में तुम्हें भी पराजय ही मिली। अयोध्या की सेना की एक और पराजय। विश्व विजयी सेना इन दो बालकों के पराक्रम के आगे ध्वस्त हो गई। तुम्हारे और शत्रुघ्न के पुत्रों, मुझे और हम सभी पराक्रमी रघुवंशियों को द्वंद्वयुद्ध में इन दोनों भाइयों ने अपने पराक्रम से पराजित कर दिया है। अब हम युद्धबंदी हैं लक्ष्मण। किंतु मैं देख रहा हूं, तुम अतिप्रसन्न दिख रहे हो। अवश्य ही कोई रहस्य है, जो तुम जानते हो, किंतु हमसे छिपा रहे हो।'

कहकर भरत ने अपना हाथ लक्ष्मण के कंधों पर रखा। 'अब बता भी दो भाई, हम अपमान और इनके सहनशील व्यवहार से पहले से ही ग्लानि में हैं।'

'हां भैया, आज मैं पराजित होकर भी प्रसन्न हूं। पहला तो यह कि कल स्वयं बड़े भैया युद्ध के लिए उपस्थित हो रहे हैं। तो प्रसन्नता तो होना ही है और युद्ध का परिणाम भी तय है। पर क्या बड़े भैया जैसे शूरवीर

इन बालकों से युद्ध करेंगे? इनकी आयु तो देखिए, ये हमारे पुत्र की आयु के हैं। क्या इन पर बड़े भैया अपने बाण चला पाएंगे?'

'माना कि ये शत्रु हैं। इन्होंने हमारे अश्व को बांधकर अपराध किया है, पर ये दोनों हैं तो सच्चे वीर बालक। हमने तो इन सरीखा योद्धा देखा नहीं कभी। इन दोनों ने अकेले अपनी वीरता और पराक्रम से हमारी पूरी अयोध्या की सेना को परास्त कर दिया और हमारा वध नहीं करते हुए हमारा सत्कार भी कर रहे हैं। इनके साथियों को देखो, हमारी सेना को इस तरह भोजन करा रहे हैं, जैसे इनके सगे-संबंधी हों। ये हमारे शत्रु तो हो ही नहीं सकते।'

'हां, ये हमारे शत्रु तो नहीं हैं, यह तय है।' लक्ष्मण ने सिर झुकाए हुए उत्तर दिया। 'अभी जो साधु आए थे, वे बड़े भैया के दूत थे। हमारे सखा वीर हनुमान थे भैया। इसका तात्पर्य बड़े भैया कहीं निकट हैं।'

'अच्छा, तो वे हनुमान थे!'

अब सभी आश्चर्य को हुआ।

'उन्होंने अपनी पहचान गुप्त रखी थी।'

'किंतु भैया लक्ष्मण, हमें यह युद्ध रुकवाना पड़ेगा। कितना भी सामर्थ्य हो इन दोनों वीर बालकों में, किंतु ये बड़े भैया का मुक़ाबला तो कर नहीं सकते। कहीं कोई हानि नहीं हो जाए।'

'आप जाकर उनकी माता से बात कीजिए। कहिए, कल युद्ध के लिए उन्हें नहीं भेजें, हम स्वयं जाएंगे भैया के पास और उनसे इस युद्ध को ना करने की विनती करेंगे। ये हमारे शत्रु तो हो ही नहीं सकते। हमें कल युद्ध रोकना पड़ेगा।'

यह कहकर सभी भाई उस ओर चल दिए, जिधर माता सीता और लव-कुश बैठकर भोजन कर रहे थे। भोजन कराने के उपरांत सभी को आया देख सीता ने उन्हें आसन ग्रहण करने की आज्ञा दी। भोजन उपरांत तीन भाइयों ने अपने मन की बात सीता को बता दी और यह भी कि यह युद्ध बड़े भैया की कीर्ति के लिए भी उचित नहीं, ना इन बालकों के लिए।

'राजाज्ञा जो भी होगी, किंतु आप इस युद्ध को रोक सकती हैं, आपने भी राम के पराक्रम के बारे में सुना होगा और अभी इनकी अवस्था नहीं कि

ये बड़े भैया से युद्ध करें। अतः हमें आज्ञा दें माता तो हम स्वयं बड़े भैया को समझाएंगे। ये भी अपना बालहठ त्यागकर अश्व बड़े भैया को सौंप दें और उनसे आशीष लेकर उनके संरक्षण में जीवन व्यतीत करें। हम भैया से अनुरोध करेंगे कि आपके वीर बालकों को अयोध्या की सेना में शामिल कर उनका शेष जीवन आनंद से अयोध्या में व्यतीत करें।'

'पर मैं किसी भी क़ीमत पर इस अश्व को उन्हें नहीं सौंपूंगा। चाहे फिर हमें उनसे भी युद्ध क्यों नहीं करना पड़े। हमारे भी वे आदर्श हैं।'

तब सीता ने हस्तक्षेप करते हुए कहा -

'यह ना तो आप तय कर सकते हैं, ना हम। यह तो स्वयं आपके बड़े भैया और अयोध्या के सम्राट ही तय करेंगे कि कल युद्ध होगा या नहीं। मैं अपने पुत्रों को बाध्य नहीं कर सकती। यह युद्ध उनका अपना युद्ध है। या तो ये तय करें कि इन्हें युद्ध करना है या नहीं। वैसे भी हम लोग तो सिर्फ़ दर्शक मात्र हैं। सुबह की प्रतीक्षा करते हैं।'

'उनके दूत ने उन्हें अवगत तो करा दिया होगा। अब उन्हें तय करना है कि धर्म बड़ा है या अधिकार। वे एक महान राजा हैं, उनका अपना संकल्प है, अपनी प्रजा के प्रति, अपनी सेना के प्रति। वो सम्राट हैं, इस धरती के, इस आर्यावर्त के। हम लोग कौन होते हैं उनके आदेश की अवहेलना करने वाले?'

ऐसा कहने के पश्चात उन्हें विश्राम करने का कहकर सीता अपने शयनस्थल को चली गईं। सीता माता के स्वाभिमान को देखकर लक्ष्मण की छाती गर्व से फूल गई। वह मंद-मंद मुस्कराते हुए अपने भाइयों और बालकों को लेकर अपने शयनस्थल को चले गए।

पूरी अयोध्या की सेना भी कल का युद्ध नहीं होने की भगवान से प्रार्थना करते हुए सोने चली गई। वे भी नहीं चाहते ते इन वीर बालकों से पराजित हों, ना ही ये कि इतने वीर बालक कल पराजित हों।

युद्ध आख़िर युद्ध ही होता है। क्षति किसी भी पक्ष की हो, आख़िर क्षति ही होती है। और यहां तो देवता भी नहीं चाहते थे कि कल के युद्ध का कुछ परिणाम निकले और सीता के मन में एक अजीब-सा द्वंद्व चल रहा था।

कभी ऐसा अवसर उनके जीवन में आएगा क्या, जब एक पिता ही अपने पुत्रों से युद्ध के लिए उठ खड़ा होगा! ना तो सीता चाहती थीं कि

उनके पुत्र पराजित हों, ना श्रीराम, उनके स्वामी, अयोध्या के नाथ ही अपमानित हों।

अब ये तो स्वयं राजा राम को तय करना था कि एक पिता को अपने पुत्रों से युद्ध करना है या एक अयोध्या का अजेय योद्धा अपने धर्म के लिए, अपने यज्ञ के लिए इन दो अबोध बालकों से युद्ध करेगा।

परिणाम भयंकर हो सकता है, यदि युद्ध हुआ तो।

सीता ने मन ही मन भगवान शंकर का स्मरण किया, 'प्रभु! अब आप ही कुछ हल निकालिए। परिणाम मेरे हाथ में नहीं है। एक तरफ़ मेरे स्वामी प्रभु राम हैं, दूसरी तरफ़ मेरे बच्चे। मेरी लाज अब आपके हाथ में है।'

तब स्वयं प्रसन्न मन से भगवान शंकर व पार्वती देवी ने सीता को दर्शन दिए और कहा - 'पुत्री! मन इतना व्यथित मत करो। यह सुअवसर तुम्हारे जीवन में आया है, इस घटना के लिए ही तुम्हारा अवतरण हुआ। तुम ही माता हो, तुम ही पत्नी भी। तुम्हें अपने स्वामी राम पर भरोसा नहीं है या उनके न्याय पर भरोसा नहीं। यह तो उन्हें ही तय करना है, परिणाम भी उन्हें ही पता है। युद्ध तो आख़िर युद्ध है।'

'एक राजा और एक सम्राट के हृदय को तो हम परिवर्तित नहीं कर सकते। यह निर्णय उन्हें स्वयं लेने दो पुत्री। हां, हम इतना अवश्य कह सकते हैं, क्षति तुम्हारे पुत्रों की नहीं होगी।' यह कहकर वे अंतर्ध्यान हो गए और सीता गहरी नींद में चली गईं।

दूसरे दिन सुबह।

इस दिन की प्रतीक्षा सबसे अधिक किसी को थी तो अयोध्या की पटरानी सीता को। उनकी वर्षों की साधना की परीक्षा थी आज। दूसरे थे भ्राता लक्ष्मण, जिन्हें इस बात की ख़ुशी थी कि आज रघुवंश का एक अध्याय संपूर्ण होने जा रहा था। वर्षों से लक्ष्मण ने राम को राजसी बिछौने पर सोता नहीं देखा था। मूंज के सादे बिस्तर पर सोते थे राम, जबसे सीता ने अयोध्या का राजमहल त्यागा था। तब से ही सभी राजसी सुखों से दूर थे। यह बात राजपरिवार के सभी लोग जानते थे।

सीता वन में तपस्वी की तरह जीवन जी रही थीं और अयोध्या में राजा राम वनवासी जीवन जी रहे थे। अपने एक पत्नीव्रत के साथ। कई बार अयोध्या

के प्रबुद्धजन ने राम से कहा भी था दूसरा विवाह करने को, ताकि उनका कुल और अयोध्या को युवराज मिल जाए, किंतु एक क्षण के लिए भी राम अपने आपको सीता से अलग नहीं कर पाए थे। कभी भी दूसरी स्त्री सीता का स्थान नहीं ले सकती थी, इस बात को लक्ष्मण के अलावा कौन समझ सकता था।

सीता और राम दो अलग-अलग व्यक्तित्व नहीं थे। ये दोनों मिलकर ही एक होते थे। इसीलिए ना तो कभी सीता और ना ही राम एक-दूसरे से अलग हो सके थे। उनका प्रेम अमर था। इस प्रेम ने ही कदाचित उन्हें इतने दिन विमुख भी रखा था। अब संभवतः यह अवसर आज आ जाए।

सभी भाई भी नहीं चाहते थे कि यह युद्ध हो। कुछ न कुछ करके इस युद्ध को टालना ही होगा। भरत जानते थे राम उन्हें अत्यधिक प्रेम करते हैं, उनका कहा टाल नहीं पाएंगे। अयोध्या की सेना का प्रत्येक व्यक्ति, चाहे वह सेनानायक हो या साधारण सैनिक, सभी चाहते थे यह युद्ध ना हो और इन वीर बालकों को राम अपना लें तथा अयोध्या ले चलें। देवता भी नहीं चाहते थे यह द्वंद्व पिता और पुत्र में हो। सभी की साध थी, अब आगे तो वही होगा जो अयोध्या का सम्राट चाहेगा। उसके विवेक में जो रचा होगा, निर्णय सिर्फ़ उन्हीं को करना है। धर्म और न्याय कहां तक इस अकल्पित युद्ध के लिए खड़े होते हैं और क्या निर्णय लेते हैं, यह अयोध्या के कल का निर्धारण करेगा। एक तरफ़ बालहठ था, दूसरी तरफ़ राजहठ।

सुबह होते-होते अधीर राम ने सेना को शंखनाद से उठाकर युद्ध के लिए तत्पर कर दिया। युद्ध के बाजे बजने लगे। अब चूंकि समर अपने अंतिम सोपान पर था तो लव-कुश की सहायता के लिए सारा मलयालय ही उमड़ पड़ा था। किसी भी जनसाधारण को युद्ध में मृत्यु का भय नहीं था।

इस बार युद्धस्थल भी बदल गया था। सेना पूर्व की तरफ़ एक बड़े-से सपाट मैदान में अपने आपको व्यूहबद्ध कर रही थी। पूरी सेना के मध्य में अयोध्या के अधिपति सम्राट राम का दिव्य और अनूठा रथ था, जिसमें सूर्य के पहर के समान आठ उत्तम क़िस्म के श्वेत अश्व जुते थे, जिनकी सुनहरी वल्गाएं उनके सारथी ने संभाल रखी थीं।

राम ने स्वयं अपने साधारण वस्त्रों के ऊपर ही कवच पहन रखा था। उनकी पीठ पर एक सागर-सा विशाल तूणीर बंधा हुआ था, जिसमें नाना प्रकार के आयुध सजे हुए थे। उनके बाएं कंधे पर परशुराम का अजेय धनुष

टंगा था, दाहिने हाथ में एक चमकदार शंख था। उनका श्यामल रंग और मज़बूत चट्टान-सी देह सूर्य के प्रकाश में चमक रही थी। श्याम रंग के पश्चात राम पूरी सेना में अद्भुत छवि के कारण विशिष्ट दिख रहे थे। ऐसा तेज था कि सामने कोई भी वीर हो, उनसे प्रभावित हुए बिना नहीं रह सकता था।

उनके पीछे अयोध्या की सेना पूरी तरह से तैयार थी। अश्व सेना का रंग सुनहरा था तो हाथियों पर विराजित वीर गहरे लाल रंग के वस्त्रों में थे।

पैदल सैनिक ने केसरिया रंग का बाना पहन रखा था और विभिन्न हथियारों से सुसज्जित थे। प्रतीक्षा में थे कि कब राम आज्ञा दें और युद्ध शुरू करें। दूसरी तरफ़ की सेना साधारण नागरिकों की थी। कोई वेशभूषा नहीं, क्योंकि कोई भी पारंपरिक सैनिक तो था नहीं। उन्हें ना तो अश्व से, ना धन से, ना विजय से प्रेम था। उन्हें तो बस यह विश्वास था कि जदयथा अम्मा के रहते जब इतनी बड़ी सेना उन दो अकेले भाइयों का कुछ ना बिगाड़ सकी तो वे भी कुछ विशेष करने से रहे।

हां, यह बात अलग थी इतने दिन से जो कथा उन्होंने दोनों भाइयों के मुख से सुनी थी *रामायण* के रूप में, तो सभी की इच्छा थी उन महान आर्यावर्त के भावी सम्राट के दर्शन तो कर ही लें, जिसके गुणगान देवता भी करते हैं। उनकी महिमा पूरे मलयालय में प्रसिद्ध थी। इसलिए युद्ध में भाग ले रहे युवा लोगों के साथ वृद्ध व बच्चे यहां तक कि महिलाएं भी इस युद्ध को देखने उपस्थित थीं। एक विशाल जनसमुदाय मानो अयोध्या की सेना से दो-दो हाथ करने युद्धस्थल पर समय से पहले पहुंच गया था।

तभी सामने की पहाड़ी के ऊपर एक छोटा-सा दल उभरा, जिसका नेतृत्व कर रहे दोनों भाई उस राज यज्ञ के अश्व की वल्गाएं थामे ऐसे चले आ रहे थे, जैसे भेड़ों के बीच शेर चला आ रहा हो। उनके आते ही पूरा युद्धस्थल जदयथा अम्मा और उन वीर बालकों की जय-जयकार से गूंज उठा।

सारा जनसमुदाय, सारे मलय निवासी, सारी सेना करतल ध्वनि से उनका स्वागत करने को उठ खड़ी हुई। अद्भुत दृश्य था। अयोध्या की सेना अपनी शत्रु सेना देखकर अचंभित थी। जहां तक दृष्टि जा रही थी वहां तक पहाड़ों पर विशाल जनसमुदाय दिख रहा था। उनके बीच से होते हुए दोनों वीर अपने कुछ साथियों के साथ बढ़े चले आ रहे थे।

अश्व थामे इन अबोध बालकों पर दृष्टि पड़ते ही राम को अचरज हुआ।

'क्या ये मेरे शत्रु हैं! ये अबोध बालक और ये निरपराध विशाल जनसमुदाय? इनसे युद्ध करेंगे हम? क्या इन वीर बालकों ने जिनकी आयु अभी युद्ध के लायक़ नहीं थी, अयोध्या की तमाम सेना के साथ मेरे अनुजों को परास्त कर बंदी बना लिया है। मैं इनसे युद्ध करूंगा? क्या एक सशक्त सेना इन जनसाधारण से युद्ध करेगी?'

एक सम्राट का हृदय उन्हें देखकर द्रवित हो गया।

किंतु जैसे ही वे बालक राम की दृष्टि में आए, राम और राम की पूरी सेना अचरज में पड़ गई। राम की प्रतिकृति के रूप में दो बालक सामने खड़े थे। बिलकुल उस राम की तरह दिख रहे थे, जैसे विश्वामित्र के साथ जाते राम-लखन!

राम का गर्व से तना सीना और भारी-भरकम धनुष स्वतः ही नीचे आ गया। वे अवाक्-से उन दोनों भाइयों को निर्भीक अपनी तरफ़ आता देखकर आश्चर्यचकित थे।

उन्होंने अपने धनुष को रथ के साथ टिकाकर नीचे रख दिया।

तभी लव ने युद्ध आरंभ करने की घोषणा करते हुए शंखनाद किया और चेतावनी स्वरूप बाणों की वर्षा करते हुए राम के रथ को आगे से अवरुद्ध कर ऊंचे स्वर में कहा -

'हे महान भारत के रघुवंश के वीर शिरोमणि! आपसे युद्ध करने के लिए हम दोनों भाई, अपनी माता के पुत्र आपके समक्ष उपस्थित हैं। आप समूचे आर्यावर्त के सम्राट हैं, तो तैयार हो जाइए हमसे युद्ध करने के लिए।'

'अपने विश्व विजय धनुष को उठाइए और वीरों की भांति युद्ध कीजिए। परंतु राजन!' लव ने तनिक रुककर कहा - 'आपके लिए इस संपूर्ण विश्व में ऐसा कुछ नहीं जो अप्राप्य हो और साधारण-से अश्व के लिए आप इतनी बड़ी सेना लेकर युद्ध के लिए निकले हैं। यह हमें उपहारस्वरूप भेंट देकर अपने भाई-बांधवों और सेना सहित प्रस्थान कीजिए। सिर्फ़ एक अश्व, ऐसे कई अश्व आपके अस्तबल में बंधे होंगे। तो यह अश्व हमें प्रदान करें और नहीं तो युद्ध के लिए तैयार हो जाएं। जो जीतेगा, अश्व उसका होगा।'

विकट स्थिति थी। राम ने हंसकर कहा - 'वीर बालकों! तुम्हारी वीरता और बहादुरी से पूर्ण रूप से प्रसन्न हूं। तुम दोनों वीर हो, किंतु तुम्हारी अवस्था ऐसी नहीं कि मैं तुमसे युद्ध करने की सोचूं भी। मैं इस पूरे निरपराध जनसमुदाय से युद्ध नहीं कर सकता। यहां तक कि तुम दोनों से भी नहीं, भले ही तुमने मेरे भाइयों को पराजित कर अपनी वीरता का परिचय पहले ही दे दिया है। किसी राजा को यह शोभा नहीं देता कि तुम सरीखे अबोध बालकों से मैं रघुनंदन युद्ध करूं। यह कैसे संभव है? हां, एक राजाज्ञा से मैं बंधा हुआ हूं।'

'यह अयोध्या के अश्वमेध यज्ञ का अश्व है, इसके बिना यज्ञ अधूरा है, तो अयोध्या के राजा के नाते यह अश्व मुझे प्राप्त करना ही पड़ेगा। किंतु, धर्म के साथ नीति कहती है कि मेरा धनुष कैसे तुम पर बाण चला सकता है। इस अश्व के अलावा तुम्हें जो भी प्रिय हो, मांग लो। मैं तुम्हें वचन देता हूं वह तुम्हें दूंगा।'

'किंतु हम यह अश्व आपको नहीं दे सकते। आप तो युद्ध कीजिए और हमें परास्त कर अपना अश्व अर्जित कर लीजिए।'

बड़े ही पसोपेश की स्थिति थी।

राम ने हनुमान की तरफ़ देखा और अपनी पूरी सेना की तरफ़ भी।

सभी की आंखों में युद्ध नहीं करने के कारण तैर रहे थे। 'युद्ध ना कीजिए राजन! ये बालक युद्ध के लिए नहीं हैं।'

किंतु वे तो टस से मस नहीं हो रहे थे।

'समय व्यर्थ नहीं कीजिए राजन! हमें युद्ध आरंभ करने की आज्ञा दीजिए।' कहकर दोनों भाइयों ने अपने-अपने धनुष पर बाण संधान कर लिए और प्रत्यंचा को कान तक खींच अपने बाणों का रुख़ राम की तरफ़ कर दिया।

किंतु राम ने धनुष को हाथ तक नहीं लगाया था। अयोध्या की सेना भी अचरज में थी। उन्हें तो युद्धस्थल पर तीन-तीन राम दिख रहे थे। किसी भी सैनिक ने अपने अस्त्र-शस्त्र नहीं उठाए थे।

'तो हमें आप विवश मत कीजिए, हम भी ऋषि कुमार हैं, आप पर प्रहार कैसे करें, आप अपना राजधर्म निभाइए और शस्त्र उठाइए, हमसे युद्ध करिए।' वे तमाम तरह से राम को उकसा रहे थे। राम ने भी मानो

सौगंध ले रखी थी कि वे इन बालकों पर प्रहार नहीं करेंगे। राम ने संयत भाषा में उद्घोषणा की -

'तो फिर तुम दोनों को मैं अपना पुत्र मानता हूं और तुम्हें भी अपने साथ अयोध्या चलने के लिए कहूंगा। तुम्हारा प्रण भी रह जाएगा और मेरा भी।'

इस घोषणा के साथ सभी ने करतल ध्वनि से राम की आज्ञा की हामी भर दी। तभी पहाड़ के ऊपर से माता सीता उभरीं, जिनके पीछे-पीछे सारे राजकुमार और अयोध्या की सेना थी। उन्हें देखकर युद्ध के मैदान में एकत्र भीड़ ने 'जदयथा अम्मा' के जयघोष किए। सीता ने दूर से ही लव-कुश को अपने धनुष नीचे करने की आज्ञा दी।

जैसे ही सीता की आवाज़ राम के कानों में पड़ी, उन्हें अपने कानों पर सहसा विश्वास ही नहीं हुआ।

सामने पहाड़ से सीता उनके भाइयों के साथ युद्धस्थल की तरफ़ चली आ रही थीं, जैसे कोई शक्तिपुंज चला आ रहा हो। तभी तीव्रता से धरती कांपी। पहाड़ से कई पत्थर नीचे आने लगे, मानो सीता के आगमन पर धरती भी ख़ुशी से झूम उठी हो। अयोध्या के सैनिकों का भी खुशी से बुरा हाल था। सारे राजकुमार सकुशल थे और सीता के पीछे-पीछे युद्धस्थल तक पहुंच गए थे। सीता अब दोनों भाइयों और राम के बीच खड़ी थीं और चारों तरफ़ सैनिक व मलय निवासी उन्हें घेरकर खड़े थे। सीता के चेहरे पर ख़ुशी भी थी और एक गहरी चुप्पी भी। वर्षों बाद अपने प्रिय राम को सामने देख सीता को एक स्वप्न-सा लग रहा था। हनुमानजी ने तत्काल आगे बढ़कर सीता माता की अगुआई की, उनकी चरण वंदना की। उनकी आंखों से आंसू झर रहे थे।

'सीते!'

राम के मुंह से चिरपरिचित नाम सुन सीता भी विह्वल हो उठीं।

'स्वामी! आपने मेरा मान रख लिया आज। ये दोनों आपके ही पुत्र हैं। ये लव और ये कुश।' सीता ने दोनों बालकों की बांहें थामकर उन्हें आगे करते हुए कहा।

'ये मेरे पुत्र हैं!' राम तत्काल रथ त्यागकर आगे बढ़े। सीता ने दोनों भाइयों से उनके पिता का परिचय कराया। 'जाओ और अपने पिता से आशीर्वाद लो, ये तुम्हारे पिता हैं, तुम रघुकुल के कुलदीपक हो, मेरे स्वामी

राम के पुत्र। और ये आपके वीर पुत्र हैं, जिन्होंने ये सिद्ध कर दिया कि वे आप जैसे महान राजा के, हमारे पुत्र हैं। इन्हें अपना लो स्वामी। इस दिन के लिए ही मैंने उन्हें बड़ा किया। आज से इन पर मेरा अधिकार समाप्त एवं आप अपने पुत्रों के साथ आनंद से रहिए।'

सीता के अंतिम शब्द राम के कलेजे को चीर गए - 'इन पर मेरा अधिकार समाप्त।'

'सीते! ये तुम क्या कह रही हो, ये हमारे पुत्र हैं। इन पर मेरा नहीं, हमारा अधिकार है।'

सीता ने अपने हाथों से दोनों बालकों के हाथ राम के हाथों में देते हुए कहा - 'अब इनकी देखभाल का उत्तरदायित्व आपका स्वामी, मैंने आपकी ख्याति के अनुरूप अपनी तरफ़ से इन्हें उचित शिक्षा दी है। इन्हें इतने वर्षों तक उनके पिता से दूर रखा, इसके लिए आप मुझे क्षमा करें और मुझे इस अधिकार से मुक्त करें।'

'सीता तुम किस तरह की बातें कर रही हो? ये तो हमारे जीवन का सबसे उत्तम दिन है, मेरे पुत्र अयोध्या के युवराज हैं। लक्ष्मण! तत्काल इनके तिलक की तैयारी करो, मैं यहीं पर सबके समक्ष ही अपने पुत्रों को युवराज घोषित करता हूं।'

लक्ष्मण ने आगे बढ़कर दोनों भाइयों को गले लगा लिया। भरत तो उन्हें पाकर अपने को धन्य समझ रहे थे। हनुमान ने तत्काल थाली लेकर राम को दी, राम ने दोनों बालकों को यह घोषणा करते हुए तिलक किया -

'ये दोनों मेरे और सीता के पुत्र, रघुकुल के कुलदीपक, उन्हें मैं अपना उत्तराधिकारी घोषित करता हूं और ये आज से अयोध्या के युवराज हैं। आओ, मेरे पुत्रों!' कहकर राम ने दोनों को अपने अंक में भर लिया।

लव-कुश भी अपने पिता की बांहों में आकर धन्य समझ रहे थे।

राम की तो ख़ुशी का कोई ठिकाना नहीं था।

अयोध्या और पूरा मलयालय मानो इस ख़ुशी में झूम उठा था।

एक बड़ा अभियान ख़ुशी-ख़ुशी अपनी समाप्ति की तरफ़ बढ़ गया। अयोध्या को उनके युवराज मिल गए थे, लव-कुश को उनके पिता और राजा

राम को उनके यशस्वी पुत्र। इस घटना पर आसमान से भी देवी-देवताओं ने उतरकर पुष्पवर्षा करते हुए इस घड़ी को अपना समर्थन दिया। बहुत आशीष दिए युवराज को।

सीता पूरे समुदाय के बीचों-बीच खड़ी थीं, अपने दोनों पुत्रों के साथ, जिनके प्रताप के समक्ष अयोध्या का राजवंश नतमस्तक था। गर्व से वह अपने पुत्रों को देख रही थीं, फिर उन्हें साथ लिए राम की तरफ़ अग्रसर हुईं -

'राजा राम! ये मेरे दोनों पुत्र जितने मेरे हैं, उससे अधिक आपके हैं। ये हमारा गर्व हैं। अयोध्या के नरेश! अब यह आप पर निर्भर है आप इन्हें स्वीकार करें या नहीं करें।'

राम को यह स्थिति बड़ी विचित्र लग रही थी। सीता की आंखों में उनके लिए अपार श्रद्धा थी, प्रेम था, किंतु दूसरी तरफ़ चुनौती भी थी।

'एक राजा अपने सारे कुटुंब और सेना के साथ अपने पुत्रों को स्वीकारता है या नहीं? राजा राम का न्याय क्या कहता है, क्या इन सभी को स्वीकार करना चाहिए या नहीं?'

एक पल को सीता के प्रश्न ने सभी को सोचने पर विवश कर दिया था। सभी अपने नायक, प्रजा के प्रिय, न्यायपालक राजा, अयोध्या के सम्राट की तरफ़ देख रहे थे। तभी राम ने आगे बढ़कर अपने पुत्रों को गले लगा लिया।

सीता और पूरे समुदाय को साक्षी मानते हुए राम ने कहा - 'मैं अयोध्या का राजा और रघुवंश का वंशज सभी के समक्ष यह शपथ लेता हूं, ये दोनों पुत्र मेरे अपने हैं, ये मेरे उतने ही अपने हैं, जितनी मेरे लिए मेरी पत्नी सीता हैं। मैं उनसे उतना ही प्रेम करता हूं, जितना कि इनका मेरे ऊपर अधिकार है। मैंने कभी भी अपने आपको सीता से अलग नहीं माना, वह सदैव मेरे साथ रहीं, मेरे सभी दुःख में। और अब सुखों का पल है तो वह अलग कैसे रह सकती हैं।'

अयोध्या का पूरा कुल उस मैदान में आसमान के तले खड़ा था, सेना अपने युवराज को पाकर प्रसन्न थी। सभी ने उन्हें चारों तरफ़ से घेर रखा था। तभी सीता उनके बीच से निकलकर चुपचाप अपनी कुटिया की तरफ़ चल दीं। राम का ध्यान भी जब गया तो अचानक विकल हो गए - 'अरे सीता कहां है! लक्ष्मण देखो, पुत्रों देखो सीता कहां है?' तभी सभी की निगाह

पहाड़ पर ऊपर की तरफ़ जाती सीता पर पड़ी। 'अरे सीता, तुम कहां जा रही हो?' राम ने अपने अस्त्र-शस्त्र त्यागे और तीव्र गति से सीता के पीछे दौड़े।

'ठहरो सीते!'

बाक़ी सब भी उनके पीछे जाने को उद्धत हुए तो हनुमानजी ने सभी को रोक दिया। कहा – 'ये उनका नितांत निजी पल है, आप लोग अपने स्थान पर ही रहिए।' राम सीता को पुकारते-पुकारते आधा पहाड़ चढ़ गए थे और सीता भी बिना मुड़े, बिना सुने जाने किस धुन में चली जा रही थीं। काफ़ी ऊंचाई पर पहुंचकर सीता पलटीं राम की तरफ़। उनकी आंखों में बड़ी स्थिरता थी। पहले की तरह उनकी आंखें नम नहीं थीं। उन्होंने अपनी दृष्टि स्थिर रखते हुए राम से कहा –

'स्वामी! आप वापस चले जाइए। आपके दोनों पुत्र आपको मिल गए हैं। अयोध्या को उनके युवराज मिल गए। अब इस जनकसुता के पास आपको देने के लिए कुछ भी नहीं।'

'मेरे स्वामी! मैं जनक की पुत्री, अयोध्या के सम्राट राजा राम की पत्नी, जो अभी तक अपने कर्त्तव्यों से बंधी थी, आपके पुत्रों को जन्म देने से लेकर उनके विधिवत संस्कार के लिए अपने कर्त्तव्यों से जुड़ी थी। मेरा जन्म तो संभवतः हुआ ही धरती से इसलिए था कि मैं आपसे जुड़ सकूं। मेरे जीवन के उद्देश्य भी अब परिपूर्ण हो गए हैं और आपके भी। जिस देश की, जिस राष्ट्र की आपने व मैंने कल्पना की थी, वह साकार हो गया है। जिस रामराज्य की कल्पना हमने मिलकर की थी, जो हमारे जीवन का ध्येय था, वह अब परिपूर्ण हो रहा है राजन। मैं नहीं चाहती मेरा प्रेम, मेरी उपस्थिति आपको आपके उद्देश्य से विमुख कर दे, जो त्याग आपने अपने आर्यावर्त, अपनी अयोध्या, अपने देश के लिए किया, वह वर्षों तक लोगों की स्मृति में रहेगा।'

'मैंने सदैव चाहा कि आप अपने उद्देश्य प्राप्ति के मार्ग पर एक संत की तरह चलें और उसे प्राप्त करें। मेरे जीवन का मुख्य उद्देश्य तो आप ही थे। अब जब आपने वह सब उपलब्धियां प्राप्त कर ली हैं और एक राजा को उसके युवराज भी मिल गए तो मुझे स्वामी, मुक्त कर दें सारे दायित्वों से। बस, ईश्वर से यही प्रार्थना है कि लोग हमें युगों-युगों तक यूं ही याद करें। अब स्वामी मुझे आज्ञा दें।'

सीता के ये वचन सुनकर राजा के अंदर सीता का पति राम जाग गया – 'ये क्या वचन कह रही हो सीता! तुम्हारे बिना मेरा अस्तित्व कैसा। तुम्हारे बिना मेरे जीवन के कोई मायने नहीं। तुम अयोध्या की रानी, मेरी प्रिय, लव-कुश की माता हो और समस्त अयोध्या राजवंश की रानी हो तुम। यूं अपने दायित्वों से विमुख नहीं हो सकतीं सीता। तुम्हें मेरे लिए, अपने पुत्रों के लिए मेरे साथ अयोध्या चलना पड़ेगा। यह तुम्हारे राम का आदेश है।'

'यही तो राम, यह आदेश, यह अनुरोध होता तो सोचा जा सकता था। यह राजाज्ञा और यह आदेश, कैसे राजन! मैं एक स्वतंत्र नारी हूं, मैं अब ना तो किसी की पत्नी या किसी की मां नहीं और किसी राष्ट्र की रानी तो कदापि नहीं। मैंने ही आपको त्याग दिया था 16 वर्ष पहले, तो अब मेरा लौटकर आना असंभव है राम! हां, ये अवश्य है इस जीवन में तुम्हारी पत्नी हूं और रहूंगी। किंतु अब मैं चाहती हूं जैसे आपने अयोध्या त्यागते समय मेरा साथ दिया था, वैसा ही अब भी दें। आपने अयोध्या में अपने राज्य को एक कुशल राज्य बनाने में वर्षों लगा दिए। अपनी प्रजा को अपने पुत्रों से बढ़कर प्रेम किया। पूरा विश्व इस बात का साक्षी है और मैंने आपके जीवन के उस उद्देश्य को पूरा किया। यहां नारी एक शक्ति का रूप बनकर उभरे और एक ऐसा समाज बनाए, जो आपके उस समाज को मिल सके। जब तक आपके राज्य की स्थिति सक्षम नहीं हो जाती, तब तक आप कैसे सोच सकते थे।'

'एक मां का विधिवत शिक्षित होना और स्वतंत्र होना एक स्वाधीन समाज का पहला चरण है। आज मैं गर्व से कह सकती हूं मैंने उस काम में अपने जीवन से बढ़कर योगदान दिया। समूचे भारत की स्त्रियों को एक दिशा दी, उन्हें आत्मनिर्भर होने की दशा में, ताकि कोई दुष्ट आकर उनका हरण कर बलात् अपनी इच्छा उन पर नहीं थोप सके। मैंने ऐसे समाज की नींव रखी राम, जो आत्मनिर्भर है, शिक्षित है और अपने परिवार को, अपने कुटुंब को बिना किसी सहायता के संभाल सकती है। पूरा भारतवर्ष इसका प्रत्यक्षदर्शी है।'

'पर सीता, मेरा क्या?'

'आप तो सभी के नाथ हो स्वामी! आपको किसी सहारे की आवश्यकता नहीं, किंतु अब विलय की घड़ी है, मुझे कमज़ोर नहीं बनाएं। आप अपने

कुटुंब के साथ आनंद से शेष जीवन व्यतीत करिए।' यह कहकर सीता जैसे ही मुड़ीं, उसी समय धरती डोल उठी। भू-गर्भ से विचित्र-सी आवाज़ आने लगी। धरती का कंपन बढ़ता ही जा रहा था। यहां तक कि नीचे मैदान में खड़े रथ, पेड़ और सभी वस्तुएं थर-थर कांपने लगी थीं। भूचाल आ रहा था।

पहाड़ से बड़े-बड़े पत्थर आपस में टकराकर नीचे आने लगे।

राम ने हाथ बढ़ाकर सीता की कलाई पकड़ने का प्रयास किया, तभी ज़ोर के धमाके की आवाज़ के साथ सीता जिस शिला पर खड़ी थीं, वह सीता सहित अचानक धरती में समा गई एवं इस बीच सीता एकटक राम को देखती रह गईं। राम से वह अंतिम भेंट, जो आंखों-आंखों में थी, सीता की कलाई पकड़ने का राम का प्रयास विफल रहा। जाते-जाते बस सीता का वह वस्त्र, जो अनुसूया माता ने सीता को भेंट किया था, उसका एक किनारा ही राम के हाथ आ सका। शेष सीता के साथ धरा में समा गया। धूल का एक बड़ा बवंडर उठा और सभी के देखते-देखते धरती की पुत्री, राम की पत्नी धरती में समा गई। पीछे छोड़ गई धूल में लिपटे रोते हुए राम और उनके पुत्रों को।

समय और ईश्वर को कोई नहीं पहचानता, एक युग का अंत था या आरंभ, यह अभी कहा नहीं जा सकता था। राम की चीत्कार सुन सभी लोग उनकी ओर लपके, वहां सिर्फ़ राम थे और उनके हाथ था सीता के वस्त्र का एक टुकड़ा। शेष सबकुछ धरती में समा चुका था।

वे सब राम के लिए चिंतित थे। मैदान में आकर एक विशाल वृक्ष की छांव तले वस्त्र बिछाकर राम को लेटाया गया। उनके शरीर को गीले कपड़े से पोंछकर चेहरे पर पानी छिड़का तो कुछ मूर्छा टूटी, परंतु तत्काल ही 'सीता...' कहकर पुनः मूर्छित हो गए।

धीरे-धीरे समय बीता, कई बार राम की चेतना लौटी, किंतु हर बार सीता का विलाप करते हुए फिर मूर्छित हो गए। तब हनुमान ने दोनों बालकों को आगे किया - 'जाओ अपने पिता को संभालो।' दोनों बालकों ने राम का सिर अपनी गोदी में रखा और प्रेम से उनके माथे पर हाथ फेरने लगे। उनकी आंखों से अनवरत अश्रु झर रहे थे। उनके हाथों के स्पर्श से राम को लगा मानो सीता ने उनका सिर गोदी में ले रखा है और प्रेम से उनके सिर पर हाथ फेर रही हैं। जब अपने पुत्रों की आंखों से टपकते अश्रु से राम का पूरा चेहरा ढंक गया, तब उनकी मूर्छा दूर हुई। दोनों बालकों को अपने

समीप बैठा देख राम ने उठकर उन्हें गले लगा लिया। दोनों भाइयों को लगा मानो साक्षात् माता सीता ने उन्हें अपने अंक में ले लिया हो।

सारी रात यही चलता रहा। सारा जनसमुदाय उनके आसपास ही बैठा था, सभी ईश्वर से प्रार्थना कर रहे थे।

तभी साक्षात् शिव और पार्वती प्रकट हुए। उन्होंने राम को उठाया, उन्हें जल दिया, फिर भगवान शंकर ने कहा -

'पुत्र राम! अब उठो। विधि के विधान के आगे एक मनुष्य केवल इतना ही जान सकता है। फिर तुम तो ज्ञानी हो, तुम्हारे कंधों पर समूचे भारतवर्ष का भाग्य टिका है, तुम कमज़ोर नहीं हो सकते। सभी अपने राजा राम की राह देख रहे हैं, अयोध्या के निवासी अपने चक्रवर्ती सम्राट की राह देख रहे हैं। तुम्हें अपनी प्रजा, अपने पुत्रों के लिए, इस भारतवर्ष के लिए ही जीना है। जो हुआ वह निहित था, तुम्हारे हाथ कुछ नहीं था। यह तुम्हारे पराक्रम से अलग है, यही तुम्हारे जीवन का सत्य है, नवजीवन, नवराष्ट्र तुम्हारी राह देख रहा है। जाओ, नए युग का निर्माण करो, नए भारत का निर्माण करो।'

कहकर भगवान शंकर पूरे परिवार के साथ अंतर्ध्यान हो गए।

अयोध्या की सेना ने अपने आपको व्यवस्थित किया और सभी लोग अयोध्या के लिए निकल पड़े।

अयोध्या तक की दूरी राम और उनकी सेना ने कोई तीन माह में पूरी कर ली। अब पूरी सेना अयोध्या के मुहाने तक पहुंच गई थी। एक हरकारे ने शहर में जाकर घोषणा कर दी कि दिग्विजयी सेना अपने सम्राट के साथ लौट रही है और उनके साथ अयोध्या के युवराज भी हैं, तो पूरी अयोध्या राम के आगमन की तैयारी में जुट गई। दूर-दूर से लोग आकर अयोध्या में जमा होने लगे। जितने भी मित्र राज्य थे, सभी जगह से लोग बड़ी संख्या में अयोध्या पहुंचने लगे। यज्ञ की वेदियां फिर से प्रज्ज्वलित होने लगीं, सेना के सम्राट के स्वागत की तैयारी शुरू हो गई।

विशेष अतिथि पधारने लगे।

अयोध्या का जनसमूह राजपथ के दोनों तरफ़ एकत्रित होने लगा। नगर प्रवेश से पहले अयोध्या की सैन्य छावनियों में सैनिकों ने सफ़र की थकान और धूल धो डाली, सभी सैनिक महीनों बाद अपने शहर लौटे थे, तो अपनों से मिलने का उत्साह और एक सफल अभियान का अंत सभी कुछ सुखद था।

सभी ने नए कपड़े पहने थे, अपने-अपने हथियारों के साथ सेना की टुकड़ियां लामबंद हो रही थीं, हाथियों और घोड़ों को भी नए आभूषण पहनाए गए थे।

सभी राजपुरुषों ने भी नए वस्त्र धारण किए थे, लव-कुश को भी राजसी वस्त्र भेंट किए गए, जिन्हें पहनकर उन्हें बड़ा विचित्र-सा लग रहा था, क्योंकि उन्हें इन वस्त्रों की आदत नहीं थी। फिर धीरे-धीरे पहले पैदल सैनिकों की टुकड़ियां कतार से अपने-अपने अस्त्र-शस्त्र लेकर चल रही थीं, उनके आगे उनका अधिपति हाथ में अयोध्या का राजध्वज लिए चल रहे थे।

उनके पीछे अपनी सधी हुई चाल वाली सैकड़ों अश्व सेना की टुकड़ी थी, वह भी उसी प्रकार क्रमबद्ध थी, सबसे आगे सेनापति, फिर सैनिक। इनके पीछे था हाथियों का दस्ता, जिसमें कई विकराल हाथी थे, जिन पर बंधे हौदों में कोई न कोई सैनिक बैठा था। वे तरह-तरह के वाद्य बजा रहे थे, जिनका नेतृत्व एक सफ़ेद और ऊंचा हाथी कर रहा था। इसे विशेष तौर पर इंद्र ने राम को राजसूय यज्ञ के समय भेंट किया था।

और उनके पीछे थे अयोध्या के शूरवीरों के रथ। सबसे आगे था श्री राम, अयोध्या के चक्रवर्ती सम्राट, इक्ष्वाकु वंश के महान नायक, रघुवंश के श्री रामचंद्र। इनका रथ पूर्णतः श्वेत था, जिस पर अयोध्या का एक बड़ा-सा राजध्वज लहरा रहा था। उस पर सवार थे स्वयं राम, जिन्होंने पीतांबर पहन रखा था और एक मोटा-सा जनेऊ उनके दाहिने कंधे से झूल रहा था और बाएं कंधे पर उनका दिग्विजयी धनुष टंगा था। कंधे तक झूलते काले, घुंघराले बाल उनकी ग्रीवा पर लिपट रहे थे। शीर्ष पर सोने का मुकुट था, जिसके मध्य में एक बड़ा-सा चमकीला रत्न लगा था, जो सूर्य के समान चमक रहा था।

राम के रथ में आठ उच्च नस्ल के अश्व जुते थे, जिनके बाल हवा में उड़ रहे थे, रथ में राम के दाहिने तरफ़ कुश और बाईं तरफ़ लव खड़े थे, उनके पीछे-पीछे क्रमशः भरत, फिर लक्ष्मण, उनके दोनों पुत्र भी थे। उनके पीछे शत्रुघ्न का रथ था। सभी के रथ में उनके पुत्र सवार थे, जिनके नाम क्रमशः भरत के पुत्र, जो अभी-अभी अपने ननिहाल से आए थे तक्ष और पुष्कर, लक्ष्मण के पुत्र अंगद और चंद्रकेतु थे और शत्रुघ्न के रथ पर उनके पुत्र सुबाहु और शत्रुघाती सवार थे। उनके पीछे अयोध्या के सेनापति का रथ था, फिर बहुत सारे सेना के अधिकारियों के रथ थे और इनके पीछे सैकड़ों

बैलगाड़ियां थीं, जिन पर नाना प्रकार के उपहार और खाने की वस्तुएं लदी थीं। सैन्य शिविर का सामान था।

यह काफ़िला धीरे-धीरे पूरी प्रजा के सामने से गुज़र रहा था। वह कई दिन से इनके आने की राह देख रही थी। करतल ध्वनि और पुष्पवर्षा कर सभी उनका स्वागत कर रहे थे। लोगों का उत्साह देखते ही बन रहा था।

जनसमुदाय में होड़ लगी थी राम के दोनों पुत्रों को देखने की, जिन्होंने अकेले ही अयोध्या की पूरी सेना को परास्त कर दिया था। पूरी सेना के मध्य में वह यज्ञ का अश्व था, जिस पर नाना प्रकार के पुष्पहार चढ़े थे।

ये सूर्यवंशी क्षत्रियों का वैभव प्रदर्शन था, उनका सामर्थ्य था। एक तरह से संपूर्ण भारतवर्ष आज इन रघुवंशियों के अधीन था। संपूर्ण भारतवर्ष एक सूत्र में बंध गया था। अब रथों का काफ़िला राजभवन के सामने वाले गोलाकार मैदान में आ चुका था, जहां एक तरफ़ मंच पर सारी राजमाताएं अपने पुत्रों के अभिनंदन के लिए बैठी थीं, तो दूसरी तरफ़ के मंच पर अयोध्या के कुलगुरु महर्षि वाल्मीकि और गुरु विश्वामित्र विराजित थे। उनके मंच पर और भी कई विशिष्ट अतिथि उपस्थित थे, जिनमें सप्त सिंध के राजा विभीषण, किष्किंधा राज के सुग्रीव और जाम्बवंत तथा अंगद शामिल थे। मगध के राजा, सुदूर कैकय देश से आए राजा और भी कई गणमान्य राजा उपस्थित थे।

राम का रथ धीरे-धीरे राजगुरु के मंच के सामने जाकर रुक गया। फिर राम और उनके दोनों पुत्र क्रमशः उतरकर मंच की तरफ़ बढ़े, जहां सभी ने आगे बढ़कर उनका स्वागत किया। सभी ने गुरु वंदना की, फिर चरण वंदना। गुरु ने उन्हें तिलक किया और आशीष दिया। पीछे-पीछे सभी राजकुमार और उनके पुत्र भी मंच पर आ गए। फिर सभी लोग जहां राजमाताएं बैठी थीं, उनसे भेंट के लिए गए।

राम सभी से अपने पुत्रों का परिचय करा रहे थे। अगर आयु और रंग का फ़र्क़ हटा दें तो राम और उनके दोनों राजकुमार एक-दूसरे की प्रतिकृति थे। जब सभी माताओं से मिले तो माताओं ने सभी को गले लगाया। लव-कुश ने सभी के चरण स्पर्श किए। माताएं तो उनका रूप देखकर वारी-वारी जा रही थीं। लव और कुश भी इतना सत्कार, इतना प्रेम देखकर अभिभूत हो गए थे। सभी से मिलने के बाद वे यज्ञशाला में गए, जहां पर सभी के समक्ष

राम को चक्रवर्ती सम्राट घोषित किया गया, और सभी ने आदर के साथ स्वीकार किया।

अब राम अयोध्या के ही नहीं वरन संपूर्ण आर्यावर्त के, समूचे भारतवर्ष के राजा थे, 11 जनपद उनके अधीन थे।

एक विशाल और खुशहाल देश व उनसे भी बढ़कर उनका राजा, सभी के प्रिय, सिया के राम। यज्ञस्थल में सीता की स्वर्ण मूर्ति विराजित थी, जिसके दोनों ओर दोनों बालक बैठे थे।

कालांतर में राम ने कई और राज्यों को जीतकर उन्हें अपने पुत्रों, परिजन में बांट दिया। सूर्यवंश की अनेक शाखाएं, नई गद्दियां स्थापित कीं।

राम ने ज्येष्ठ पुत्र कुश को अपना युवराज घोषित किया तथा कुश को दक्षिण कुशस्थली में कुशावती नगर बसाकर वहां का राज्यपाल नियुक्त किया। लव को उत्तर कौशल की राजधानी श्रावस्ती में स्थापित किया, जो गोंड या दक्षिण नेपाल में स्थित है। लव ने बाद में पंजाब में लवपुर नगर बसाया, जो बाद में लाहौर के नाम से प्रसिद्ध हुआ। लक्ष्मण के पुत्र अंगद और चंद्रकेतु को कारापथ के अंतर्गत अंगद नगर तथा चंद्रावती के राज्य दिए, जो मल्लदेश में हिमाचल उपत्यका में थे।

सुबाहु को मधुरा और शत्रुघाती को भेलसा विदिशा का राज्य मिला, भरत ने कैकय और गंधर्व प्रदेश जीतकर अपने मामा युधाजित का बदला लेकर आनव राजा को परास्त किया था। भरत के पुत्रों को क्रमशः पुष्पराती नगर, जिसका नामकरण उनके पुत्र पुष्कर के नाम पर हुआ, तक्ष ने तक्षशिला नगर बसाया, उन्हें वहां का राज्यपाल बनाया। इस प्रकार राम ने अपने भाइयों और आठों पुत्रों को पृथक-पृथक राज्य बांट दिए, जो सब अयोध्या की गद्दी के अधीन थे।

राम ने अपने बाहुबल से कुल ग्यारह राजाओं का राज्याभिषेक किया जिनमें सुग्रीव, विभीषण और शत्रुघ्न शामिल थे,। अंग-बंग, मत्स्य, श्रृंगवेरपुर, काशी सिंधु, सौवीर, सौराष्ट्र, दक्षिण कौशल, किष्किंधा और लंका समेत सप्त सिंध पर राम का अधिकार था। इस समय तक आर्यों के इतिहास में राम से बढ़कर व्यापक और प्रभावशाली सार्वभौम सम्राट कोई नहीं था।

रामराज्य में आर्यों का प्रभाव सारे विश्व में छा गया था। आर्य जाति सारी धरती की श्रेष्ठ जाति स्वीकार कर ली गई थी। गोदावरी के दक्षिण तक

आर्यावर्त का प्रबल राज्य स्थापित हो गया था। पम्पा, मलय, महेंद्रु, लंका के समस्त द्वीप समूह ने राम का नाम और आर्यों की महानता स्वीकार कर ली थी। बाद में राम और लक्ष्मण की मृत्यु के उपरांत कुश का विवाह तक्षकनाग की पुत्री कुमदावती से हुआ था। दुर्जय नामक असुर से युद्ध करते-करते कुश की मृत्यु हुई। तब कुश के बड़े बेटे अतिथि ने, जो खुद बड़ा प्रतापी था, उस असुर का वध कर अपने पिता की हत्या का प्रतिशोध लिया।

लव ने श्रावस्ती पर दीर्घकाल तक राज किया। यह वंश भी महाभारतकाल तक चला। लक्ष्मण और शत्रुघ्न के पुत्रों के राज्य जल्द ही नष्ट हो गए। द्वापरकाल में सूर्यवंशियों का प्रभाव कम पड़ा, चंद्रवंशियों ने राज किया। सारे संसार में लव का ही राज्य सर्वाधिक काल तक अखंड चला। विभीषण ने राक्षस धर्म त्यागकर आर्य धर्म अपना लिया था।

लेखक परिचय

मन काग़ज़ के हवाले करना उनका नया अनुराग है, जिससे वह शब्दों को आत्मतुष्टि का माध्यम बनाते हैं। मध्यप्रदेश में चंबल के दुर्गम बीहड़ों के बीच बसे शहर भिण्ड में संजय श्रीवास्तव का जन्म 14 मई, 1968 को हुआ। चिरकालीन दस्यु परंपरा वाले भिण्ड की जटिलता, विचित्रता तथा ऐतिहासिकता ने संजय को हमेशा अभिभूत रखा, जो उनके व्यक्तित्व और लेखन में नज़र आती है। उन्होंने भिण्ड से स्कूली पढ़ाई पूरी की और फिर स्थापत्य/वास्तुकला में तकनीकी शिक्षा हेतु एमआईटीएस, ग्वालियर चले गए। साल 1991 में उन्होंने बढ़िया अंकों के साथ बैचलर ऑफ़ आर्किटेक्चर में स्नातक किया और 1992 से इंदौर में अपना काम शुरू किया। कला, शिल्प और वन्यजीवन के प्रति लगाव उन्हें रेखाचित्र, रंगशिल्प, फ़ोटोग्राफ़ी और देशभर के अभयारण्यों की ओर ले जाता रहा। चूंकि माता-पिता दोनों शिक्षक थे, अतः विश्लेषण का कौशल और साहित्यिक नज़रिया उन्हें विरासत में मिला। उनके काम ने उन्हें कई सम्मान दिलाए, जिनमें साल 2002 में जेके सीमेंट की तरफ़ से 'यंग आर्किटेक्ट ऑफ़ इंडिया' अवार्ड भी शामिल है। ज़्यादातर समय आर्किटेक्चरल रत्न गढ़ने में गुज़ारने वाले संजय ने अपनी हिंदू मान्यताओं और परंपराओं की गलियां छानना कभी नहीं छोड़ा। आर्किटेक्ट पत्नी ऋतु और अमेरिका में कार्यरत बेटी अनुकृति इस तमाम कर्मयात्रा में संजय की प्रेरणा रहीं। बतौर लेखक संजय अपनी पहली किताब *गर्भ योद्धा* पाठकों को सौंप रहे हैं।

संपर्क : aadharshila92gmail.com

www.ingramcontent.com/pod-product-compliance
Lightning Source LLC
La Vergne TN
LVHW100356181026
850499LV00037B/489